少女诊所

只要爱上你
世上无难事
As long as you love me

时梧 著

中国致公出版社

知音动漫

致 我的青春

目录
CONTENTS

Chapter 1
鹦鹉 001

Chapter 2
我的眼中星 015

Chapter 3
年少总得负点伤 031

Chapter 4
你阴差阳错，我兀自彷徨 046

Chapter 5
时光像少年飞驰 063

Chapter 6
我们的小幸运 081

Chapter 7
流言无法猜测你 096

Chapter 8
每一秒喜欢 ············ 110

Chapter 9
你好，骑士 ············ 125

Chapter 10
我愿为你，改变一切 ············ 140

Chapter 11
你是少年的宝藏 ············ 155

Chapter 12
你站在时光中央，身披芳华璀璨 ············ 174

Chapter 13
我认识你，一直记着你 ············ 189

Chapter 14
你的一切是星尘 ············ 203

后记·往后都是好时光 ············ 216

Chapter 1
鹦鹉

方山上有座庙，叫梧岳寺。不算什么古迹，只不过是一座民国年间建的小庙。

庙口有株参天榕树，张牙舞爪的树枝繁茂如盖，架出了一片阴凉。榕树底下摆着张折叠小方桌，上面摆了一堆红红黄黄的物什，旁边压着本翻烂了的黄色封皮的《易经》。

方桌后面坐着个老头，跷着二郎腿，穿着件破洞的白色工字背心，摇着大蒲扇，另一手时不时抠一抠裸露在外的瘦骨嶙峋的膝盖。

这是个算命先生，据说在这里摆摊有二十余年了，跟梧岳寺已经建立起了深度合作关系。大部分来梧岳寺参拜的，都会顺道来这里算上一卦。

算命先生个不高，很瘦，眼睛炯炯有神，晶亮中透着精明，一双大大的招风耳，看着跟瘦削的脑袋比例很不协调。此刻不动如山，淡然带笑地看着面前的少年。

萧铮虞被何向军的妈妈强行摁在了算命先生对面的小椅子上，年近四十的阿姨手劲十足，抵着萧铮虞的双肩，竟让他一时无法起身。

他抬头看向站在一旁苦着脸看他的何向军，皱起眉毛，一双星眸里满是不解。

何向军瘪着嘴露出个无可奈何的表情帮自己妈妈说话："老萧，这里真的很灵，你就算一算吧。"

何妈妈笑道："是啊是啊，小虞，你别觉得阿姨迷信。我给阿军算过了，别看他现在只有一米六，以后早晚能长到一米九呢。"

萧铮虞瞪着眼，难以置信地看何向军。何向军转过脸不看他，尴尬地捂住脸，

001

表示爱莫能助。

"阿姨……不是……我妈让你带我来,可是我觉得没必要算啊……"萧铮虞哭笑不得。

何妈妈没听他话,大声吼着招呼算命先生:"欸,老爷子,快给这孩子看看相,这孩子读书可皮了,你看看能不能考上好大学。"

"……"萧铮虞小声反驳,"阿姨,我下学期才初一。"

"这叫未雨绸缪。"

算命先生迷茫地看着两人,大声问:"我耳朵不好,你们再大声点。"

"我说!这孩子!看面相!以后怎么样!能不能有出息!"

算命摊周围围了四五个纳凉的大爷在打牌,旁边还有三四个年纪不一的女人排着队等算八字,看相。

萧铮虞看了一圈四周,偶像包袱在这个时候背了上来,顿时恨不得找个洞钻进去。他侧过身,将一张白净俊秀的脸埋进了手掌里,耳根子泛红。

几声叽叽喳喳的鹦鹉叫声从寺庙这块大平台下边传来,萧铮虞从手指缝间看见一个扎着马尾、瘦小清秀的女生拎着个鸟笼从梧岳寺下方的私人动物园里出来。

她正面对着自己的方向,高高抬起手里的鸟笼,对着鸟笼里的两只虎皮鹦鹉,逗几下又咧嘴笑得开心。

暑假的烈日,在山上带了那么点凉意。阳光从树荫缝隙中洒下来,有那么道光,柔和地洒在那女孩的面上,她勾着嘴角的笑仿佛发着光,在绿荫里让人移不开眼。

"唉、孩子,你转头,我要好好看看你的面相。"

算命老头突然吼道。对他来说,不过是能让自己听得清的声音,但在萧铮虞眼里几乎是擂鼓震动。

那女孩似乎听见了这边的动静,好奇地抬眼看过来。

萧铮虞急忙扭头,一手挡住脸。

"孩子,你左手给我,看手相!"

萧铮虞无可奈何地将手递给他,抬眼就看见何向军幸灾乐祸的表情,于是做了个口型:"你,死,定,了。"

他心跳剧烈,连带着捏着他掌心的算命先生都感觉到了神经的剧烈弹动,抬眼疑惑地看他。

萧铮虞眼角余光下意识看那个提着鹦鹉笼子的女孩方向，心里蓦地一松，又满是失望。

那个方向，已经没人了。

暑假，白鹦养了对虎皮鹦鹉，在方山上传说巨灵验的梧岳寺——下面的私人动物园买的。

所谓的动物园，也只不过是五十来平方的小花园。主人的祖上早年就圈了这块地，他乐得清闲，养了只又肥又灵活，脾气还很糟糕的猕猴，一对珍珠鸡和一只蓝孔雀，渐渐地吸引人来，于是就挂牌卖票参观，5元一张。

园子里最吸引人的，其实是一只会说"你好，谢谢，再见"的八哥，和十几笼的虎皮鹦鹉。

白鹦小学的时候挺皮的，见什么都有兴趣养。一看雌鹦鹉白毛干净的模样，就叫嚷着这一定是自己的化身，必须得买。

白鹦的爸爸白哲，一名循规蹈矩的公务员，守着点固定工资度日子，一听一对鹦鹉要六十元钱，捂着腰包心疼，十分舍不得。

动物园老板眼睛滴溜一转，就跟他们扯皮："你看，你买个封闭的鸟窝，到时候鹦鹉会在里边产卵孵蛋，孵出来的小鸟我跟你十块钱一只买回来。"

白哲一听，合掌叫好。这一本万利的生意好做啊，于是买下了一对虎皮鹦鹉，加上笼子一共七十。木制封闭式鸟窝他没买，自己找木材废料做了一个，还给开了个小窗口，拿铅笔一掀上面的小挡板，就能偷窥到鸟窝里的情况。

白鹦很高兴，头一周天天趴在鸟笼外盯着鹦鹉看，时不时拿手逗弄鹦鹉。到后来小孩子的三分钟热度过了，她只嫌弃鹦鹉叫声有点吵闹了。挂在客厅还影响看电视，白鹦就挂阳台去了。

大概养了个把月，鹦鹉也熟悉了新环境，不再上蹿下跳、不安分地狂躁了。

白鹦发现白色的雌鹦鹉一直躲在鸟窝里，她心中好奇，趁两只鸟都在鸟窝外喝水的时候，掀开了挡板偷窥。透过那个圆形小洞，她看见了昏暗中隐约可见的三只洁白透亮的小鸟蛋，顿时高兴极了。

白哲感兴趣地说道："等你初中开学，你可以拿卖小鸟的钱自己去买文具了。"

白鹦斜了他一眼："爸，你也太抠门了吧！"

这之后，白鹦天天掀挡板偷窥鸟蛋的情况，但是直到开学前夕，都没见小鸟孵出来。雌鹦鹉倒是经常进去孵蛋，不过到后来，也渐渐不进去了。

白鹦心说这么长的时间，小狗怀孕都生出来了，孵鸟蛋需要一个多月吗？上网一搜，百科网页上注明：虎皮鹦鹉，孵化期为18天。

白哲去询问动物园老板，回来告诉白鹦："你天天偷窥，把鹦鹉吓到了，它们不肯孵蛋了。"

白鹦不信邪，把几个鹦鹉蛋掏出来，敲开一看，里边的蛋液果然已经干涸空了。

她瘪着嘴，不肯承认是自己的错，但是又忍不住责怪自己。

初中开学前一夜，白鹦感受到了哀莫大于心死的青春世界。

离开了读了六年的小学，白鹦的初中离家不算近，骑自行车也需要十五分钟。

白鹦喜欢新学校。教学楼之间种着高大的松树，行政楼旁边，通往车棚的过道拐角种着一棵大香樟。夏天的时候绿树成荫，香樟的香气夹在风中拂面而来，推着自行车出校门的时候都给白鹦一种青春校园的美感。

自行车，香樟树，夏天，阳光——这是白鹦心中青春的代名词。

她给自己好好定了一系列的计划，力图好好学习，不负青春。

白鹦小学的时候除了读书很不错之外，一直不太起眼。而这次，她觉得自己在学习外，还需要做点什么，至少做个不可取代的人设出来。

她说到做到。

于是一开学，她就故作高冷严肃地领书，一本正经地包书皮，工工整整在书皮上写下自己的名字和这本书的科目。

现在哪有几个中学生包书皮的，同学和老师都盯着她带来的十几张旧挂历纸惊讶得说不出话来。

坐在她旁边的女孩子长着一张圆圆的脸，皮肤白净，两颊红扑扑的像个苹果，两只大杏眼圆溜溜的，看着就像个活泼的苹果女孩。

她见白鹦拿废旧挂历包书皮，惊讶地赞叹："你真厉害啊，还会包书皮。"

白鹦极不擅长应对别人的夸奖，面上不显，耳垂却红了，她看了眼那姑娘，轻咳一声，淡淡地问："要我帮你包吗？"

"好呀好呀，给你。"女孩高兴地把书推到她手边，亮亮的眼睛怀揣着喜悦，两手托腮观察着白鹦手上的动作。

渐渐地，她也开始自己学着包书皮。

"我叫张丽莎，你呢？"

白鹦看了她一眼，触及对方眼里的友好和笑意，忍不住勾起嘴角笑了："我叫白鹦。"

"白鹦啊，你笑起来真好看，不要这么严肃嘛。"张丽莎戳戳白鹦的胳膊，笑道。

白鹦忍不住咧嘴一笑，露出八颗整齐的大白牙，心说，这女孩子笑起来真可爱，我要跟她交朋友。

白鹦和张丽莎刚进初中的时候是同桌，一周后便重新排过座位，分开了。白鹦的同桌换成了一个刚冒了胡须，看着人很憨厚老实的高个子男生，叫李慕白。

不再是同桌并不影响白鹦和张丽莎的友情，她们仍然成了最好的朋友。

她们每节课间都凑到一起聊天、玩耍，中午和下午放学的时候也会强行顺路手拉手走一段。在学校那条路的第一个十字路口两人就要分道扬镳，有时候还会在路口聊天聊个二三十分钟才回家。

年少时候的友情单纯直白，除了喜欢就是讨厌。

想要时时刻刻腻在一起聊天玩耍，那想必是很喜欢了。

家里那对不孕不育的鹦鹉带给白鹦的伤心，因为张丽莎的存在而减淡了。

"我交到朋友了。"白鹦向白哲和王莉莉女士通知说，"开学第一天就交到好朋友了。"

白哲想了想，回答："那你什么时候带她来家里玩？"

白鹦觉得，带张丽莎回家还需要两人更进一步地了解，但是在学校外面的十字路口谈天说地半个小时倒是一点都不碍事。她每天最期待的就是这段时光了。

张丽莎陪着她去车棚取车，两人从香樟树下经过，风中香樟树在阳光下的影子摇曳着，发出"沙沙"的声响。两人一路从明星八卦聊到班上的趣事，翻来覆去地炒冷饭也能聊得两人笑得前俯后仰。

跟树叶摇晃的声音，倒是走成了一首有趣的小调。

白鹦的发小徐依依在她隔壁班。白鹦在6班，她在7班。

开学后的一周内，两人每天放学后都会通电话聊自己每天的所见所闻，基本上是徐依依单方面聊天。

两人的教室明明只隔着条楼梯，不过十米的距离，连自行车停放位置也在隔壁，她们愣是没在学校碰到过面。

徐依依热衷于煲电话粥，白鹦抱着作业本在写，有一搭没一搭地听徐依依跟自己发牢骚。

她发牢骚的点千篇一律，白鹦总结起来是三点：1.这个女生很烦人；2.这个男生很烦人；3.这个老师很烦人。

白鹦仗着徐依依不能通过电话监视自己的表情，翻着白眼煞风景地问："你作业做了吗？"

徐依依不耐烦地"嗷"一声，恼道："鹦鹉，我很伤心呢，你能别这么扫兴吗？"

"可是我现在热爱学习啊。"白鹦发自肺腑地说出这句话，表情认真，"我希望我的朋友也热爱学习。"

几秒钟的沉默伴随着电话里的电流声，徐依依的声音漂浮不定地传来，带着极度不相信："你疯了。"

"没有，依依，我想考清华北大，所以现在一定要好好学习。"白鹦认真地说道。

紧接着又是几秒钟尴尬的沉默，徐依依生硬地转移话题："我们班有个男生啊……"

白鹦低头开始写作业，在那之后徐依依的话左耳进右耳出，她注意力全在作业上，别的一概听不进去了。

"鹦鹉！鹦鹉！"白鹦左手拿着的听筒里不停传出徐依依狂躁的呼唤声，打断了白鹦的思路。

在作业本上写下英语对话的答案，白鹦疑惑："嗯？"

"白鹦！你听到我说的了吗？"

白鹦很诚实地回答："听到了，但是我刚才走神了。"

"我说！我们班里有个很帅的男生！真的很帅很帅！"徐依依大声地在电话里吼叫，像头咆哮的野猫。

白鹦无奈道："徐依依，你又来了。"

她记不清这是徐依依第几次跟她夸大男生的帅气了,但是一句话重复了三个"很帅",倒是头一次。白鹦忍不住有点好奇。

徐依依就是这样,比起学习,她更专注对别人的点评。她隔三岔五就会对白鹦说:"欸,我见到个很帅的男生。"

有时候她甚至会发散性思维,联想到跟该男生一起考大学,在大学里谈恋爱的故事。

白鹦会面无表情地双手奉上手里的笔,鼓励她:"笔给你,写个青春恋爱故事给我看看吧。"

因此白鹦不咸不淡的反应虽然在徐依依的意料之中,但她仍旧不高兴。

她在电话里叽里呱啦地对着白鹦号叫,嘈杂得让白鹦脑仁疼。

白鹦揉了揉太阳穴,只好投降:"行啦,改天我去你们班看看到底有多帅。"

"一定要来!"

要说白鹦一点都不好奇,这当然是不可能的。

但是徐依依是个只要抓住一个特点都会猛吹海夸的"戏精",白鹦对徐依依所谓的"巨帅"真的有那么点不信任。

到底能有多帅?

课间的时候,她对张丽莎提了那么一嘴,还说:"听说叫什么萧……什么来着。"

张丽莎怔了怔,反问:"萧铮虞?"

"欸,就是这名字,你知道?"

张丽莎拧眉,面色有些许的怪异,但是白鹦正巧盯着自己课桌上的课本,没有注意到。

她听见张丽莎含糊地说道:"有人提到过,是……挺帅的。"

白鹦抬头惊讶地看着张丽莎,好奇渐渐放大,张丽莎的话像递给了白鹦潘多拉魔盒的钥匙一样,让她心中擂鼓。

作为目前白鹦心目中最要好的朋友,张丽莎的话比徐依依更能让人信服。

张丽莎趁着下节课课间带白鹦去隔壁7班,在后门偷偷往教室内遥遥指了个方向，然后迅速跑走，生怕被人看到她们形迹古怪。

白鹦心里也紧张，莫名其妙跑人家教室后门围观别人班所谓的班草，这都是幼稚的花痴行径，白鹦不屑于沦落到那地步。

教室里三三两两的学生聚在一起聊天、玩耍，走廊上挨着栏杆还站着不少人，看见白鹦和张丽莎站在教室后门还盯着她们奇怪地看。

白鹦很慌张，在后门瞄了一眼。200度的近视，只让她看到了在黑板报前站着的两个人。

其中一个背对着她，高个子，身姿挺拔，在这个年纪的男生里可以说是鹤立鸡群。他斜对面的男生正面对着白鹦，个子跟白鹦差不多，一张白嫩的圆脸，模糊视线中，依稀可见一双亮亮的眼睛。

白鹦匆匆窥探了一眼。

矮个子男生似乎看见了白鹦，对面前的人说了什么，他面前的高个子男生扭头看过来。

白鹦正好转身跑走。

站在黑板报前的萧铮虞皱眉，回过头问何向军："哪里有人在看我？"

"刚跑走了，你应该看见背影了吧。一个女生，长得还挺好看的。"何向军给他描述道，顿了顿，笑道，"反正你已经习惯隔三岔五有女孩子来围观你吧？"

萧铮虞表情一滞，随即拧眉不耐地摆手："这有什么好高兴的，跟围观梧岳寺的猴子一样。"

"哈哈哈，你还记得算命那事啊。真的猴子一样被围观呢，我的大状元！"何向军夸张地笑着，抬手猛拍萧铮虞的肩膀。

萧铮虞盯着何向军堪称漂亮的白皙小脸此刻笑得通红，郁闷不已。一说到算命那天，他脑袋里就不可遏制地闪过树荫下提着鹦鹉笼子，笑得跟朵向阳花一样灿烂的女孩子。

心里顿时更加郁闷了。

他没好气地回何向军："比不上你，一米九壮汉。"

"……"何向军被怼得差点岔气。

白鹦和张丽莎气喘吁吁地挤进教室门，靠在黑板旁的墙角，贴着冰凉的瓷砖墙面，心脏剧烈跳动，仿佛做了亏心事一样。

黑色的眼珠子滴溜溜转，两人视线撞在一起，顿了一秒，毫无预兆地一齐"扑哧"笑出声。

"你看清了吗？"张丽莎问。

白鹦脑袋里浮现出因为近视"磨皮"后的那张漂亮的男生脸，认真地措辞："长得……很漂亮。"

张丽莎蹙眉，眨了眨眼睛，很疑惑白鹦为什么这么说："漂亮……吗？"

"是啊，很漂亮啊。"

白鹦的声音很笃定，她说着又确认了一遍那张脸，坚定地点头。

"唔……"被白鹦的坚定震住了，张丽莎莫名地觉得，也许长得帅跟漂亮也是同义词也说不定，"也许吧。"

白鹦揉了揉眼睛，回到座位上，扭头对张丽莎解释道："不过，我有点近视，远看有点模糊，反正觉得还挺漂亮的。"

这天张丽莎正巧家里有急事，就没跟着白鹦一起去车棚取自行车。

白鹦一个人去车棚提车，相对着的另一边就是隔壁7班的停车位。

徐依依买了辆崭新的捷安特，跟白鹦的小自行车车头碰着车头挨着停。她正好在开锁，恰好白鹦背着书包走进车棚，这一周多以来，她们俩是第一次在车棚见面。

徐依依一见白鹦就招呼她，挤眉弄眼地问："看了没，看了没？"

白鹦半张着嘴思索了半响才意识到她问的是什么，心里苦笑，不知道她一天天的热情都是从何而来的，怎么不将这满腔热血放在学习上。

"看了……"她百思不得其解，问，"不是……依依，我就算肯定了你的眼光，你又能得到什么？"

"跟我一起讨论八卦的乐趣啊！"徐依依瞪大双眼，一副理所当然的表情，"这才是人生快乐的源泉啊！"

"……我要学习。"白鹦肃着脸，一本正经地回答。

徐依依垮下表情，黑着脸拍拍白鹦的肩："鹦鹉，小学的时候你有这么热爱学习吗？"

"有，只是你没发现我其实成绩一直很好。"白鹦认真回答。

"鹦鹉，你这样下去，会没有朋友的。"徐依依面露愁容，仿佛真的认真在替白鹦考虑沉迷学习的"危害"。

"如果能拿到好成绩，将来有出息，没有朋友也不错啊。"白鹦说罢，见到徐依依面色一滞，随即咧嘴一笑，"开玩笑的啦，你还真信啊。"

"不行不行，我觉得你不是开玩笑。"徐依依摇头晃脑，"我得给你介绍朋友。"

白鹦见她虽然吊儿郎当，但是表情却出奇认真，忍不住忐忑。

徐依依说到做到，白鹦赶着回家吃晚饭，却被她拽着衣服不放。

正巧夏雨来得迅猛，倏然间黑云压城，狂风大作，只听见车棚对面的行政楼里传来一声惊呼，一扇玻璃窗门被狂风吹合上，巨大的冲击力让玻璃立刻震裂，碎了一地。

紧接着电闪雷鸣，不出半分钟，暴雨就铺天盖地蒙头浇下来，地面瞬间被浇透。

白鹦手里只有把小巧的折叠伞，撑伞骑车出去跟淋浴也没有区别。徐依依压根没带伞，两人跟别的没来得及离开的同学都只好站在车棚底下望雨兴叹。

幸好夏雨来得快去得也快，白鹦心想自己应该等不了太久就能盼到雨稍歇，等上几分钟，有同学一起陪着，也不难熬。

豆大的雨点砸在铁皮车棚上，铁皮棚震动，"嘭嘭嘭"的，听着毫无节奏和韵律，却愣是交织成了一首节奏明快的夏日交响乐。

这种铁皮棚自带"扩音设备"，雨点的敲击声放大百来倍，汇集在一起，白鹦和徐依依大声吼着交流都听不到对方在说什么。

鸡同鸭讲地看着对方口型交谈了两个回合，两人都放弃了，垮着脸坐在车后座上，抵着自行车看着车棚外白茫茫一片的世界。低洼处很快就聚成了一潭潭水洼，漫了出来。

白鹦百无聊赖地看着远处的篮球场，白色的雨帘里，几乎看不见篮筐。她又看向对面的行政楼，无奈地叹气。

正巧一个高个子男生从行政楼里抱着脑袋冲了进来，仅仅几步距离，也被淋湿了。他轻巧的身形飞快地钻入车棚底下，大手抹了把自己的头发，灵巧地往白鹦他们方向奔来，没有停留直接穿过白鹦6班的停车位，来到7班的停车位上。

他白色的T恤湿成透明，紧贴在身上，几乎能看得见内里的皮肤。他比一般青春期刚发育的男生都长得高，身材抽条显得更加清瘦，但并非弱不禁风，相反，倒给人一种清俊的观感。介于少年和青年之间的独特气质，让人移不开眼。

那男生有一双好看明亮的眼，白净的脸上正带着一个无奈又调皮的笑，嘴角微微上扬，跟身边的男生说笑着。头发微湿，挂着水珠的刘海结成了一缕贴在额角，水珠顺着额头滑下，从他鼻梁上滑落。他伸手毫不在意地抹掉，手指纤长干净。

来不及抹掉的水珠从脸侧滑落，聚集在骨骼分明的锁骨处。

白鹭脸腾地红了。

他跟白鹭距离不算远，白鹭虽然近视，却不知道为什么，这些细枝末节的东西却仿佛慢镜头一样看得仔细。

似乎注意到白鹭的视线，那高个子男生拧眉，好奇地看过来。

白鹭急忙扭头，站起来，将手搭在徐依依肩上，贴着徐依依耳朵做作地跟她说话："我觉得雨下得有点冷。"

他应该没发现自己在偷看他吧？她只是跟朋友在聊天，没有在看他。没有。

徐依依点点头，抬眼正想回答，视线却移向了白鹭身后，眼神里立刻带上了笑意。

"来了。"徐依依眼珠子滴溜一转，突然低声对白鹭说道。

暴雨擂鼓般的震动中，白鹭不知道为什么，将这两个字听得清清楚楚。

明明不知道是指什么来了，却像是羽毛撩过心弦微微拨动，微硬的羽毛刺刺地扎着心脏，不疼，却微麻。

白鹭喘了口气，忽然失语。

什么来了？

白鹭想问又开不了口。她听见身后传来一个清晰的男生声音，就在她身后上方，很近很近。

说来也奇怪，明明方才暴雨迅猛，那声音在铁皮棚的扩音效果下震天动地，可是就在徐依依说完那两个字之后，雨突然小了很多，连带着整个世界都安静了不少。

那男生的声音就这样怦然闯入白鹭耳里——以及心里。

清冽干脆，正进入变声期的少年音带着些许低沉，让白鹦心头微动。

"徐依依，明天早上借我你的英语作业吧。"

徐依依站起来，转身抬头看他："好吧。"

白鹦口干舌燥，说不出话，也不知道该做什么表情。她发誓，自己人生第一次这么焦虑心慌。

实在不知道如何掩饰自己奇怪的心情，她干脆低下头眼观鼻、鼻观心的，也不回头，装作自己不存在。

徐依依拽了拽白鹦的胳膊，喊她昵称："鹦鹉。"

白鹦下意识回头看她："做什么？"

她圆圆的杏眼，自下往上抬着看徐依依，黑色的瞳仁跟黑珍珠一样，干净明亮，就这样好奇地看着徐依依。

男生眨眼，牙关收紧，默不作声地凝视着白鹦的侧脸。

徐依依笑嘻嘻地对那男生说道："来给你介绍一下，这是我发小，叫白鹦。"

白鹦惊讶地看着她，又抬眼瞄了眼那个子高高又好看的少年，不知所措。

"白鹦，他是萧铮虞。"徐依依转头对着白鹦，冲她挤眉弄眼。

实在不知道该如何面对刚才一直盯着瞧的人，白鹦压下心悸和疑虑，扯着嘴角尴尬地对他露出一个笑："啊……你好。"

他……是萧铮虞？那她今天下午看到的那个漂亮的小个子男生是谁？

还有……他刚才没有发现她在偷看他吧？她现在脸发烫，但是应该看不出来脸红吧？她的表情应该还算镇定吧？没人发现她很紧张吧？

一堆纷乱的思绪挤在白鹦脑袋里，到最后表现出来的，却是她淡然镇定又礼貌的微笑。

萧铮虞垂眼笑看着白鹦，他嘴角天生带着点微微上扬的弧度，看着干净又温和，让人第一眼就心生好感。

他垂眸看人的时候，又带着点戏谑，一瞬不瞬地盯着白鹦看，湿漉漉的刘海底下，澄澈的双眸里带着点笑意，倒映着白鹦的脸。

他也没有礼貌地问好，只是一直看着白鹦。

白鹦想，她这辈子都忘不掉这一幕。

眼前这个男生，个子高挑，在青春期的男孩中很出挑，白净俊逸的一张脸带着微笑打量着自己。他没有穿夏季校服，而是穿着件白色T恤，胸口是团奇怪的紫色光晕图案，一条深色牛仔裤。

跟旁人都不一样。不仅仅是穿着跟旁人不一样。

他给她的感觉，也跟旁人都不一样。

有些人说不出哪里特殊，但是第一眼就让她知道，这个人是不一样的。

就是他。

雨稍歇，白鹦撑起伞，匆匆说了句"再见"，埋头推着自行车冲进了雨里，手忙脚乱地一手撑伞一手推车，落荒而逃。

她镇定的表情和冷淡的话语落在别人眼里是高冷，但是通红的耳根却出卖了她突如其来的心悸。

不能被人看出来她兵荒马乱的内心，不然她就输了。白鹦心想。

半路雨又滂沱，白鹦淋湿成落汤鸡回了家，换了身家居服，吃了晚饭，匆匆回房间做作业。

她拍拍脸，努力让自己沉浸在学习的海洋里，忘记自己方才的失态，内心的疑虑却又总是在每道题目的间隙中从心里浮出水面。

数学题做到一半，徐依依又打来电话，劈头盖脸就质问："你干吗突然走掉不理人啊？"

白鹦舒出口闷气，心里又开始纷乱，她无奈道："赶着回家吃饭做作业啊。"

"你就沉迷学习吧你。"徐依依不高兴地嘟囔。

"我们是学生，学习就是任务啊。"

"……"

徐依依不想跟她谈这个沉重的话题，转移注意力，语气里立刻沾上了兴奋："喂喂，你觉得萧铮虞怎么样，帅吗？"

白鹦一听见那个名字，心尖一颤，她"扑哧"笑出声："又来了。帅，行了吧。"

她想了想，把自己的经历说给她听："其实我今天去你们教室外偷偷看了眼，但是当时没戴眼镜认错人了，我以为萧……是那个个子不高但是长得很白嫩漂亮的男生。"

白鹦念不出"萧铮虞"这个名字。

名字这东西很奇怪,仿佛带着魔法一般。心里带着思绪,多念一遍名字,舌尖微颤,仿佛那人也会听见自己在喊他,知道她内心的话。次数越多,就越会被人发现自己语气里的微妙和情绪。

她不能被人发现这种微妙。

"啊?"徐依依恍然大悟,"怪不得,你看到的可能是何向军,我们叫他阿军。跟萧铮虞是小学同学,两人一直玩在一块儿。"

白鹦不置可否,默默记下这个名字。

徐依依又开始抱怨别的事情,客厅里的虎皮鹦鹉叽叽喳喳地啼叫起来。

两只耳朵,一边是不依不饶的吐槽,一边是嘈杂不堪的鸟叫声。白鹦却一直沉浸在自己的思绪里,心脏渐渐滚烫起来,蓦然惊醒过来,又像被抛进了冰水里揉搓。

她吐出一口闷气,打断了徐依依:"欸……依依,问你个问题。"

"嗯?"

"那之后……"白鹦艰难地开口,绞尽脑汁斟酌用词,"就是我突然离开之后,你们班那个什么萧……"

她没有忘记萧铮虞的名字。只是想借此假装自己不在意。

徐依依替她补充:"萧铮虞。"

"反正我记不得。"她又强调,"就是那个人,他什么反应?"

"嗯?"徐依依有些奇怪,"你是不是……"

白鹦生怕她多想,立刻打断她:"我就是想知道他会不会觉得我不礼貌。"

"哦,那没有。"徐依依回答。

"他什么也没说,看你走了也就跟着走了。"

再之后聊了什么,白鹦也没听进去了。

这大概算是青春期的第二次怦然心动吧。

白鹦执意这么认为——第一次怦然心动是对学习。

自己单方面的怦然心动让她觉得自己像个傻瓜。所以还是假装没有这回事来得比较好。不然她就输了。

Chapter 2
我的眼中星

6班和7班的老师配班相同。6班的班主任教政治,是个个子不高的女老师,姓王,讲话温柔和善。只不过,她对纪律要求很严格。

徐依依对自己在班里的座位情况很满意。她同桌许璐是个长得很漂亮、爱打扮的女孩子,虽然皮肤不白,但是因为很自信,一笑就露一口大白牙,很招男生们喜欢。

两人上课总是在开小差,偷偷讲话。到了副课政治和历史的时候更甚,无视纪律的时候,从讲台上看,两人就是交头接耳,笑得花枝乱颤的。于是她们理所当然被政治王老师逮住了,要她和许璐在教室后面罚站。

徐依依虽然爱讲话,但是小时候都是被老师夸奖的好学生,哪里受过这种委屈。鼻尖一酸,抽抽搭搭地在黑板报前站着就哭了出来。

许璐小声安慰她,徐依依咬着下唇肩膀一颤一颤不肯讲话。许璐无奈地叹气,看向讲台上,觉得自己也挺委屈的。

她们就站在萧铮虞座位后边,徐依依小声哭泣的声音吸引了萧铮虞的注意。

他回头看了眼两人,然后打开书包在里面找着什么东西,半晌,他趁王老师扭头写板书的时候,回头低声喊许璐名字。

许璐看他:"怎么了?"

"给。"萧铮虞把手里纸巾递给许璐,冲她使了个眼神。

许璐心领神会,抿唇对他笑了笑,接过纸巾,抽出一张给徐依依擦眼泪。

徐依依扭了扭肩膀,接过纸巾低头抽抽噎噎地擦眼泪擤鼻涕,看了眼萧铮虞的后脑勺,心里又感动又羞涩。

王老师在黑板上写下几个知识点,转过身正要讲课,萧铮虞靠在椅背上,突然伸了个大懒腰,打了个哈欠,发出讲台都能听见的哈欠声,完全不把课堂纪律放在眼里。王老师心下不悦,额头发紧地抬手一指徐依依身边,喊道:"萧铮虞,要睡觉就站后边去醒醒脑。"

萧铮虞没顶嘴,反而从善如流,满不在乎地站起来,懒洋洋地双手插着裤子口袋,踱步到许璐身边罚站。他脸上无所谓的态度,看在王老师眼里像是挑衅,气得她把粉笔往粉笔槽里一扔,粉笔断成了两截。

徐依依擦着眼泪,和许璐一起侧过脸看他,他冲两人耸肩,撇嘴一笑,脸上端的是戏谑的笑。

徐依依趴在6班教室后门,红肿着一双眼睛,手里还拿着萧铮虞给她的纸巾,边擤鼻涕边跟白鹦抱怨。

"你们……你们班那个老王什么意思嘛。我不就……不就多讲几句话嘛。罚站?!气死我了!"

她还有些委屈,一说到这件事情就觉得丢脸,止不住地抽泣。

白鹦只觉得好笑,拍拍她的肩膀,想说他们班主任人挺好的,又怕徐依依觉得自己不向着她,只好安慰:"下次小心点,别被发现。"

徐依依瞪了她一眼:"你啊,都不如萧铮虞体贴人。"

白鹦乍一听见这名字,心里"咯噔"一声,还没反应过来:"什么?"

徐依依如此这般地对白鹦添油加醋地复述一遍,将萧铮虞其人描述得仿佛天神下凡般英勇救人——实际上只不过是递了包纸巾,怕人觉得丢脸一起罚站而已。

白鹦咋舌:"这样吗?那他是个不错的人呢……"想不到自己应该说什么,她面上僵硬,装得不在意,实际上心情复杂,火燎般让人头脑发热。

这情况呀,难道不是对徐依依有好感,就是对徐依依那同桌有好感吗?

无论如何,她跟那人都没有什么交集,虽然在隔壁班,但是只是两条平行线。就连第一次正面接触,都没有一个完整对话的回合。

一句"你好"发送出去，只有已阅未回复。好友建立未完成。

一想到这里，白鹦心就沉下去，冰冷冰冷的。

果然是毫无关系呢。但是……对白鹦来说，也是无关痛痒的事情。

白鹦抿着唇，嘴角上扬，笑意未达眼底。是的，无关痛痒。

徐依依还在不悦地指责白鹦作为一个好闺蜜不解风情，都不知道如何安慰朋友。白鹦垂着眼，抿着笑心接受她的指责，不住点头："是是是，是我的错，你被罚站也是我的错，你丢人也是我的错，你哭得惨兮兮也是我的错。"

萧铮虞和何向军正好从卫生间回来，经过6班门口，阿军堪堪一米六的小个子，只到萧铮虞下巴的高度，靠着6班教室这侧走着，遮挡不住萧铮虞的视线。

萧铮虞几乎是习惯性地扭头瞥了眼6班教室后门，刚好看见白鹦勾着嘴角笑眯眯地对徐依依认错。

她笑起来的时候，眼角弯起，跟月牙一样，平时故作冷淡的清秀面容瞬间就被柔化，带着些俏皮。

他收回视线，目不斜视地看着正前方的走廊，嘴角却不自觉地跟着上扬。

何向军看着他嫌恶地说道："我说，你能不能别总是带着这种高深莫测的笑，很恶心。"

"你懂什么。"萧铮虞斜了他一眼。

他猜，徐依依现在正跟白鹦聊着自己呢。

这样一想，他就有些小雀跃。

白鹦很焦躁。她的理智告诉她，不要被学习以外的事情打扰心神，人的精力是有限的。

可是就如同发愁家里的鹦鹉不孕不育一样，白鹦上课的时候总是不自觉想到隔壁班那个高个子的清俊少年，额角贴着湿漉漉的黑色发丝，微润清澈的双眼带笑盯着自己的样子。

真吸引人，真好看，但是真的只敢远观。

就算有交集了又如何？还不是那样。不会有任何所谓的好结局。

白鹦想，自己大概是有病。就算没有，如果不找个渠道发泄出去，她早晚也得憋出病来。

于是在放学后，白鹦终于忍不住跟张丽莎拐弯抹角用了诸多类比和比喻手法，甚至还用了"我朋友有个烦恼"这个万用套路，将自己现在发愁的少女心事告知了她。

张丽莎嘴快："哦，'我朋友就是我'系列。"

白鹦红着耳根，站在十字路口急得跳脚："不是不是！"

张丽莎笑嘻嘻地看着她，甩了个眼神："说吧，白鹦你喜欢上哪个男生了？"

白鹦一跺脚，急躁地否认："不是喜欢！真不是！"

"那是什么？"

"就是……"她一时语塞，满脸通红咬了咬牙，再次用力强调，"真的不是喜欢，就是觉得长得挺好看的。不准说出去！这是秘密！"

谁夸奖别人好看还是秘密的。这至少是很有好感了。张丽莎在心中鼓掌。

张丽莎竖起四指毫不真挚地发誓："我绝对不会说出去的。"

然后立刻八卦地问："谁谁谁？"

张丽莎软糯的手抓着白鹦的胳膊，脸挨着白鹦的脸，一双真挚透彻的双眼牢牢紧盯白鹦的双眼，白鹦从她黑色的眸子里看到自己闪躲的眼神，突然松了口气。

说出来，她眼里的自己就不是这么窘迫丢人的样子了吧？

她轻声开口："就那个萧铮虞。"

第一次从嘴里说全这个名字，舌尖就像被什么东西弹动一样，带着余韵微颤，一直连带着心脏都停跳一拍。好像一说出带有魔力的名字，她心里的心思就会被风带着，偷偷告诉名字的主人，瞧，这个傻瓜对你有好感呢。

白鹦几乎是下意识地将舌尖蜷缩，咬住下唇，紧紧闭着嘴巴。

"啊……"张丽莎点了点头，她的语气带着怅然，面上一闪而过复杂的情绪，"是他啊。你喜欢他这种类型呀。"

"不是喜欢！我只是觉得他长得好看。"白鹦急忙否认，认真地告诫她，"我可没有想怎么样。我们现在最重要的是……"

"学习！"张丽莎替她接下去说，"我知道了，大学霸。你只是觉得人家长得好看可以欣赏而已。"

"Fine.（是的。）"白鹭满意地点头，自欺欺人。

白鹭铆足了劲学习，将所有杂念都抛在了脑后。

上学、早读、做早操、上课、放学，她一直固定在自己的路线里，每次跟7班的队伍擦肩而过的时候，总是会夸张地跟身边的同学说笑着，露出平时不多见的笑脸，露着八颗大白牙，力求让人看出自己是全身心投入跟同学的谈笑风生里，她眼角的余光也绝对没有去偷偷寻找7班队伍里的某个高个子男生。

绝对没有。

然而张丽莎还是看出来了。

早操回来，张丽莎凑近白鹭身边，低声问："你刚才做早操的时候动作也太标准了吧，实在显眼。"

白鹭愣住了："标准也不行吗？"

"谁做得跟DVD上一样标准啊，大家都是浑水摸鱼的，你在掩饰什么啊，太笨拙了。"张丽莎一语点破，末了甩给她一个哭笑不得的眼神。

白鹭抿着唇，垂脸没说话。

她就是笨拙。

那人排在隔壁队伍的后边，能看见自己做操的背影。虽然他肯定不会注意到自己，估计早忘记一个多月前暴雨的车棚下窘迫的自己。

可是她不得不多想。

她不想被人看出来自己的心思，她的窘迫、笨拙、欲盖弥彰，全都是想要隐藏自己内心的想法。

但是太刻意，反倒更加显眼了。

她这样卖力认真地做早操，看着是不是……

"很傻。"李慕白认真点头。

白鹭捶了他的胳膊一下，怒道："我只是问你我认真做操的样子是不是太显眼，没问你傻不傻这个问题。"

身为同桌，李慕白没有一点体贴的态度，平时"借鉴"白鹭作业的时候有多低声下气，此刻就有多么狂妄。

他质朴的脸上露出憨实的表情，认真确认，再次点头："真的很傻。不过我觉得你可以上台领操。"

白鹦捂住滚烫的双颊，趴在桌子上，闷声闷气地说："你再多说一句，我大概就要爆炸了。"

李慕白捂住双眼，一本正经地回答："你爆炸时候的耀眼光芒请不要闪瞎我娇嫩的双眼。"

"……"

既然知道自己太刻意掩盖心思反倒更容易被人注意到，白鹦就学着别人一样，敷衍做操了。

这时候李慕白又要说了："你突然不认真做操了我都不会做操了。"

李慕白就站在白鹦后面，跟着白鹦的动作挥舞自己的双手双脚，要多僵硬有多僵硬。

白鹦双手高举过头顶，扭头对李慕白瞪了眼："你爱跟不跟，我不伺候你了！"

李慕白一瘪嘴，不说话了。

她略近视，但是回头的片刻间，视线一角仍旧很敏锐地捕捉住了隔壁队伍最后几个人中的其中一个。

他今天依旧如往常一样，没穿校服，长袖白色衬衫，深色牛仔裤，干净清瘦的身姿挺拔如松，但是懒洋洋地站在最后跟同学聊天，没有在做操。

半个学期的时间，也足够白鹦了解到，这是个老师眼里的头号刺头。不遵守纪律，抄作业，上课睡觉，成绩倒数，爱跟老师顶嘴。

在白鹦这个年纪，这相当于是小混混的概念了。

白鹦回过头，继续做操，心想，他果然没有在做操。

他们两人果然是两个世界里的人，远观即可。

那句"你好"没有得到回复，是正确的结果……吧。

回教室的路上，何向军疑惑地问萧铮虞："你今天怎么不做操，被老陈骂了？"

老陈是他们班主任陈老师，数学教得很好。

萧铮虞奇怪地看他一眼："我什么时候做过早操了？"

何向军想了想："前几天一直在做，虽然只是偶尔跟几个动作。"

萧铮虞沉默半晌，说道："你个子这么矮，排在最前面，怎么知道我做没做？"

何向军被他噎得说不出话来。

萧铮虞垂眼，耳边是纷乱嘈杂的脚步声和谈话声。队伍重重叠叠着，从操场井然有序地进入教学楼。他们跟在6班队伍的后边，人挨着人，挤作一堆。

因为个子高，萧铮虞仍旧一眼就看见了在前方队伍前边，扎着马尾，穿着秋季校服的女生。

她侧着脸跟身边的女孩子说着什么，白净的小脸带着笑，眼角上扬，笑得自得俏皮。一个男生从她身侧窜过去，她被撞到，往另一旁闪避，马尾辫随着她的身形扬起，像轻甩而起的流苏，又像染墨的毛笔，重重在他心头画上浓墨重彩的一笔。那一撞好像也撞在他的心上，酸甜微麻，像喝了口微涩的柠檬水，四肢百骸都浸润在这种酸麻中。

何向军胳膊撞了他一下，抬头奇怪地看他："你怎么了，发什么呆？"

萧铮虞摇了摇头："没什么，就是突然觉得，校服也挺好看的。"

何向军打量了一下自己身上穿的秋季校服，土气的褐色长裤，白色长衬衫，领子是褐色格纹，天气再冷一点，还可以再穿一件绀色西装小外套。

据说这是全市提倡的新式校服，女生们都很喜欢，男生只觉得太乖巧了。

"要说好看……也没多好看。"何向军别扭地说道。

萧铮虞皱眉摇了摇头："我可没说你穿着好看。"

好看的是穿着格纹百褶裙校服的女生一本正经认真做操的身影。一板一眼地抬手抬脚，长长的马尾跟着一晃一晃，直晃得他无心做操。

只是今天似乎也跟大家一样，敷衍了事了。但是依旧好看。

"总之你穿得跟幼儿园小朋友一样。"萧铮虞又说道。

入校后的第一次期中考试，白鹦可以称得上焚香沐浴、斋戒三天参加的。穿上刚晾晒完的干净校服，闻着还有柔顺剂和阳光的香味，包里是崭新的百乐水笔和未开封的尺子等工具，就连脚上的黑色小皮鞋都是新买的。

李慕白听她介绍自己为考试做的准备，一针见血地指出："为什么鞋子也要买新的？你用脚考试吗？"

"穿新鞋能让人身心愉悦，心情好了，考试放松，自然能拿到好成绩啊。"白鹦认真解释。

李慕白托腮，嘟囔着："反正我跟你隔了十几个考场，是抄不到你的答案了。"

"自己好好学习，朋友。"白鹦拍拍他肩膀。

考场是按照上一次的考试成绩排的。第一次大考，则按照小升初的考试排。白鹦被排在第三考场，虽然努力学习了，心里仍旧没有底。

考前一天找自己考场的时候，她还下意识地在自己那一层挨个教室数过去，寻找萧铮虞的考场。最后考场实在太多了，她在找到第十间教室的时候突然一拍脑门。

她是魔怔了？为什么要做这种事情？

背着书包匆匆离开教学楼，张丽莎就等在车棚，她没告诉她自己犯的傻，嘻嘻哈哈聊着天，回到家，一夜好梦。

周一出成绩，班主任老王将排名打印在纸上贴在教室旁由大家赏阅。

一声哗然，同学们立刻挤上前去看排名，脸贴着脸，一张张孩子气的脸上都写着忐忑期待。白鹦也很焦虑，但是又不想表现得太明显，站在人堆后边等着空出位子来，自己好挤进去看。

李慕白从人群里挤出来，看见白鹦，顺口说了句："你20。"

"嗯？班级？"白鹦一下子没反应过来。

"怎么可能。"李慕白斜了她一眼，"当然是年级段了。"

"……"白鹦紧闭着唇，内心的狂喜却呼之欲出，像只鸟儿要从心里飞出来在教室里转一圈啼叫她的喜悦。

至少，只有认真学习这件事情是付出就有回报的，从不让人失望。

白鹦英语成绩很不错，课堂表现也活跃，被英语老师"钦定"为英语课代表。每天要收作业送到英语教研组办公室去，第二天上课前再去搬回来发给大家，有时候还要帮忙批改作业。

张丽莎很喜欢跟白鹦一起来回英语办公室，这一段短短几分钟的路程，她们能侃一个世纪的八卦出来。

从6班到英语办公室需要经过7班教室。白鹦和张丽莎一人抱着一摞作业本，白鹦会特地站在左边，靠着7班的教室方向，微微扬起下巴，目不斜视地看着前方说笑着，匆匆路过。

实际上她的眼角余光早竭尽全力且精准地落在了7班教室最后排的人身上。

前天他穿了校服，徐依依说他们班主任批评了没穿校服的刺头们；昨天他穿了宽松的黑色套头衫，打篮球的时候跃起，衣角拉起能露出腰间的皮肤；今天他穿了白色T恤，又被罚站在了教室后边……

明明近视，白鹦却能精确找到人，并记下他的穿着打扮。

他们座位每两周变动一次，当终于轮到白鹦坐在靠窗的那组座位时，她最喜欢做的事情就是戴上眼镜，在7班体育课或者下午上课前，看教学楼对面的篮球场上的动静。

萧铮虞一定会出现在篮球场上挥洒汗水。

再一次抱着作业本经过7班教室的时候，张丽莎终于忍不住说道："白鹦，你不如戴上眼镜吧。"

"为什么？"

"这样，你能更加看得清人吧。"张丽莎如是说着。

白鹦心一揪，讶异地扭头看她，看到张丽莎面带微笑的脸，她紧张地做了个吞咽的动作。

看得清谁？张丽莎的话里是不是有深意？

白鹦不敢多问下去，但是她知道，张丽莎一定知道自己这些小心事小动作。

她自以为隐瞒得天衣无缝，但是在别人眼里可能拙劣不堪。

次日，白鹦去取作业本的时候，戴上了她的眼镜。世界立刻清晰明亮——明亮到她都能看得见坐在最后一排跟那个阿军聊天的萧铮虞额角上翘了撮碎发。

课间，整条走廊都是互相聊天、追逐打闹的学生们。教室里三三两两围着小团体，聊着昨晚更新的综艺，女孩子们对着"pick"的偶像尖叫，男生们兴奋地聊着游戏。

何向军抢了萧铮虞同桌的座位，正对着萧铮虞，眼珠子随着窗外走过的女孩子从右缓缓移向左边。

他手里把玩着萧铮虞的指尖陀螺，调笑地对萧铮虞说："那个女生走过去了。"

萧铮虞一把夺回陀螺，塞进抽屉里，恼火地压着自己额角翘起来的头发，嘟囔着："别烦我。"

何向军被他恼火的态度惊讶到了："老萧你怎么了？"

萧铮虞抿着嘴没说话，脸色阴沉，看着心情极差。

何向军小心措辞，仔细观察他脸色问道："又跟……叔叔吵架了？"

萧铮虞"哧"了一声，甩出几张红色的钞票，不屑地说："中午请你吃大餐。"

何向军跟萧铮虞是邻居，从小一起长大。可以说萧铮虞的童年基本是在何向军家里度过的。萧铮虞的父母常年在外做生意，家里条件倒是很不错，只是跟萧铮虞的感情很生疏。偶尔父母回来一趟，一见萧铮虞吊儿郎当的样子，再被老师一告状，难得团聚的温情荡然无存。萧铮虞又处在叛逆期，家庭战争在所难免。

看来这是昨晚又爆发了一次战争。

虽然很同情他，但是何向军因为有"大餐"可以吃，心情极佳。收敛笑意，他肃着脸拍了拍萧铮虞的肩膀，安慰："别难过，有兄弟陪你。"吃大餐。

萧铮虞抖肩甩下他的手，斜眼看他，问："你说她刚才走过去了？"

他几乎没说过"她"的名字，但是何向军自然知道他指的是谁。

何向军点头，一脸无辜："是啊，你不是没理我这话吗？欸，她回来了。"

萧铮虞微微侧脸，往窗外一看。白鹦跟往常一样，穿着秋季校服，乖巧的模样，跟她身边的圆脸女生一起往她们班走。她脸上仍是萧铮虞第一次见到她时的笑，灿烂灵动。

只是她脸上戴了副黑框眼镜，看着更加乖巧懂事了。

萧铮虞心里一憋闷，忍不住念叨："怎么戴眼镜了？"

何向军耸肩，表示自己也不知道。

更乖了。也很可爱。

将他们俩的差距拉得更开了。

萧铮虞心情微微失落。

白鹦父母中午都不在家，给了她20块钱让她在学校吃午饭。食堂的饭菜很难吃，白鹦吃过一次就不想再去第二次了。

放学后，人潮涌向校门口。白鹦在教室里写了会儿上午布置的作业，就揣着现金打算去学校对面买汉堡炸鸡吃。

从教学楼出来，往校门口走，路上已经没什么人了。

一个人的时候，白鹦很放松，怡然自得地跳着小碎步，哼着歌下楼，穿过天桥底，走到了校门口。

何向军很认真地提醒萧铮虞："我要海鲜比萨。"

萧铮虞伸了个懒腰，两人一前一后下楼，何向军跟在他身后。他头也不回地随口答应："随便你点什么，把钱花完就行。"

刚下了楼，萧铮虞就看见一个眼熟的身影独自在前方迈着小跳步往校门口的方向走去。

萧铮虞一声不吭，迈开长腿加快速度跟了上去。

何向军还在默默细数自己想吃什么东西，一抬头就发现前边的人不见了，轻啧一声急忙跟上，低声提议："我还想吃寿司，鳗鱼和甜虾的。"

"没有。中午吃汉堡。"萧铮虞皱着眉不耐烦地回应。

"啊？"何向军蒙了。

喂！说好的吃大餐，把钱花完的呢？

萧铮虞远远看见白鹦过了马路，进了对面的汉堡店，于是加快步伐跟了上去。

何向军气急败坏，跟在他身后指责："老萧，我希望你善良！"

善良？那是什么？汉堡炸鸡真好吃。

萧铮虞充耳不闻何向军的抗议，回头警告他安静，然后推开了汉堡店的推门。

站在取餐台前耐心排队等候的清秀女孩听见门口的声音，扭头好奇地看过来，黑葡萄般明亮的瞳仁在看到自己的一瞬间，微微一闪，随即收回了视线，垂脸看着手里拿着的小单词本，默默背诵。

这个时候还在见缝插针地背单词，萧铮虞捂着心口觉得感动又难过。

这叫他对自己的叛逆越来越不顺眼了。

何向军在看到白鹦的一瞬间就明白了过来，气得在他背后狠狠一戳脊梁骨，低狠地念叨："你欠我一顿海鲜比萨，一顿寿司，还有一顿泰国菜。"

"……什么时候多了顿泰国菜？！"

"就在刚刚。"

他怎么也来汉堡店买汉堡吃，而且就排在自己身后？他有没有盯着自己的后脑勺发呆？她辫子应该系得还整齐吧，没有碎发吧？他点的餐跟自己的怎么一样？

白鹦脑袋乱哄哄的，满脑子都是杂念，脊梁中心的"感受器"总是以为萧铮虞的视线在盯着自己，浑身都发烫，她现在耳根应该已经快滴血了——她怎么可能背得进单词啊。

取完餐，闷头快步离开，白鹦已经不敢去想自己的背影看起来是不是落荒而逃了。她侥幸又悲哀地想，他大概压根没记住自己是谁吧。

萧铮虞看着白鹦离开，回头对何向军略带小骄傲地道："看，学习多认真。"

何向军蹙眉，嫌弃地看他："是你学习了吗？"

"……我是告诉你，这是个很刻苦的女生。"

何向军不遗余力地吐槽，报自己失去大餐的仇："所以跟你有什么关系？"

"……"没有关系。

萧铮虞顿时萎靡了。他只是想跟何向军炫耀，自己欣赏的女孩子是多么优秀的人。

只是跟自己没有关系而已。

何向军嗤笑一声，对萧铮虞的这点坚持有些哭笑不得。交个朋友又不是早恋，怎么连跟人家结识的勇气都没有？

但是何向军跟萧铮虞认识这么多年，还是很了解他的。萧铮虞看着吊儿郎当，不守纪律，是个桀骜不驯的刺头，实际上心思很单纯，也很善良。他赤诚的心思在白鹦这里，其实很好理解。

因为他是个"坏学生"。像白鹦这样的"好学生"，不能沦落到跟"坏学生"为伍的。他怕自己影响她，于是干脆连当初那声"你好"都没有回应。

要知道，因为这一声错过，萧铮虞在家里捶胸顿足感慨了一周都没能释怀。

白鹦不再跟张丽莎提萧铮虞这人,但是张丽莎心知肚明白鹦的心情。偶尔会像说暗号一样,说道:"他家好像住在我家店对面小区里,我周末守店看到他骑车进去了。"

白鹦心里暗暗记着,心想,她难道还会去张丽莎家的店里蹲点吗?

事实上她还真的做了。

第一学期期末考考完后,等成绩的三天时间里,白鹦就天天在张丽莎家的小超市里玩,逗她养的中华田园犬,时不时看一眼超市对面的小区门口,想着会不会有眼熟的人出现。

但是并没有。

就这样傻乎乎、欲盖弥彰地蹲点,天天跟张丽莎聊天,玩狗,三天时间"咻"地如离弦之箭划过去了。

领成绩单的那天,白鹦穿了件红色羽绒服去学校。冬天寒冷夹带着湿气,阴冷刺骨,白鹦缩着肩膀,戴着帽子和口罩,穿着雪地靴,手套很厚,笨拙的双手把着车把手,"咯咯"颤抖地抵达学校。

车棚在两栋大楼中间,穿堂风呼啸着,刺得人都睁不开眼睛。

白鹦把帽子手套一摘,握着冰冷的钥匙给车上锁。

徐依依正巧也进来,跟白鹦打招呼:"拿完成绩后有心情一起去吃火锅吗?"

萧铮虞跟何向军一块儿跟在徐依依后边进了车棚。

没等白鹦回答,徐依依咧着嘴笑,也问萧铮虞他们。

白鹦瞥了眼惊讶的两人,对徐依依问道:"我怕我没有心情去,算了吧。"

"得了吧,你还怕你考不好。你要考年级段第一才罢休吗?"徐依依夸张地说道。

白鹦垂下眼眸,躲闪着来自萧铮虞的视线,微微歪头:"我是想考第一啊。"

"你真可怕。那你别来了别来了,看到你我可能心情会不好。老萧我们去吃火锅。"徐依依说着拍拍萧铮虞的胳膊,大大咧咧地说。

萧铮虞不经意间看了眼白鹦,她正把自己的帽子、口罩和手套往书包里塞,她包里也不知道塞了什么东西,满满当当的,塞这些小东西的时候吭哧吭哧地都有些吃力,让人很想上去帮忙。

可是他没有。

他心里有些凄凉地想，白鹦跟徐依依是好朋友，自己跟徐依依也是称兄道弟的同学，为什么这两个等号就无法连等呢？

他快速停好车，随意应了声徐依依的话，跟何向军一块儿走到6班那排车位的排头时，他看了眼正好将书包拉链拉上的白鹦。

她似乎从来没有看到过自己。

萧铮虞心里突然有些憋闷和无名之火，像是发泄心中的憋屈一样，他没有想多，经过6班车位排头的时候顺脚踹了把排头的自行车轮胎。

令人没想到的是，排头的自行车晃晃悠悠倒下，竟引发了多米诺骨牌的效应，一辆又一辆车接连着倒下，直接就波及了白鹦。

白鹦没反应过来，眼看着自己的车快倒下了，惊呼一声，手里的书包一抛，急忙扑上前去扒住自行车的后座。但是前面十几辆自行车的重量实在太沉了，她指尖和手指关节都泛白了，咬着牙用力撑着仍旧没法将车子立好。

幸好两个同班同学在一旁看见了，上来帮忙扶好车子，白鹦才松口气。

多米诺骨牌效应发生的时候，萧铮虞踹了车子就走了，等听见白鹦的惊呼声才转头回来看。

看见那一幕的时候，他浑身冷汗都出来了。

何向军和徐依依都扭头发现了这情况，他们是看见萧铮虞踢车了的，只以为他轻轻踹了一脚，没想到会发生这种事情。

徐依依大声吼他："你踹车子做什么？砸到人怎么办？"

萧铮虞后悔万分，拧眉垂着脸没说话，脸色铁青。

他一定是那瞬间脑壳坏掉了，不然怎么会做出这种事情来。

白鹦……没事吧？她……没发现是自己做的吧？要是知道了，会不会对他印象更差了？

白鹦听到了徐依依那样怒吼，心下疑惑，又觉得不明白。

他是故意的还是怎么回事？明知道自己就在车子旁边，还踢上那一脚……简直就像是针对自己。

他为什么要针对自己？

白鹦想不通。

但是心脏却越跳越快，忍不住多想。

到教室的时候，她的脸都红扑扑的。李慕白多看了她几眼，问："你跑八百米了吗？"

白鹦："差不多了。"

"你穿成这样还能跑步，佩服。"

白鹦一看自己大红艳俗的羽绒大衣，再看一眼自己脚上蹬着的驼色雪地靴，顿时把脸埋进了手臂间无脸见人。

她……穿得好丑。

然而还有更出糗的事情。

白鹦考了全年级第6，是个令人很满意的成绩，白鹦喜上眉梢。下一秒，班主任老王要她去校电视台教室去。

"要直播发奖学金。每年级前十都要去。"老王和善地看着她，心里满意极了。

一共12个班级，他们班就占了两个名额，老王能不高兴吗，连带着看白鹦通红的小脸，更觉得可爱了。

白鹦吓得快灵魂出窍了。

她这种狼狈的打扮，上校电视台直播给全校看？别了吧！

可是这种荣誉的场合，不去又太不礼貌了。白鹦几乎是哭丧着脸，跟同学一起上了楼，进了直播厅。

她不知道自己在镜头里的形象到底如何，她不想看到。

她僵硬地微笑着从校长手里接过红色的信封，包着奖学金的信封捏在手里薄薄的，估摸着最多不过百。

但这是个莫大的荣誉了——如果没有那台黑黢黢的摄像机就更好了。

"恭喜你们！"

"谢谢校长！"白鹦咧开嘴，露出八颗大白牙，灿烂地笑着。

没人知道，她的内心在滴血。早知道今天要直播，她就打扮得好看些了。

7班教室里，萧铮虞从抽屉里掏出他的手机，镜头对准电视直播的画面，"啪擦啪擦"连拍数十张照片，然后点开录像开始录视频。

萧铮虞的同桌好奇地看他："你做什么？"

"拍东西啊。"

"学校不许带手机来的，你这么明目张胆，小心被老陈没收。"他告诫萧铮虞。

萧铮虞随口应了一声，我行我素。

当然是继续拍了。

谁也不知道他是为了拍谁的照片，录谁的视频。虽然距离很远，屏幕很小，录进来的画面很模糊，但是能看出是白鹦就足够了。

往后的时光里，他至少可以怀旧地翻开有她影像的资料，悼念青春。

他很紧张，又激动，手心都冒着汗，心脏扑通直跳，滚烫热烈。

"老师来了告诉我。"萧铮虞头也不回地对同桌说道。

同桌没回答。

回答他的是一个中年男人的声音。

"告诉你什么？"

萧铮虞猛地回头，看到班主任陈老师那张严肃的脸。他抽了抽嘴角，眼疾手快地将视频保存，关机。

陈老师单手背后，另一手伸出来摊平手掌，意味深长地看着他，其中含义不言而喻。

Chapter 3 年少总得负点伤

萧铮虞的手机被收走了，还是在第一学期的最后一天。

领完成绩单放学后，他苦着脸进数学教研组的办公室跟陈老师诉苦："老师，马上就寒假了，就别这么严格了吧？"

"还在学校就不能带手机。这是规定。还给你可以，把你家长叫来。"陈老师严肃地回答。

萧铮虞没法，在车棚跟何向军讨论了很久。

"我爸妈不在家，怎么叫家长。叫了家长知道我带手机到学校，又是一顿骂，万一看到手机里的东西，就更别提了。"萧铮虞捂了把脸，心里焦躁极了。

何向军问："你手机里什么东西？"

萧铮虞看他一脸好奇又意味深长地笑，半张着嘴眨了眨眼睛，蓦地往后一退："喂喂喂，都是健康向上的东西，你别想歪。"

"那你那么在意做什么？"何向军笑他。

6班也放了，白鹦在人群中从行政楼的出口走进车棚里，往他们的方向走来。萧铮虞下意识瞄了眼白鹦，没说话。

就只是这一秒的视线聚焦，何向军也知道这家伙到底在手机里存了什么东西。

"……你拍了电视？"何向军难以置信地问。

萧铮虞一脸理所当然："我的手机，拍什么不行。"

不是不行，只是这行为傻得可以，而且根本看不清画面。可是眼前这个傻子似乎不觉得画面糊有什么不对，反倒还对自己的行为特别自豪。

"我现在很肯定，梧岳寺那个算命老头儿是骗子了。"何向军鄙夷地看他，"居然说你能考上重点大学。"

萧铮虞疑惑又无辜地蹙眉："我算之前就觉得他是骗子了，居然说你能长到一米九。"

说着他还拿手比了比何向军跟自己的身高差距。他目前一米七五，何向军一米六。

"滚。"何向军冷冷地吐出一个字。

白鹦跟张丽莎聊着天，很快就提车离开了，萧铮虞远远瞄了眼她的背影，咬咬牙，一合掌，痛下决心说道："我要回一趟办公室，你帮我望风。"

"什么？"

萧铮虞不顾何向军的劝阻，硬拉着人回了三楼的老师办公室，故作路过般经过了数学教研组，瞄了眼办公室内部，很好，目前没有老师在。

萧铮虞低声道："老师来了告诉我，我去去就来。"

"不是……你真的假的？"

萧铮虞没等何向军说完就进了办公室，熟门熟路地拉开陈老师不上锁的抽屉，里面塞了一堆从学生那收缴来的违禁物。

比如上课偷看的漫画、小说、手机以及一些可能伤害到人的小玩具。

萧铮虞的手机就摆在最上面，手机没关机，一打开就是密码盘。打开手机，他飞快地用微信往何向军微信传了今天拍的照片和视频，然后果断删除，关机。

"噗嘶噗嘶——"门口传来何向军的提醒声。

萧铮虞往门口瞄了眼，将手机放回原位，然后轻手轻脚地关上抽屉格，飞快地从教室内跑出来，拉着何向军就跑。

回家路上，萧铮虞炫耀似的讲述了自己的聪明机智，既不会被人发现自己偷进了办公室，又能拿到照片和视频，一举两得。

他脸上的表情得意得太过，一张好看英俊的少年面孔竟有那么几分憨直。何向军看得简直不忍直视。

于是他问："所以你照片视频传给谁了？"

萧铮虞一副理所当然的表情："当然是你了。"

抽了抽嘴角，何向军表情僵硬。

"你哪来的自信我一定会给你？"

"……你不会给我吗？"

何向军："我要吃海鲜比萨。"

萧铮虞气极："破事情你能记半学期吗！"

何向军加快速度骑车，将萧铮虞远远落在后面，回头朝他吼道："阻挠我吃好吃的我能记一辈子！"

萧铮虞也加速蹬脚踏追上他，大声辩解："我信你能长到一米九了！吃死你！"

短暂又忙碌的寒假开始了。

如果拿寒假和暑假做比较，白鹦当然是更喜欢暑假了。空调，西瓜，凉席，悠长的假期，可以一整天都躺在床上吹着空调风，拉开窗帘，窗外的烈阳将刺眼明亮的阳光投洒进窗内，感受着凉爽又耀眼的闲散。

这一切在寒假是做不到的。不到一个月的假期，还得赶作业，大半的时间在忙着过年和准备过年。

因为拿了好成绩，白鹦跟父母去拜年的时候，逢人就被夸，她笑得僵硬，对长辈们摆手说"哪里哪里，我要继续努力"这种虚伪的话之外，还得推三阻四地一手拒绝压岁钱，另一手却撩开口袋准备接纳。

虚伪，太虚伪了。

虽然虚伪，白鹦还是高高兴兴把压岁钱揣兜里，回家关上房门数钞票。今年压岁钱一共2000，白鹦把钱存进了自己的银行卡里。按照白哲先生和王莉莉女士的盘算，这是白鹦未来大学四年的学费和生活费。

一个寒假过去，白鹦胖了四斤，原本白净的小脸都养得粉红剔透的，小圆了一圈，看着圆润不少。以及，开学第一天的早晨，白鹦靠在墙上，让白哲给她量身高，她长高了，已经158厘米了。

白鹦在车棚遇到了徐依依，两人寒假约了几次，徐依依属于吃不胖的类型，让白鹦很羡慕。她一见面就怼白鹦。

"鹦鹉，你胖了。"

白鹦气得跳脚，脸涨得通红："我长高了！两厘米！重起来那点肉就抵消了！是我长个子需要的！"

徐依依在自己脸上比画了一圈："你的下巴这样了。"

白鹦红着脸抬手摸下巴，觉得入手的确手感柔软很多，又急又不肯承认，瘪着嘴对自己恼火，怪自己把不住嘴。

萧铮虞穿了件长款呢大衣推着自行车进来，大衣纽扣没扣，里边难得穿了一整套的冬季校服。

他一进车棚就跟徐依依打招呼："新年好！"

徐依依一抬手，眉飞色舞地打招呼："新年好，恭喜发财啦！"

自从他上学期帮过徐依依之后，徐依依跟他的关系就越来越好，徐依依性格开朗，跟男生们总是打成一片，能玩得到一块儿，称兄道弟的，让白鹦看着都有些羡慕。

白鹦在人际交往上没有徐依依这么吃得开，她很笨拙。就比如新学期开学第一天，她只会说"你好"，说不出"新年好"或者"寒假过得开心吗"之类寒暄的话。

她总是会舌头打结，主动说不出这种话来。

徐依依问萧铮虞："欸，阿军呢？怎么没跟你一块儿来上学？"

"他车子坏了，他妈妈送他来的。"

萧铮虞的车子没有车后座，载不了人，再说了，自行车载人被学校抓到了要挨批评的。

白鹦趁他们说话的空档，推了推眼镜就准备走，徐依依喊住她："鹦鹉，一起走啊！"

白鹦回头，眼神游移地理了理刘海，扯了扯嘴角说道："我要去英语办公室，老师在等我。"

徐依依瞪眼："刚开学就去找老师，你有病吧？"

白鹦没说话，她当然不可能真去英语办公室，这只是借口。看徐依依的样子，是想拉她跟萧铮虞一块儿去教室。

她不敢,她要用什么样的姿态走在他身边?用什么样的表情和语气来掩盖自己内心的羞涩和紧张?怎么才能让人看不出她拙劣演技下的心思?

徐依依摆手,顿觉疲惫:"你走吧走吧,我不想见你。"

白鹦冲她咧嘴一笑,大声道"再见",背上书包扭头就跑进了行政楼。她是想跟萧铮虞也说再见的,所以才这么大声。

徐依依不耐地轻啧一声,嘟囔:"鹦鹉小时候有这么乖吗?我怎么不觉得啊?"

萧铮虞垂眸,问徐依依:"她只是找借口吧?"

徐依依侧脸看他,瘪着嘴点了点头,一拍手:"说不定哟。一定是你太凶了吓到她了。走吧,去上课。"

"我凶?"萧铮虞紧皱眉,怀疑人生。

他凶?他自以为长得温和面善,还是帅哥一个,而且尽量平时都嘴角带笑,希望给她留下一个好印象。怎么就凶了?

新学期新气象,白鹦的目标是考全年级第一。

李慕白一百万个支持:"只要你奉献一点精力给我,我会用我全部的精力为你加油。"

白鹦翻了个白眼:"你作业麻烦自己做,抄别人作业还理直气壮了。"

李慕白诉苦:"我这么笨,不抄作业怎么交得上去!"

"……"

政治课的作业是平时完成后,在课堂上对答案批改的,第一节课的时候,老王就把所有人作业本的标准答案给收了上来,到时候批改的时候再发下来。

她这种方法,既节省了自己批改的时间,还相当于让学生们自己再巩固一遍知识点。白鹦也挺喜欢上课批改作业的——毕竟没人喜欢一直学习新知识点,纯当休息了。

老王会将7班和6班的作业本对调批改。这节课就是如此。她搬了7班的作业和答案下来,让同学们随机拿,对照标准答案批改。

李慕白手里不知道拿的是谁的作业本,犹豫了一下又凑过来看白鹦拿到的作业本,一看上面的名字,笑了:"嘿,这是我以前的同学,我来改吧。"

他二话不说就把自己手上的作业本跟白鹦手上的调了过来，然后拿出红笔开始批改起来。

白鹦看到手上封面工整清秀地写着"萧铮虞"三个字的作业本，蒙了。

这是萧铮虞的作业本？为什么这个人的字写得还挺好看？比她的字好看多了。这是什么缘分……

白鹦莫名地心慌气短，脸泛红。四下看了看教室内的动静，她做贼心虚般地低头翻开作业本，从第一页开始一页页往后翻。

客观题几乎是50%的正确率，明明是很简单的问题，他似乎是在用脚答题。主观题干脆就空着，或者写几个潦草的回答，也不写原因和解释。

批改人给打了个大红叉。

白鹦轻咳一声，耳根通红，低头认真地对照答案批改最新一页的作业。

无论是不是萧铮虞，她一直都是这种认真负责的性格，错误的地方写上正确答案，甚至简答题都工工整整抄上自己理解的答案，比标准答案更好理解，更加简洁。

李慕白钩钩叉叉很快就改好了，扭头一看白鹦，才改了一半，嘟囔道："你这么认真，有用吗？"

白鹦点头，严肃地看着他："当然有用，相当于自己再复习一遍，平时可以少复习了。"

政治作业发回到手里，萧铮虞不在意地把本子往抽屉里一扔，低头开始玩手机。他换了只新手机，课间的时候偶尔会把脑袋几乎塞抽屉里面埋头玩游戏。

他同桌翻了翻自己的作业，里面错的几题没写正确答案，他们手里也没有答案，还得等老师发下来讲解。他顺嘴一问萧铮虞："你作业本怎么样，给我看看？"

萧铮虞头也不抬，右手继续操作手机，左手往抽屉里掏出作业本拍在桌上。

同桌翻开他的作业本，原意只打算看看能不能知道正确答案，结果一瞧，惊呼道："批你作业的是哪个学霸啊？这么仔细？"

萧铮虞没在意，摆了摆手，同桌见他不理会，就着他作业本就开始订正错误。

等萧铮虞玩完这一盘，长舒一口气，把手机往兜里一塞，一抬眼就看见自己和同桌桌子间摊开来摆着的那本政治作业本。

　　满面醒目的红色钩叉之外，更吸引人眼球的是密密麻麻、工整干净的，用铅笔写的蝇头小字。仔细一看，全是答案解析，无论客观题还是主观题都有。

　　这些字写得小，不怎么占地方，似乎是怕作业本的主人恼，因此用的铅笔，可以随时擦干净。说真心话，字写得并不是很漂亮，一个个圆鼓鼓的，也没有笔锋，学过几年钢笔书法的萧铮虞心里点评着。但是胜在认真整洁，而且解析详略得当，让人一眼就能看懂，实在让人欣赏又钦佩。

　　萧铮虞目瞪口呆，讷讷地问："这……谁批改的？这么厉害。"

　　徐依依正巧路过后门，听到后门旁座位上萧铮虞的喃喃自问，好奇地凑上来一看，"哈"的一声笑道："这不是我们家鹦鹉的字吗？就这胖乎乎的圆体字，跟小学二年级一样，一点长进也没有。"

　　萧铮虞的脑袋"哄"一声就炸开了。

　　如果时光能够倒流，萧铮虞会在作业本交上去之前，把封面的署名改成"何向军"。

　　可是说什么都晚了，白鹦已经知道了自己到底是多么烂的一个差生，一门副课简单到翻书就是标准答案，他还错了一半，而且因为懒，主观题都没写。

　　白鹦会在心里怎么想自己？这个人徒有其表，内里就是一团烂泥扶不上墙？就这样，她还这么有耐心地把一道道错题的解析都标注在一旁，还贴心地用了铅笔。

　　一边是地狱般的追悔莫及和无地自容，另一边却是鸟语花香的感动和温暖。悲喜交加让萧铮虞的脸色显得复杂又有趣。

　　徐依依看着他的表情嗤笑一声，问："你记得我们鹦鹉？"

　　萧铮虞眉心一皱，反问："为什么不记得？"

　　就算没有交流过，至少经常会在停车棚和操场见到面啊。况且，两人隔壁班，来来往往脸都熟了。

　　"我们鹦鹉"这个词用得真让人羡慕。

　　徐依依点点头，耸肩，手指着作业本道："我作业本上次也是她改的，我就错了一道题，她给我写了半面的答案，字个顶个的大，害得我擦了半天。你这错得太多了，她因地制宜，给缩小了字体。不过还是擦得比较麻烦。"

萧铮虞想，擦掉？他为什么要擦掉？他当然是要保存下来，最好切页珍藏。

认真负责的女生，比之前笑起来好看的女孩形象更加鲜明生动，萧铮虞心里更加的悦动，也更加的复杂。

他觉得自己更加糟糕了。他不配跟白鹦交朋友，最好连认识都不要。

萧铮虞买了本新政治作业本，谎称原先的被弄丢了，实际上被他保存起来了。

何向军大概知道他的想法，觉得他空长个子，脑袋还是没开封的。做的事情怎么总是那么让人摸不着头脑，又憋屈得很。

白鹦有轻微的强迫症，她课桌上的书一定得摆得整整齐齐，角对角，边对边。课桌右上角放了个笔筒，白鹦把笔和尺子都塞在里边，想要什么顺手一拿，非常方便。

她对自己的小聪明洋洋得意。

笔筒还是张丽莎送的，一只熊猫抱竹子的造型，看着很可爱。

见白鹦在用，张丽莎心里也挺高兴。

只是，意外总是来得突然，让人毫无准备。

课间休息，班里几个男生在教室里追逐打闹，推搡来推搡去。这是教室里的常态，平时看着热闹，又青春有活力，有些男生还做些古怪的动作和表情，看着也逗趣，白鹦还挺喜欢围观的。

当时她正站在桌子旁边，跟张丽莎聊着最近看的小说。

正聊得开心，手舞足蹈的时候，身后突然一个巨大的推力，她猝不及防被推翻，上半身撞到了自己的桌角，脸往桌上撞去，左眼眼角正好撞在笔筒里竖着尖角的三角尺上。

那一下撞击让白鹦眼前一黑，隔了几秒，大脑才反应过来，缓缓地感觉到刺痛，紧接着就是神经跳动的钝痛。

身边传来几声女生的尖叫。

张丽莎紧张地扶着白鹦，颤声问："白鹦，你怎么样？"

白鹦还迷迷糊糊的，闭着左眼，右眼看见张丽莎吓得惨白的脸，歪了歪脑袋，左手摸上自己的左眼，摸到了一手温热湿滑，一看，手心里全是红艳艳的鲜血，触目惊心。她该不会瞎了吧？

白鹦傻了几秒，猛地大哭出声，眼泪掺着血，形成一道血泪从左眼流下，看着瘆人极了。

教室里安静了几分钟，大家都吓傻了。撞人的矮个子男同学首当其冲，呆站在原地，不知所措。

白鹦哭了几秒突然冷静下来，抽噎着对张丽莎说："先送我去校医室看看。"

李慕白站在肇事者身后推了推他，提醒道："还不跟上去看看，你犯的错。"

"哦……哦。"男生才反应过来，急忙跟了上去。

萧铮虞和何向军以及几个男生在7班教室后门摸高，每个人跳起来去碰后门门框，谁碰到的点更高，谁就赢。

萧铮虞赢了两回，转头嘲笑何向军小矮人。何向军个子不高是事实，但是花拳绣腿打起人来还真有点疼。两人正在同学们的起哄下推搡打闹，6班方向突然传出几声尖叫惊呼声。

萧铮虞和何向军都停下了动作，疑惑地看过去。

没一会儿，6班教室里就出来几个人，围着中间的女生，神色惊慌。萧铮虞看见中间的女生，眼皮一跳，心脏都收紧发疼。

白鹦左手捂着左眼，血从指缝间淌下，混着眼泪落在她嘴角，被她另一只手上的纸巾擦掉。她看起来神色平静，但是紧咬的下唇发白，脸色惨白，睁着的右眼里也有些茫然无措，显然只是应激反应下的平静，她大概已经慌到没知觉了。

张丽莎扶着她，身后跟着一高一矮两个男生，四个人在众人的目送围观下，往位于行政楼四楼的校医室走去。她身后的矮个子男生脸颊涨得通红，神色慌乱，看上去就像犯了错心虚的样子。

徐依依看到了白鹦受伤，跟上去问，萧铮虞竖起耳朵仔细听。

四人没停下脚步，神色匆匆，白鹦声音低哑说不出话来，张丽莎就替她回答："撞到眼睛了，我们去校医室看看。"

萧铮虞看着白鹦的侧脸，她手指尖淌出的血液像是完全止不住一样，擦掉后继续流下来，令人窒息。

他胸口微沉，几乎有些心慌地往白鹦走的方向跟了两步，随即扭头对何向军说："你去问问她伤得到底怎么样？"

何向军也对白鹦受伤这件事情震惊了，吓得有些蒙，回过神来反问："为什么我问？"

萧铮虞没解释，懒得跟何向军多言，就往6班走，顺手拉住一个认识的同学问："你们班发生什么事了？"

这个同学跟萧铮虞是小学同学，外号叫乌龟，成绩很好，但是人很调皮，经常跟老师顶嘴，跟白鹦关系还挺不错的。

乌龟此时也有些慌，他是跟撞人的男生一起打闹的那个，要是白鹦眼睛受了什么严重的伤影响未来生活，他也脱不了责任。

他回答："徐帆把人撞到了，白鹦脸撞到尺子上，眼睛被戳到了。"

其实戳到了哪里谁也不知道，连白鹦自己也被一手的血给吓到了，说不出所以然来。只是众人见她满眼的血，以为戳到了眼球，血肉模糊。各个都想着，完蛋了，班里的大学霸要瞎掉一只眼睛了。

6班原本热闹的课间噤若寒蝉，所有人都后怕地坐在座位上没有说话。

萧铮虞一听白鹦眼睛被戳到了，顿时急了，回了教室就把书包一理要出教室，被何向军拉住了。

"你去哪？"

"我去看看白鹦，她眼睛被尺子戳到了。"

"……"何向军无可奈何地看着自己的发小，觉得这人脑子真的不够用，"你去有什么用？不如叫救护车。"

眼睛被戳伤了，那肯定是很严重的伤了，这时候叫救护车比什么都有用。

萧铮虞这才反应过来，一拍手，带着手机就躲到楼梯拐角打"120"去了。

见萧铮虞行动力这么强，何向军都有些犯愁。要是白鹦真的瞎了一只眼，也不知道萧铮虞要怎么办。

所幸最后是虚惊一场。

班主任老王赶到校医室的时候，校医已经给白鹦止了血，简单处理了伤口。

"就是上眼皮伤到，再差半厘米就是眼球了，不幸中的万幸了。快去医院缝针吧，伤口还是挺深的。"校医脱下医用手套对白鹦说道。

所有人都松了口气，老王安慰了几句白鹦，就开始指责撞人的徐帆毛里毛躁撞到了人。

老王已经联系了白鹦的父亲，接她去医院缝针。白鹦对着镜子看那道极为凶险的伤口，知道自己只是吓自己，不会瞎的时候，有些哭笑不得。

张丽莎这时候眼眶红了，在一旁抹眼泪，抱怨道："你还笑得出来，我差点吓死了，以为你真的要瞎了。"

白鹦马后炮："我自己受的伤我还不知道吗？要是真眼球伤到了，我难道不是满地打滚喊疼吗？"

白鹦嘴上这样说，其实当时吓到没有智商的也是她，表面冷静其实内心里害怕极了。

但是见张丽莎真心实意地替自己担心，白鹦心里暖暖的，又感动又想笑。受伤的是她，哭得最狠的反倒是张丽莎。

白哲赶到学校的时候，白鹦在老王陪同下在校门口等着，同他一同赶到的，是救护车。

一行人盯着响着警铃的救护车缓缓开进校门内，面面相觑。

白鹦："爸爸，你叫的救护车？"

白哲摇头："不是啊……我自己本人都来了，不比救护车快吗？"

救护车上下来两位救护人员，戴着口罩，冷面冷语就问他们："你们谁叫的救护车？伤员在哪？"

白鹦迟疑地抬手指着自己。

这……是哪一出？白鹦有些不明白。

救护车不是自己叫的，但也是为了白鹦出车的，不能让人家白出车，白哲不情不愿，碎碎念着付了出车费，自己载着白鹦去了最近的社区医院缝针。

一路上，白哲还责怪白鹦自己不小心。

白鹦委屈死了，坐在白哲的电动车后座上，拽着他的衣服，难过地吼道："我都破相了你还怪我！我站着什么事情都没做，天降横祸我招谁惹谁了。"

白哲叹了声气，语重心长地告诫她："总之，把笔筒收起来吧。"

缝了两针，贴上纱布，做独眼海盗的形象，白鹦回了教室赶着上下午的课。回来做的第一件事就是把笔筒给收了起来。为此她还很不好意思，总觉得对不起张丽莎。

张丽莎摇摇头："是我送你笔筒才害你破相的。没事。"

白鹦点点头，只有一只眼睛可以看到东西，上课的确有些吃力。有时候，得用笔撩起纱布下角，让左眼也露出来才可以看清黑板。

张丽莎提醒她："你别用笔了，等一下真戳进去了。"

白鹦唉声叹气："我破相了。"

张丽莎安慰她，笑道："你这个位子在双眼皮褶子那，指不定割出个欧式双眼皮。"

白鹦瘪嘴："我原来已经是欧式双眼皮了，这是要我割非洲大裂谷双眼皮吗？"

还有心情开玩笑，那就是没那么难过。张丽莎哈哈大笑，心情轻松了很多。

徐侬侬笑白鹦受了看着凶险的小伤，还莫名其妙多付了几百的急救中心出车费，简直冤大头一个。白鹦也觉得自己委屈巴巴的，但是也知道帮忙叫救护车的人是好意，就当为好心买单吧。

不过，徐侬侬是嫌事情不够热闹的主，逢人就将这有趣的事拿来逗趣。说了一圈，逗趣到萧铮虞头上了。

何向军就骑着自行车跟在萧铮虞旁边，眼看着听到徐侬侬说完话后，神色有些不自然的萧铮虞，他车头都把不稳，车子开始晃悠，忍不住夸张地捧腹大笑。

徐侬侬以为何向军是对这件事觉得好笑，不停问："是不是很好笑？白鹦也太倒霉了对吧？"

何向军抹掉眼角笑出来的眼泪，瞥了眼铁青着脸沉默的萧铮虞，点头："真的很倒霉，也不知道是哪个傻蛋叫的救护车，太倒霉了，哈哈哈哈。"

萧铮虞闷头加速，飞快地拐进了小区大门。

徐依依：" 欸，他怎么了？"

"没事，青春期比较叛逆，突然变傻了。"何向军意有所指，跟徐依依道了别，也拐进了小区大门。

在车库停好车，何向军紧赶慢赶在电梯门关上前把住门钻进电梯，轻笑一声，问萧铮虞："做何感想？"

萧铮虞几秒没回话，末了，他闷声闷气地说："我是不是一直在给她惹麻烦？"

何向军想了想："也没几次吧，你又没跟人家有什么交集。"

没有什么比这句话更扎心的了。

萧铮虞抬手捂了把脸，长舒一口气，舔了舔上唇，突然如释重负般说道："其实今天上午那个时候，我什么坏结果都考虑到了，真的是……幸好只是虚惊一场。"

"什么坏结果？"何向军皱着脸疑惑，上下打量萧铮虞。

他就像是突然从极度压抑的痛苦中剥离出来，瞬间海阔天空地放松下来，人都明亮了起来，跟今天上午晦暗色彩的他形成鲜明对比。

受伤的是白鹦，怎么好像遭受最大打击的人反倒是萧铮虞。

"就是……要是她真的伤到眼球，一只眼睛看不见了的话。"

萧铮虞低声解释道。

电梯"叮"一声响了，门缓缓打开。

两人一前一后出了电梯，两人住在对门，互相背着身，开自己家的门锁。

何向军将钥匙插入锁孔，疑惑问："那会怎么样？"

萧铮虞转动钥匙，另一手摁下门把手，打开房门，低哑着声音轻声说道："如果大家都嫌弃她，我会保护她的。"

说完，他进了门，没说再见，径自将门关上，他略带疲惫的脸上带着抹坚定，被房门掩盖。

"嘭"一声，关门声又点亮了刚才熄灭了的声控灯。

何向军侧着脸，目瞪口呆地盯着萧铮虞的家门，半晌没回过神来。

这家伙……知道自己说了多么帅气的话吗？

可是，跟他说有什么用啊！他不会多感动的啊！

白鹦是个很好面子的人，但是在受伤贴着纱布变成"独眼龙"的这一周内，她照镜子，竟觉得自己这样子还挺好看的。

给家里那两只不孕不育虎皮鹦鹉换水和鸟食的时候，鹦鹉都有些受到惊吓地在鸟笼里乱飞，互相碰撞。

她对张丽莎说："我这样看着是不是挺傻的？"

"不是挺，是很。"张丽莎两手拇指和食指比了个相框在她脸上比比画画，"什么时候拆线？"

"下周二。"白鹦轻轻摁了摁伤口，微疼。

当时那种刻骨铭心的疼痛现在回想起来并没有多疼，更多的是后怕，不知道自己到底伤到什么程度，自己吓自己而已。

贴着这张醒目的医用纱布，只要跟白鹦有点面熟的同学，见到白鹦张口就是："哟，白鹦，破相了？怎么回事啊？"

这时候白鹦只能无奈又无所谓地耸肩回答："不小心撞到了。"

早上到学校的时候，楼梯口旁边围了一群人，白鹦提了提眼镜，看见一群女生中心，鹤立鸡群的高个子男生脸上带着笑跟她们说话。

白鹦太阳穴突突跳了几下，敏感又觉得有些不悦。

他大概很享受成为女生话题中心的感受吧。

白鹦在楼梯口顿了顿，随即头也不抬地径自上了楼，上楼的时候，手还抬了抬，摸了一下自己的伤口。今天换了张新的纱布，舒服多了，明天就可以把纱布拿掉了。

他应该没看见自己吧？

萧铮虞早就看见白鹦了，抬眼望了望白鹦上楼的背影，然后对身边围着他的女生和善地说道："下次再跟你们说参加活动的事情，我要去上课了。"

"哦——"女生们一脸失望，但是仍旧腾出了路让萧铮虞离开。

他松了口气，长腿迈开匆匆上了楼。

学校要开什么旧物义卖活动，这帮学生会的学姐们联系每班的班长，他们班长不知道为什么想着萧铮虞形象好，把萧铮虞推出去，当什么班级的形象代言人，说到时候班级摆摊的时候由他来吆喝。

饶了他吧。

萧铮虞额头发紧，一步两级台阶地上楼，总算是能看见白鹦在拐角的背影了。

等他上了三楼，白鹦正好进了自己班的教室。

她看起来没什么大碍。这个月份天气还比较凉，伤口也不容易发炎。萧铮虞心情放松，进了教室，从书包里掏出语文课本，竖着摊开立在桌上，脑袋藏在书后面，拿出手机偷偷翻看自己的相册——从何向军那里拿回来的照片和视频，以及这两天远远拍到的背影。

将手机锁屏塞回抽屉里后，萧铮虞伸了个大大的懒腰，趴在桌子上开始睡回笼觉。

"老师来了告诉我一声。"萧铮虞对同桌叮嘱。

同桌无语地看着他，低声抱怨："给你望风我怎么一点好处都没有。"

"你不是收到不少情书吗？"萧铮虞睁开一只眼睛看他。

"那都是你收的！扔给我算什么事情！"同桌气极。

"四舍五入就是你收的了，开心点。英语怎么说来着？Are happy？"萧铮虞的态度嚣张得令人生气。

同桌黑着脸："求求你好好学学英语。"

萧铮虞闭着眼睛睡觉，听到他这句话，心里蓦地一顿，认真考虑了一遍这个问题。

可行。毕竟白鹦是英语课代表。他英语太差了，总觉得无地自容。

那他就从睡醒开始好好学习英语吧。

Chapter 4
你阴差阳错，我兀自彷徨

春天，料峭寒风中阳光却十分温暖，天气变幻莫测，昼夜温差很大。学校的冬季校服还是以前的老款加厚运动服，又丑又不保暖，学校也不强制穿。

白鹦不知道怎么穿衣服才不会在这一天变三次脸的天气里不感冒，于是穿上了秋季校服之外，又在外边儿套了件呢子大衣。

李慕白给她竖大拇指："你这样穿挺时髦的。"

白鹦木着脸回给他一个大拇指："你说'时髦'这个词就挺不时髦了。"

李慕白点点头，伸手："我们的友谊啊，朋友。"

知道这家伙的用意，白鹦翻了个白眼，没有伸出手与他结成"革命友谊"。她板凳都还没坐热呢，就得从书包里翻出英语和数学作业来，交到他手上。

李慕白低头翻开白鹦的作业本，头也不抬地敷衍："谢主隆恩啊，朋友。"

"不知道你到底是公公还是同学，辈分够乱的。"白鹦托着腮嘟囔，摆摆手，单手翻开语文课本准备早读。

李慕白课桌上竖了本语文课本，挡住了课本后的作业，他奋笔疾书地抄着，随口问白鹦："今天拆线？"白鹦点点头，伸手小心翼翼碰了碰伤口。伤口已经拆了纱布，线埋在伤口里，摸着硬邦邦的，若是轻轻按压，还有些轻微的酸疼。

"下午第一节课请假了，去医院拆线。"白鹦掏出一面巴掌大的小镜子，看了看自己的伤口，感慨，"希望不要留疤。"

李慕白替白鹦乐观："别担心，就算有疤，也是三眼皮，就当做了个开三眼皮的手术吧。"

白鹦斜眼瞪他："哪个人做三眼皮手术的？而且还只做一只眼。"

中午放学的时候，因为下午请假不赶时间，白鹦就晃晃悠悠地跟张丽莎手牵着手往停车棚走。张丽莎一直侧着脸打量着她眼皮上的伤，每每看见那黑色的线头，就心里一紧，感觉难受又歉疚。

"千万千万不要留疤。"张丽莎嘟囔着，"我去梧岳寺给你请一把许愿锁。"

白鹦莫名其妙看她："你什么时候去？我下午就拆线了，哪来得及啊？而且，张丽莎同学，封建迷信要不得啊。"

张丽莎脸一阵青一阵白，张了张嘴，算是有些明白徐依依面对白鹦时候无力的心情了。

白鹦咧嘴一笑，显出她平时少见的调皮戏谑来。

张丽莎故意翻了个白眼，冲她无奈摇了摇脑袋。白鹦手肘撞撞她的胳膊，两人打闹着走到了自己班级的停车区域。

白鹦视线却正好撞入一个清俊挺拔的身影，兼一个小个子的男生。

她心头一跳，扭过脸跟张丽莎说："拆线疼吗？"

她也不知道自己为什么要说这个，算是鬼使神差吗？还是转移自己的注意力？还是想说给谁听？

余光里，萧铮虞的身影存在感极强，和她擦肩而过。白鹦说不出是松了一口气还是有些怅然，她微微垂眸，抿了抿嘴角，一抬眼就看到张丽莎似笑非笑地看着自己。

"做什么？"她问。张丽莎耸耸肩，微笑道："别怕，不疼。"

也不知道她在说什么，白鹦回以一笑，但看着并不怎么好看。

"你听到没？"何向军嘴里叼着半根碎碎冰，另一半在萧铮虞手里。

真的勇士，就是要敢于大冬天吃冰，大夏天吃麻辣火锅。

萧铮虞一手扶着把手推车，另一手握着半根碎碎冰，疑惑地问："什么？"

他低头一看鞋带散了，把碎碎冰递给何向军，自己把车子撑好，蹲下来系鞋带。他学了招一秒快速系鞋带法，看着酷炫极了，何向军学了半天也没学会，低头仔细盯着他的动作，一时间出神忘了回答。

萧铮虞系好鞋带，没听见何向军的回答，抬眼有些不耐烦地看着他："问你话呢。"

何向军回过神来，将碎碎冰递回给萧铮虞，答道："哦哦，就，你那位啾啾啾下午拆线呢。"

萧铮虞站起来一把夺过碎碎冰，剜了眼何向军，有些不悦："什么啾啾啾？"

正巧十字路口的红灯变绿灯，两人动作一致地用嘴叼着碎碎冰，跨上单车，一边吸溜着果汁一边骑车过十字路口。等过了路口，何向军才一手握住碎碎冰，单手骑车，调侃："那就，你那位女神。"

萧铮虞也空出嘴巴骂他："你是不是有病？"

白鹦拆线了。张丽莎说："别怕，不疼。"

不疼个鬼！缝针的时候打了麻药倒是真不疼，除了那一针麻药疼得白鹦差点叫出来，剩余时候，白鹦能感觉到针在眼皮里穿梭时麻木又可怖的感觉，但一点都不疼。反倒是拆线时，线头从针孔里扯出来的时候，白鹦疼得眼眶都红了。

最后，白鹦的左眼真的变成三眼皮了，如李慕白说的一样，她仿佛做了个欧式三眼皮，一只眼的手术。仔细看就是，白鹦变成大小眼了。

李慕白还是一个会把安慰人的话说得让人很生气的耿直男生，他说："大小眼也是你的特色，你是独一无二的啊。"

白鹦将他手底下自己的英语练习册抽出来。李慕白："别啊！我还没抄完啊！"

"人总得学会自己长大。"白鹦把练习册一合，然后拍了下桌子，严肃地说道，"快点交作业，我要送老师办公室去了！"

李慕白立刻害怕得开始求饶。

下学期开始才会有夜自习，李慕白只有在早读期间疯狂赶作业。白鹦就在早读时一组一组地收上大家的英语作业，整理好，早读一结束就送到英语教研组去。

照例是张丽莎陪着她一起去，目不斜视地路过7班门口，径直往英语教研组办公室走去。

何向军坐在萧铮虞旁边的座位上，一手在他课桌抽屉里摩挲着找宝藏。按照以往，萧铮虞抽屉里总会塞一些小说杂志，或者小游戏小玩具，跟个宝矿一样待人去挖探。

萧铮虞的同桌站在一旁，被鸠占鹊巢了也没气，跟何向军有一搭没一搭地聊着。

萧铮虞托着腮看着窗外，正巧看见白鹦抱着摞作业本，跟张丽莎一起往行政楼的走廊走去。他嘴角线条收紧，眼神微暗，看着白鹦，眼神专注又有些飘移。

同桌桌上摆着一摞高高的教科书，恰好挡住他的下半张脸，他毫不掩饰的角度和视线并没有被路过走廊的女孩看见——或者人家根本就没有注意到教室内的动静。

萧铮虞默默叹了声气，心里有些说不出的郁闷。

"喂，老萧，我问你话呢！"何向军推了把萧铮虞撑着脑袋的胳膊，推得萧铮虞支撑不住脑袋，下巴差点磕到桌面。

他有些恼："做什么？""我问你呢，看什么这么出神呢！"何向军拧着眉不悦极了，站起来往窗外一瞥，正好看见白鹦的背影，了然挑眉瘪嘴，做了个鬼脸，"啧啧啧。"

"啧什么啧，小矮子。"萧铮虞伸出长手摁住他肩膀，用力向下将何向军按回座位上，"你要问我什么？"

何向军一指萧铮虞的抽屉："你抽屉怎么回事？怎么什么娱乐设施都没有了？"

"我抽屉是游乐场啊，还娱乐设施。"萧铮虞斜乜了他一眼，莫名其妙。

同桌虽然不知道萧铮虞和何向军刚才"啧啧啧"的哑谜是什么，但别的事情他倒是了解的，笑嘻嘻地抢答："老萧说要好好学习了，要抛弃那些影响学习的玩意儿。"

何向军仿佛听到了什么可怕的事情，瞪大双眼，震惊不已地瞪着萧铮虞："你疯了？"萧铮虞蹙眉："我看着像疯了吗？""很像啊！"何向军毫不犹豫地回答。

萧铮虞翻了个白眼："我倒是觉得，也许算命先生说得对呢。我可能真的有当状元的资质。"

何向军摇摇头，难以置信："老萧，改天让我妈带你去看脑科医生吧？"

"……"

萧铮虞现在说要好好学习，但始终不得其法，也因为性子实在浮躁得很，就算把所有娱乐设备都丢了，他仍旧无法专心学习。因此，成绩一直很稳定。

天气渐暖，厚重的大衣和难看的冬季校服在气温回暖后就被抛弃了。大家根据校规，转而穿上了春秋季的校服，早上和傍晚冷的时候，再穿件大衣保暖。

一般学生都是如此的，但是萧铮虞仍旧反其道而行，我行我素地穿着自己的衣服，被班主任警告多次也不听。这位刺头儿，让各科老师都很头疼，上课时间看着倒是收敛不少，但其实仍旧扎眼。

萧铮虞自己不喜欢穿校服，却很喜欢偷看穿校服的白鹦。

用他的话说就是"看着好乖"。

个子娇小的女生，清秀可爱，偶尔会戴一副黑框眼镜。她眼睛亮亮的，澄澈干净，眼里带着坚韧冷静，以及深藏的笑意。乖巧的褐色格子百褶裙，笔挺的西装外套，新式校服在她身上，将那股书卷气和象牙塔中不谙世事的天真衬托得淋漓尽致。

何向军问："那跟你有一毛钱关系吗？"

这次萧铮虞终于找到了反驳的技巧："我自己与乖巧无关，但是我有向往和欣赏乖巧的权利。"

何向军："我看你是大傻子。"

筹备了许久的旧物义卖活动终于在乍暖还寒的4月初举行。

活动场地安排在篮球场上。学校篮球场不小，学生会划了一半的范围，在地面上拿粉笔画了一圈，分配好了摊位，全校36个班级，各自装饰好自己的摊位，将自己的旧物以及感谢信附上，摆在摊上，明码标价。

旧物义卖活动还接受砍价，具体成交金额是多少就看买卖双方的博弈能力了。

白鹦给了本自己闲置的手账本，特别漂亮，全彩插图，原价要60大洋，自己写了个名字，画了个歪歪扭扭的猫咪头像之后就再没写过了。到底是掉价了，于是定了个20元的价格。

为了能让自己班级筹得的义卖款名列前茅，每班都将自己班里形象最出色、口才最好的同学推出来叫卖推销。萧铮虞很不幸，从一开始就是作为门面吸引客源的那位。

班长还给他写了整整三面,一共十段不同的叫卖词,需要他一刻不停地对着人来人往的同学们叫卖。

整个活动持续一整个下午,萧铮虞想想就觉得两眼一黑。丢脸还吃力不讨好,他面色都愁得蜡黄了。

何向军作为闲散人员,带着相机在一旁,兴奋得摩拳擦掌,等着拍下足以耻笑老萧一生的黑历史照片。

更加不幸的是,7班的摊位就在6班旁边。

白鹦作为会计担当,也随时在摊上看着,因此,萧铮虞的每一句叫卖声,白鹦都听得一清二楚。

处于变声期的少年声音略微沙哑,被掩盖在沙哑底下的清冽嗓音,像是沙滩上的遗珠,阳光下熠熠生辉,撩人心神。

在7班班长时不时的鞭策下,萧铮虞的吆喝声忽而高昂忽而低沉,丝毫不掩盖他声音里的不满和不配合,以及浓浓的羞耻感。

"走过路过不要错过,七(7)与你相遇在美丽的篮球场。"

"大点声!"

"两块钱买不了上当,两块钱买不了吃亏。真正的物有所值,买啥啥便宜!快来挑选啦!"

"白鹦,你那本手账本卖出去了,20,记一下。"负责卖商品的同学突然喊了一声。

白鹦的注意力从萧铮虞那心有不甘的吆喝声中脱离出来,慌慌张张在本子上记下这笔账。

张丽莎凑在白鹦脑袋旁看她写字,偷笑道:"隔壁那位,脸都红透了。"

白鹦不敢看那边,可是听她这样一说,埋头记账的同时偷偷往右手边的7班摊位瞧了一眼。

瘦高个子的男生在摊位另一侧,但是上半身都露在三轮车摆着的摊位上边。细长的脖颈,到他线条分明的下颌线,蔓延至他圆润的耳朵,全都一片通红,跟滴了血一样。

白鹦低下头,忍不住抿嘴偷笑。

他也是很好面子的人啊。

"快,跟上。"萧铮虞冲站在旁边看热闹的何向军厉喝一声。

何向军一头雾水。

萧铮虞指着刚从6班摊位前离开的两个女生说道:"跟上那两位女生,买下她们买的东西。钱给你。"

他塞了两张红色大钞到何向军手里,一脸严肃:"务必买到。"

何向军后知后觉反应过来,翻了个白眼嘟囔:"你自己嗓门那么大,还听得到人家摊位发生的事情。招风耳啊?"

他嘴上不满埋怨,双脚倒是很听话地小跑着跟上了刚从6班摊位离开的两个女孩子。

萧铮虞不带灵魂地念着下一句推销词,眼睛一眨不眨地紧紧盯着何向军的一举一动。

在看到来来往往的人群里,何向军隐隐约约的背影,手舞足蹈一番,然后突然猛点头,回头冲他竖了个大拇指之后,萧铮虞才猛松了口气。

何向军回来后,从怀里掏出一本粉色封面的硬壳手账本,挺厚实的,从侧面看,应该是全彩插图,价格不菲,还很漂亮,是女孩子喜欢的本子。

何向军另一手夹着张红色大钞摇了摇,咧嘴:"跑腿费。"

萧铮虞摆摆手,懒得计较这一百两百的:"你收好,放学给我。"

"哦吼,还害羞了?"何向军调笑。

萧铮虞咬牙切齿低声说道:"现在人多,别闹。"

"欸,同学,这指尖陀螺怎么卖?"摊子前刚好有一个男生来问价。

萧铮虞心下一跳,这是他的指尖陀螺。

他回头招呼,愣了愣。这不是白鹦那又土又矬,还略有些龅牙的同桌吗?

上辈子不知道拯救了哪个宇宙的家伙。

何向军跟萧铮虞打了个招呼就回教学楼放手账本去了,留下萧铮虞满心酸意应对李慕白。

"20。"萧铮虞言简意赅地回答。

李慕白指着标牌:"上面写着15块啊。"

"标错了。"

"……"李慕白无语,"我给你20,你把那朵头花也给我。"他一指指尖陀螺旁边摆着的漂亮头花。

许璐的头花,标价10元,做工精致,购入价50,亏本大甩卖了。

萧铮虞拧眉:"你抢钱啊,哪有你这样砍价的。"

"我一下包圆你两件东西啊,这头花我想送我们学霸的,你就卖我个人情呗。"李慕白讲话耿直得很,一脸无辜真切。

萧铮虞眼皮一跳,大概知道"学霸"是哪位了。

他正想说话,就被正经负责卖东西的同学挤到一旁去了。李慕白立刻跟那位同学称兄道弟,没两分钟就以20大洋包下了这两样东西。

萧铮虞看了眼皮子猛跳。

这家伙想做什么?讨好她?有病吧?

他紧盯着李慕白的背影,眼看着他进了教学楼,咬牙切齿,眼里冒火。

何向军跟李慕白擦肩而过,抱着篮球跑回篮球场,踮脚勾住萧铮虞的肩,笑眯眯地问班长:"欸,班长,让我们老萧休息会儿吧,他嗓子都累了,换徐依依吆喝吧。"

徐依依正在一旁看热闹,突然被何向军引火上身,一听火就大了,对着何向军叽里呱啦开始辩论。

何向军可不跟她恋战,眼见着班长点头,立刻拉着萧铮虞就往另一边空着的篮球场跑去。萧铮虞笑嘻嘻地冲徐依依道谢,长臂一挥,呼朋唤友的,没一会儿就凑了两组人开始打篮球。

白鹭有些渴,又想去卫生间,就把东西交给另一位同学,拉着张丽莎往小卖部走。小卖部在篮球场的另一侧,两人离开义卖场,就听见清晰的篮球"砰砰砰"砸在地上,富有节奏的声音。

春天绚烂和煦的阳光下,球场外是一株株半大却满开的樱花树,粉色的樱花在风中微微晃动。

篮球在男生们的手里交接传递着，飞跃奔跑的少年，额前随着运动飘起的碎发，以及额角的汗珠，在阳光下都熠熠生辉。

白鹦眼角余光轻轻一带，便看见那个存在感极强，又令她无法直视的高个子男生也在那群运动少年中。

球鞋和地面因为急速摩擦发出的尖锐声音让人心脏都揪紧，摩擦，很不舒服。

"好！"几个男生高声喊道。

白鹦和张丽莎扭头看见那高个子的男生飞跃起来，手心里的篮球脱离了他的手掌，"啪"一声，又从篮筐里垂直落下。

灌篮。

他落回地面，抬手撩起汗淋淋的额前碎发，露出他饱满光洁的额头。他咧开嘴露出一个骄傲又带了点调皮的笑，阳光下仿佛一个发光体，带笑的眉眼好看到让白鹦不敢直视。

白鹦收回视线，拉着张丽莎快步离开篮球场。

刚走出没几步，"欸——"一个男生在不远处突然喊了一声。

白鹦心头一顿，鬼使神差地往前快走了两步，就听见张丽莎"啊"了一声，她立刻回头，就看见一颗红色的篮球仿佛火焰一样燃烧着，从她身后滑过，几乎是擦着肩膀而过。而张丽莎正好在篮球的侧后方，眼睁睁看着那颗篮球仿佛慢动作一样，以刁钻的角度，从两人之间穿过。

白鹦目瞪口呆，问："谁砸的？"

张丽莎嘴角一抽，抿抿唇，带着点难以置信："萧铮虞。"

"……"白鹦露出一个费解的表情。

"好像……还是故意扔的。"

白鹦张了张嘴，心情复杂至极，半响却只能挤出四个字："他有事吗？"

何向军捡回篮球，拉过萧铮虞小声问："你干吗？"

萧铮虞挠了挠头发，面带不耐："我也不知道。就有些烦，别问了。"

"你烦就这样欺负女孩子啊？"何向军严肃地说，"要是砸到，她会受伤的。"

萧铮虞对自己刚才莫名其妙地将篮球脱手的行为正懊悔不已，一听何向军如是说，更加气恼自己的做法了，闷声闷气地应道："我知道。"然后便一声不吭往教学楼走去。

何向军心说，他这位发小是真的只是看着帅气精明，实际上傻乎乎的。他觉得，算命先生说萧铮虞可以考上重点大学，一定是以萧铮虞是体育生为前提的。

萧铮虞拿到那本手账本，到了家才翻开。看到扉页上圆乎乎的"白鹦"两个字，以及旁边那只黑色水笔画的，并不怎么好看的猫脑袋，嘴角微微勾起，带了点苦涩。

猫是要吃鸟的。她不知道吗？

无声地叹气，萧铮虞将手账本锁进了自己的抽屉里。

李慕白送了一朵很漂亮的头花给白鹦，声称自己斥巨资买来的。白鹦戴上没半天，就被徐依依和她同桌许璐给戳穿了。

白鹦气得跑回教室威胁李慕白再也不提供作业援助。

李慕白一边玩着白鹦看着有点眼熟的指尖陀螺，一边满嘴跑火车："那头花我去梧岳寺开过光了，保你这次期中考试拿第一，年级段第一。"

白鹦翻了个白眼："这个，给我玩。"她指着指尖陀螺说。

李慕白小眼睛滴溜转，在衡量了得失之后，把陀螺交给了白鹦，还顺便好心教导了一番怎么玩。然后趁白鹦专心学习如何玩指尖陀螺的时候，正大光明地从白鹦桌上拿走作业本开始"复制粘贴"。

"马上要期中考试了，你还是努力一下。不然成绩没进步，老王会怪我没带好你。"白鹦叮嘱了一番。

这朵头花，因为着实好看，虽然是二手的，白鹦还是戴着它参加了期中考。

结果考了年级段第一名——虽然比第二名就高了一分，很微妙的一分。

李慕白引以为荣："开过光的头花，果然不一样啊！"

白鹦："……明明是我的脑子开过光。"

白鹦考了第一名的事情，让白哲和王莉莉女士喜出望外，带着她去了必胜客吃了一顿西餐。

平时白鹦是绝对吃不到必胜客的,价钱是另一回事,主要是按照王莉莉女士的说法——那东西不健康。

从此以后,白鹦也是拿过第一的学神了。李慕白对她的崇敬之情就更加发自肺腑了。

张丽莎倒是没进步,也没退步,半死不活地吊在两三百名开外。

徐依依趁白鹦跟同学们在走廊聊天晒太阳,跑过来一脸严肃地说:"马可气死了。"

马可就是可怜的、被白鹦压了一分的第二名。因为排考场的关系,前50名经常会出现在同一考场,一来二去大家都很眼熟,特别是前20名的同学,差不多都互相认识。

这位马可,是上学期期末考第一名,成绩优异,长相普通,但是气质不俗。

白鹦说:"也许老师打错分了也说不定。"

她只是谦虚,徐依依拍她肩膀:"不,高一分,就是高人一等。朋友,好好加油,我相信你能考清华北大了。"

站在白鹦旁边跟李慕白打闹的乌龟莫名其妙看徐依依:"疯了哦!"

7班教室门口走廊,萧铮虞有气无力地趴在栏杆上晒太阳。

何向军考了二十来名,他成绩一向不错。萧铮虞,很不幸,全年级12个班级,600多名学生,他百位数字是5。

长叹了一声气,萧铮虞问:"你脑子是怎么长的?"

何向军看他一眼:"朋友,你为什么不反思你自己的脑子?"

萧铮虞瞄了他一眼,趴在栏杆上侧过脸,拿后脑勺对准何向军,眼神偷瞄6班门口。他听见何向军在那边嘟囔:"怎么不问问那位脑子怎么长的,怎么就运气这么好考了第一?"

"那不是运气。"萧铮虞立刻直起腰,严肃地说道。

"才高一分……"何向军一愣,喃喃道。

"一分也是实力。高一分,拿了第一名,那就是第一名。"萧铮虞认真地说道。

何向军:"……我知道了。你能在学习上这么严谨认真吗?"

"不能。"萧铮虞理直气壮。

早读快结束的时候，白鹦照例整理好英语作业送去英语教研组办公室。张丽莎因为家里有事，早读没来，得第二节课才能赶到。白鹦只好自己独自去送作业本。

平时有张丽莎一起送作业本，白鹦还没感觉。当56本作业本全都自己扛的时候，白鹦算是感受到了自己的小细胳膊不能承受之重。特别是有一些作业本破烂不堪，叠放在一起导致整摞作业本角度有些刁钻。

再撑一撑，很快就能到。白鹦在心里为自己打气。

刚好路过7班教室后门口，下课铃突然响了起来。紧接着，7班教室后门就轰然蜂拥出大队人马，叽叽喳喳，打闹着从后门蹿出到走廊上休息玩耍。

白鹦被这一大帮人的突然涌出吓了一跳，一只手本就摇摇欲坠地抱着作业本底部，一受到惊吓，手一脱力，再也支撑不住，作业本从底部最后一本开始，"哗啦啦"地往下掉。

"哇——"旁观的7班同学们看热闹不嫌事大地起哄。

白鹦急忙弯下腰用肚子和手挡住剩下的作业不让它们往下掉，姿势狼狈又无奈。等缓过劲来才小心翼翼蹲下来将幸存的本子放地上，开始收拾满地狼藉。

一双漂亮的蓝色运动鞋出现在白鹦的视线范围内，落在作业本旁边。

白鹦正要抬头打量来人，就见眼前白影一闪，一个男生在她对面蹲了下来，面无表情地帮她收拾摊了一地的作业本。

白鹦瞳孔一震，慌忙低头飞快收拾地上的作业本，整个脑袋和心都炸开了一般，又乱又微疼。

为什么是他？她偷偷瞧了眼萧铮虞，却正好撞到他也在看自己，两人视线相撞，都是一怔，随即移开视线。

白鹦想，他近看更好看。

好看的人真好，就算穿材质这么差，一点都不精神的男款校服，看着也好看。只是他没有像平时跟别人聊天时候一样嘴角自然带着点微笑的弧度，现在看着并不开心，嘴角紧抿。

是因为她吗？他今天为什么穿校服呢？白鹦脑袋思绪纷乱。

萧铮虞把自己整理好的作业本递过去，白鹦抿着唇，指尖一颤，接过来叠在自己这摞作业上，垂着眼没看萧铮虞，小声说了声："谢谢你。"

萧铮虞顿了两秒，才低声回应："不谢。"

白鹦点了点头，抱着作业本有些吃力地站起来，萧铮虞见她起身动作有些吃力，张了张嘴想说什么，最终还是闭上了嘴，绕过白鹦走到了靠着栏杆看好戏的何向军身旁，沉着脸一声不吭，眼看着白鹦吭哧吭哧费力地抱着作业本往英语办公室走去。

这只是一个很小的早间小插曲，短暂又微妙，时长甚至不超过一分钟，眼神动作间却带了只有自己才知道的百转千回。

何向军撇了撇嘴，双手往后靠在栏杆上，取笑道："好一出偶像剧。"

萧铮虞不悦地瞥了他一眼，不说话。

何向军又问："怎么不帮她送过去？"

萧铮虞解开自己衬衫的第二颗纽扣，白色长袖衬衫式的校服材质不透气，穿着还挺闷，他是真的不喜欢穿。只是今天周一，轮到6班要上台做国旗下的讲话，听说是白鹦做演讲，结果竟下起了小雨，升旗仪式都取消了，顺延至下周。

他面带不耐，随口回应："我为什么要送？"

他作为公认的班草，也是有自己的尊严的。虽然这个尊严不值几个钱。

何向军耸肩，不再接茬。

萧铮虞侧脸看向楼下天井里的大松树，晖色渐沉，长而浓密的睫毛耷拉着掩盖住他眼里的神色。

白鹦从行政楼回来，萧铮虞一手托腮，眼角余光瞥见白鹦快步经过走廊，收回了视线。她用的沐浴乳，带着一种奶香味。跟她本人一样很乖。

萧铮虞胡乱想着。

有些人，说了"你好"之后，便可以成为朋友。

而有些人，说不完"你好"，在交换了谢意之后，终究是形同陌路。

白鹦对张丽莎说："他人挺善良的。那么多同学，就他一个肯蹲下来帮我。"

又说道："我觉得他就是比较叛逆，其实还挺有担当，也挺讲义气的。你看义卖他还当门面叫卖。"

张丽莎捂着脸，耳尖微红，忍笑道："鹦鹉，你怎么回事，你不是只是看他脸好看吗？怎么上升到人品了？"

白鹦满脸通红，因为羞恼，忍不住跺脚急道："我就是喜欢他脸不行吗！我还喜欢利泽野的脸，一个道理！"白鹦说出一个最近新出道的、很英俊的年轻演员的名字。

"喂喂喂，别将演员跟同学做类比哦。"张丽莎笑道，"别急眼，我没说你什么呢。"

她逗弄白鹦，白鹦回过神来后，也淡定下来了。

"长得好看，人还善良，还是不错的人的。"白鹦补充了一句，"就是太叛逆了，读书也不好，是个差生。"张丽莎瘪瘪嘴，挑眉没说话。

她想，"差生""好生"什么的，又有什么要紧的？

正巧走到了停车棚，萧铮虞正推车出来，长臂一挥去够前边何向军单车上挂着的袋子里露出来的零食袋子，他脸上带着调皮的笑，动作却偷偷摸摸，看着就像在做什么坏事情一般。

张丽莎顿了顿脚步，垂下眼，听见白鹦在旁边谈论晚上的作业，心里没由来地一阵烦躁。

第二学期期末考试很快就来了。

高处不胜寒是什么意思？大概就是形容白鹦坐在第一考场第一位，前门的热浪滚进来，直拂得白鹦满头大汗。但身子是热的，心是冷的。

大夏天的，电风扇"吱嘎吱嘎"转动的声音颇有些烦人。没有空调，热气蒸腾，让白鹦不知为何整个人都又燥又慌，就是静不下心来。

再往前，没有座位，所有人都坐在自己身后。

没有一往无前的勇气，就只能调头逃跑。这就是第一名的感觉？

白鹦不知为何恐慌更甚。

第一门语文考完后，她就觉得自己记忆力变零，考得不好。她无法抑制自己的紧张和沮丧，这在之前从没出现过。

同考场的同班女生跑来跟她对答案，白鹦没有信心，苦着脸说自己没考好。

同学不信，费解："别谦虚啦，你都第一名欸。"

白鹦摇摇头，不知道该怎么解释心里那种恐惧感。

猛吃了两块巧克力，她情绪非但没有因为甜食稳定下来，反倒更加波动了。

无法前进，只能后退。大概就是这样的感觉吧。

休息二十分钟后就是数学考试。白鹦的大脑更加空白了。6月底，三十多度的高温，白鹦的手居然冷得如坠冰窖，手心却冒着虚汗。这还不算，她的手和全身都在震颤，笔甚至都握不住。

在最后一道大题的时候，白鹦大脑彻底宕机，一个字都答不出来了。

考试结束铃声一响，白鹦把笔"啪"地往桌上一拍，趴在桌上，忽然就抑制不住地哭了。

泪流满面，但是悄无声息。

"我心态太差了。"白鹦低着头很失落，"王老师，我是不是应试能力太差了啊？"

白鹦因为状态异常，收卷的时候被监考老师发现，托同学送她去了校医室查看。

当然，白鹦没有任何问题，喝了杯热水人就缓过劲来，只觉得懊悔。班主任老王收完卷子跑上来看她，就见白鹦无助地问她这个问题。

老王摇摇头，握着她冰凉的手安慰道："不是你心态差，也不是应试能力差，而是你太在意成绩了。你把排名看得太重要，就会容易失去自我。"

白鹦点点头，似懂非懂。

"白鹦，你学习不是为了排名，也不是为了所谓的考重点高中、名牌大学，是为了提高自己的知识水平，扩展人生阅历，为了充沛自己的灵魂而读书，不要太功利了。"老王语重心长地告诫她。

老师、家长平时都那么在意排名，仿佛排名就是生命。

这还是白鹦第一次从老师那听见这番理论。

她红着眼眶，点了点头。虽然因为年少，没有充分地理解，但她隐隐约约却有了心态上的变化。"我知道了，老师。谢谢你。"

白鹦初一第二学期期末考试拿了58名，数学丢了一道大题的分数，扣了十来分。

从第 1 名落到 58 名，对她来说，退步巨大。所有人都大跌眼镜，白哲和王莉莉女士也很失望。

白鹦心里失落的同时，却很快调整好了自己的心态。这对她来说是一次阅历，打击她一次，让她知道不能飘，并要学好如何稳住心态。

领完成绩单就正式进入了暑假。一年的时间漫长又短暂。从一个漫长的夏天，进入另一个漫长的夏天，白鹦感觉到自己似乎成长了不少。

夏天太热了，蝉鸣叫嚣着燥热。白鹦压下心里对成绩的那点失落，跟着徐依依一起去学游泳，顺便拉上了张丽莎。

白鹦运动不行，但是协调能力还行，居然很快就学会了蛙泳。反倒是张丽莎，四肢不协调，学了很久都不行，气愤不已。

傍晚，夕阳落下，室外的泳池在暴晒了一天的烈阳之后，水温适宜。泡在冰凉舒适的水里，四肢都放松地浮在水中，温润的水流暗涌抚过皮肤。

三个人倚靠在池壁上，皆是舒服地叹了声气。徐依依突然蹦出一句：“想吃烤面筋。”白鹦和张丽莎都咽了口水，感觉自己突然饿了。

"我知道一家烧烤摊很好吃，等夜宵点到了，要不要去吃吃看？"徐依依扭头问。白鹦和张丽莎猛点头。

徐依依说的那家很好吃的烧烤摊就在张丽莎家店对面的小区另一边大门口。没错，就是萧铮虞跟何向军住的小区。两人看到后都愣了一下。

徐依依还特别兴奋地一合掌："欸对，阿军和老萧就住这小区，等等，我把他们叫出来一块儿吃夜宵吧？"

白鹦："欸？"

张丽莎："别……"

徐依依扭头疑惑地问："怎么了？有问题吗？"

白鹦张了张嘴，心脏猛跳，几乎都要跳出嗓子眼了。

张丽莎飞快地瞄了眼白鹦，跟她交换了一个两人才懂的小眼神，对徐依依说道："我们……不认识啊？"

"怎么不认识。"徐依依面露疑惑，"我跟鹦鹉介绍过老萧啊。鹦鹉不是跟阿军一个考场吗,肯定也是熟面孔了。""……"无法反驳呢。

白鹦捂着脸,最后只能跟张丽莎一起坐在烧烤摊的座位上,捂着自己滚烫的脸颊。她紧紧盯着油光锃亮的桌面,以及角落不知道风吹向哪里的电风扇,而耳边就是飞舞的苍蝇。

浮躁,揪心,紧张,慌乱,伴随着周围的一切在心里不断糅杂。

她听见徐依依掏出手机打电话,心顿时像是被人揪紧了一样。

"喂,阿军啊。"徐依依带着笑意的声音问。

白鹦猛松了口气,也不知道为什么。可是同时,她又有些失落。

"我在你们小区后门的烧烤摊,对,就上次那家。要不要出来一起吃?我请客!"徐依依笑嘻嘻地说道,"还有6班的两位女生,你都认识的。"

白鹦拧紧了眉,露出了一个无法言语的复杂表情。

Chapter 5
时光像少年飞驰

何向军拿着手机，打开了客厅的落地窗走到阳台上，往小区大门望去，远远看见个烧烤摊，灯火通明的，还冒着白烟。

他靠着栏杆，挠了挠头苦恼地回答："我倒是可以来，老萧可能没空。"

"怎么啦？"徐依依在那头没心没肺地询问，声音又有些遥远地叽叽喳喳说了什么，估计是跟她那头的女生聊天。

大概就是白鹦和张丽莎。

何向军没回答，转了个身，背靠着栏杆，看向只相隔三米远的萧铮虞家的阳台。

客厅灯光明亮，隐约能听见从他家客厅传来的激烈争吵声。

何向军垂下眼，叹了声气，对电话那头的徐依依说道："他家里有点事情，不方便。嗯，我过会下来。"

挂掉电话，何向军在阳台上等了等。

夏夜，高楼的风忽大忽小，但都夹带着湿闷的热浪。幸好因为高层楼的关系，蚊子稀少。何向军细皮嫩肉的，也坚持了十分钟。

随着隔壁客厅一声重响，似乎是门用力关上的声音，挨着阳台的卧室灯亮了起来。然后没一分钟，萧铮虞家的客厅灯也熄灭了。

何向军知道，这是萧铮虞的父亲出门去医院了。

萧铮虞的卧室离何向军家的阳台更接近。何向军从阳台水槽旁摸出一根晾衣架，伸长胳膊，用晾衣架敲了敲他的卧室窗户。

瘦高的人影出现在窗帘后。

"哗——"一声，窗帘拉开，萧铮虞打开玻璃窗，一张阴沉又不高兴的俊秀脸庞出现在窗后,不耐烦地盯着何向军。

"干吗?"

何向军避而不谈他的家庭矛盾,知道这是他的死穴,指了指身后小区大门的方向,笑道:"徐依依问我们去不去夜宵,老地方。"

萧铮虞冷眼斜了他一眼,拧着眉毛,天生带着微笑弧度的嘴角一抿,吐出两个字:"不去。"说着,他想将窗关上。

"欸欸欸欸!"何向军急忙挥动他的晾衣架,直直在萧铮虞眼前戳来戳去制止他关窗。

萧铮虞下颚收紧,一把抓住用力夺了过来。

何向军喊道:"欸,你还我,我妈还要晒衣服呢!"

"我现在烦着呢,少惹我。"萧铮虞面色不善,语气阴狠地说道。

何向军习惯了他偶尔的易怒,耸肩:"你听我说就不会生我气了。徐依依请我们去吃夜宵,不止我们三个。你考虑一下,过了这村就没这店了。"

萧铮虞看了他一眼:"什么?"

"你那个……啾啾啾也在呢,不去把握机会吗?"何向军调节气氛,故意逗弄萧铮虞。

萧铮虞心漏跳一拍,随即垂下了眼,掩饰了他眼里的突然一亮。

静默半响,萧铮虞缓缓开口,语气冷淡:"不去了。"

何向军虽然知道他多半不会去,却仍旧好奇地问:"为什么?"

萧铮虞别开脸,看着西斜的弯月,月色不明亮,这个夏夜也不怎么美好。

"我现在,很容易迁怒别人。"

他不想以这样一张凶神恶煞的脸去面对她。他宁愿一直这样就好,也不想因为自己家庭和性格的原因,再做出对她不友好的事情。

何向军点头:"那我去了。我给你带一些吃的回来。"

萧铮虞冰冷地丢下一句:"随便你。"就将窗关上,拉上了窗帘,将自己锁进了他的小天地里。

何向军撇嘴,嘟囔着:"明明就是要我一定带吃的回去的意思。不然直接拒绝就好了嘛。"

何向军独自赴约，白鹦说不出是失落还是轻松，因为平时也脸熟，两人聊了几句有的没的，多数都跟吃的有关。

徐依依是食量很大还吃不胖的人，点了一大堆的东西。

最后四个人还点了四瓶冰镇可乐，配着烧烤撸串，竟有些说不出的惬意。

夜渐沉，天气降温，空气也没那么闷热了。夜风带着烧烤的香味拂来，还挺凉爽。徐依依吃了口烤鸭肠，问何向军："欸，阿军，老萧家里什么事啊，连我请客都不来？"

何向军悄无声色地瞥了眼正在埋头跟烤茄子做斗争的白鹦，喝了口冰镇可乐，打算自作主张稍微透露一点情况："他爸妈都在家。"

徐依依听闻过萧铮虞跟父母关系不好，父母常年在外做生意，家里富裕，但是萧铮虞就跟留守儿童一样，只有平时偶尔上门照顾他的保姆，和反倒更像他父母的何家爸妈跟他亲近一些。

她点了点头，带了点好奇："吵架了？"

"嗯……比这更严重一点。"何向军摇头叹了声气，"别人家的事情，我们还是不讨论了。他最近都不太会出来玩了。"

徐依依似懂非懂地点点头，末了突然指责一番："既然这样那你又开什么头，把我好奇心都勾起来了。"

白鹦忍不住轻笑，替何向军解围："不是你先问的吗？"

张丽莎也搭腔。

何向军看了她一眼，就见白鹦眉眼弯弯的，一个清澈灿烂的笑脸浮现在脸上，跟他眼神对视一眼，她眯了眯眼，更加灿烂了。

白鹦不算很漂亮，就是清秀，但是她一旦笑起来，那灿烂干净的笑却能直达人心。

何向军心里"咯噔"一声，终于理解萧铮虞怎么总是偷摸关注白鹦了。

暑假就像炒锅里的大杂烩，五彩缤纷又纷乱。天气燥热，分明是最不适合出门的，白鹦却总是按捺不住，时不时就跟朋友们出门玩，或者游泳，或者吃夜宵，唱歌。

徐依依游泳学了没几天就没再去了，典型的三天打鱼两天晒网。倒是张丽莎跟着白鹨坚持了一个暑假，从蛙泳学到了仰泳——最终仰泳还是没学会。

紧接着就又开学了。白鹨下定决心一定要转变心态，不再像以前一样过分在意排名和分数。心稳下来后，白鹨感受到了跟过去不一样的学习感悟，真正感受到了学习里的快乐——甚至做完当天作业后，再做一些自己买的练习题。

李慕白惊愕到挤出了双下巴："你疯了吗？"

白鹨木着脸，眼里带笑："我热爱学习，学习使我快乐。一天不学习我浑身难受。"

李慕白有些瑟瑟发抖。

新学期，除了学习感悟，还是有不一样的情况的。

白鹨发现，萧铮虞似乎经常缺勤，很少看到他在停车棚出现了。或者说，他根本就没来上学。

这种疑惑持续了很久，白鹨满怀好奇心，却不知道该问谁，她好奇这种事情，本身就很奇怪。

倒是徐依依到白鹨家玩，跟白鹨聊天的时候偶然提到自己的疑惑："真是奇怪，我们班老萧这学期，一周有三天来上学就很难得了。老师居然都允许他这样请假。"

白鹨心头一跳，就顺着她往下问："那他怎么了呢？"

"不知道，阿军不告诉我。"

徐依依啃了口苹果，指着白鹨挂在阳台上的鸟笼说道："欸，你家鹦鹉还活着啊？"

"养死那我也太菜了吧。"白鹨哭笑不得。

徐依依瞄了眼白鹨，又抬头看了看在鸟笼里跳跃的鹦鹉，嘟囔道："我以为你不是那种能养小动物那么耐心的人呢。"

"很抱歉，我现在是有耐心的人哦。"白鹨勾着唇角笑道。

何向军在父母的带领下，去第一医院探病。

萧铮虞的母亲在医院住院部7楼。他母亲得了肝癌，晚期。几乎是因为过度操劳、熬夜等不良生活习惯，生生熬出来的绝症。

医院是个不让人喜欢的地方，当然也没人喜欢这地方。

尽管医院的墙壁是温馨的淡绿色，但也掩盖不掉这里弥漫着的消毒水的刺鼻气味，以及带着绝望和求生欲交织的复杂氛围。

走廊很长，因为装了新风系统，天花板降低了半米，显得有些压抑。LED白惨惨的灯光将米色的地砖照得反光。

来往的护士、医生行色匆匆，家属和脚步迟缓的病人脸上不带一丝笑意，在那白亮的灯光下，脸色像是蜡像一般木然僵硬。

何向军从电梯里一出来，看到的就是这幅场景。

他怎么也没想到，萧铮虞的母亲会在这样的环境里，迎接生命的终结。在他的记忆中，萧妈妈是个干练能干，事业心很强的独立女性。跟萧铮虞的父亲一起，两人一同创业，开公司，在外打拼赚钱，将家业逐渐支撑起来。他们或许不是好父母，但是的确是非常出色的商人。

萧铮虞跟母亲比跟父亲亲近许多。因此当母亲面色蜡黄，带着病体回家检查身体的时候，他的心一下就崩裂了。

原本就不和谐美满的家庭，一朝土崩瓦解。脆弱的感情基础，纵然有血缘纽带，也细小得仿佛头发丝儿，一扯就断。

何向军跟在父母身后，盯着前方父亲手里拎着的水果篮子，进入了病房。

"来了？"萧爸爸面色憔悴，看见邻居一家进来，强自振奋精神，扯开一个暗藏苦涩的笑站起来迎接。

萧铮虞面无表情地坐在另一旁的小折叠凳上，瘦长的身子如折凳一样折叠着，缩着身子埋头玩手机。看见何向军一家进来，抬眼看了几秒，才缓缓站起来，反应不仅慢了几拍，动作也有气无力，表情更是连敷衍都懒得敷衍，耷拉，僵硬。

年少气盛的少年，不会伪装一分一毫，悲痛、伤心、气恼全都写在了脸上。

萧父父他没礼貌，指责了几句，萧铮虞张了张嘴，却终究懒得在这种情况下争吵，他撇头看了眼躺在床上吃力地睁着眼看他们的母亲，眼眶一红，背过身去。

何向军的父母打着圆场，放下慰问品，小声地询问病情，何母挑了个苹果，开始削皮，切块，打算分着吃。

何向军没有理会大人们的客套寒暄。在看见萧铮虞眼眶一红的当下，何向军没由来地心里一揪。他从没见过萧铮虞这么脆弱的时候。

仿佛原先故作高冷叛逆，实际热忱笨拙、满腔热血的半大少年突然消失了，取而代之的，是一个即将失去母亲却无能为力，将所有的过错都怪在自己和父亲身上，充满绝望的男生。

他不敢去看萧母。方才的一瞥，让他心头猛跳，阴影就笼罩在眼前熟悉的面孔上，让何向军心惊胆战，又悲从中来。

萧母是个让人敬佩的职业女性，雷厉风行，说一不二，绝症跟她就像两条平行线，没人会想到会有交集。

而现在，命运就是如此可笑。她如今，脸毫无血色，一脸病容地躺在床上，氧气罩长期不摘，手腕留着留置针，随时都有可能要注射药剂。此时，她吃力地猫着眼，想要参与大人们的交谈，表示自己还可以。但是她终究太疲惫太痛苦了，缓缓闭上眼休息了。

何向军走过去拍拍萧铮虞的肩膀，跟家长们报备一声，拉着萧铮虞出了病房。

医院天台花园的绿植郁郁葱葱，看着让人心情也放松不少。昨天刚下过雨，此时泥土都是湿润的，空气中带着微微的潮气。鹅卵石小道很湿滑，得小心翼翼走才行。

紫藤萝花架下是一条长椅，何向军拉着萧铮虞坐下。

两人肩并肩坐着，放空大脑看着远处城区的街景，车水马龙，浮世百绘，竟一时间不知道该开口说些什么。

可能是想说的话太多，不知道从何说起。

何向军无声叹气，正想开口打破僵局，就听见萧铮虞突然说道："下学期，我可能要转学了。"

何向军蹙眉疑惑地看他："这么突然？"

萧铮虞点了点头，两条长腿往前伸直，稍微放松下来，他抬起头，长长呼出一口气："我爸没空管我，嫌我不懂事，不服从管教，要送我去封闭式管理的学校。"

何向军半晌说不出话来，张了张嘴，不知道该说什么，最后憋出一句："你……怎么想的？"

萧铮虞耸耸肩，面上带着无所谓的表情："就那样吧。我不想跟他见面。住校……也可以。"

他讨厌自己的父亲。

总想着赚钱，做生意，忽视了家庭，也没照顾好家人。现在妈妈生了病，他却仍旧要来责怪自己的不懂事和叛逆。

何向军不知道该说什么。他心里满是不舍，可是他无法插手别人家庭的事情。

他们从此以后不能再一起上学、放学，一起玩的机会会越来越少，可能甚至会变得形同陌路。但是他们仍旧是邻居，朋友，发小，这些永远不会变。

"会变好的。"何向军拍拍萧铮虞的肩，安慰道，"一切都会变好的。"

萧铮虞点点头，嘴角天生向上的弧度消失了，但是却仍旧勉强带了个微笑。

很僵硬。

一连一周，萧铮虞都没有来上课，白鹦搬着作业本路过7班教室的来来回回，总能发现那个空缺的位置。

他到底发生什么事情了呢？

白鹦想不通，也不明白。

周末，白鹦跑去张丽莎家店玩，顺便想跟张丽莎一块儿去逛街，吃好吃的。

她到的时候是上午十一点左右，虽然已经进入了深秋，但是阳光仍旧刺眼，白鹦将自行车停到店门口，小跑着进了店门，喊张丽莎的名字。

张丽莎从仓库门探出脑袋来，看到白鹦来了，咧开嘴笑着应声："来啦？"

白鹦点点头，把自己的双肩包放到一旁的椅子上，双手扇风："呼，今天怎么这么热，我衣服穿太多了。"

"今天突然回暖，明天就又降温了。还是不要脱衣服了，会着凉。"张丽莎的妈妈在收银台后叮嘱白鹦，"你们俩都不准乱脱衣服。"

"知道了，阿姨。"白鹦点点头，乖巧地笑。

张妈妈看着白鹦一脸书卷气的优等生模样，心里羡慕不已，再扭头一看张丽莎，谴责道："丽莎，你看看人家白鹦，你天天跟人家一块儿玩，怎么就不能学一点她的好学向上呢，成绩一点进步都没有。"

张丽莎正在换鞋子，闻言，蹲着扒着墙，探出个脑袋来反驳："谁让你给我生得这么不聪明。人家白鹦爸爸妈妈都是大学生，可聪明了！"

张妈妈气得说不出话来。白鹦在一旁只是笑，知道这时候不能插话。

张丽莎整理好行头出来，闺蜜俩手牵着手推开玻璃推门，两人一前一后推上自己的自行车，商量着去吃哪家新开的餐厅。

好不容易做了个决定，正要踏上脚踏板出发，就听见"咣"一声锣鼓的声音，随即尖锐的唢呐声响彻云霄。

白鹦和张丽莎好奇地往对面小区门口望去，就见浩浩荡荡的人群，一片白茫茫地整齐列队而出。

这是一支送丧的队伍。

张妈妈探出脑袋来说："哦，看来今天日子不错，黄道吉日。"

宜丧葬宜婚嫁。

白鹦和张丽莎似懂非懂地点点头。

唢呐声为主音的丧乐实在难听刺耳，听得人心头发毛。不好触霉头，白鹦和张丽莎也不敢多看，骑上车，调了个头，往最近的商业广场骑去。

在她们离开后，紧跟着丧乐队后的亲属从大门内出来，浩浩荡荡在小区外绕了一圈。

领头抱着遗照的少年，清瘦俊逸，剑眉星眸，嘴角向下耷拉，不带一丝笑意，双眼微红。

也许人生出现过很多奇迹，但是从没有人发现。

也许世界的角落里发生过很多美好，但都被人抛之脑后。

深秋过后，进入了冬天。大家换上厚实并难看的冬季校服之后，萧铮虞恢复了正常出勤，并且很神奇地也穿上了冬季校服。

据说，他期中考试缺考两门主课，年级倒数第一。

据说，他早恋被老师发现，叫了家长，才一直在家里被关禁闭。

据说，他家里很有钱，所以才这么嚣张。

白鹦拧眉，一脸疑惑地看着张丽莎："你都哪来这么多小道消息的？再说了，关我什么事情？"

张丽莎一脸无辜:"我自己想说。"

白鹦拍拍桌子上的作业本:"我们主要的任务是学习,八卦请在课余时间。"

张丽莎瘪瘪嘴,没接茬,低头看白鹦的作业本。她看着白鹦的笔端了半分钟,却没见她写下一个字。

再看白鹦的侧脸,双唇抿紧微微泛白,不知道她在出神什么。

白鹦说:"你别看我,看着我就写不出答案了。"

何向军占据了萧铮虞同桌的座位,一手撑着脑袋,另一手扯了扯萧铮虞的校服袖子,夸张地喊道:"老萧不得了了,居然穿校服了。"

萧铮虞斜乜着看他,用力将袖子从他的魔爪中挣脱出来,低头做着题,不耐烦地说道:"要你管。"

何向军咧嘴一笑:"来说说,为什么突然穿校服?"

萧铮虞合上作业本,抿紧薄唇半晌,才低哑着声音回答:"能穿一天是一天,趁现在还有机会。"

趁现在还有机会,一切都不晚。等错过了,那就真的错过了。

何向军不再说话了,扭头看向窗外抱着作业本,笑眯眯地跟身边女生讲话的马尾辫女孩经过,无声叹气。

白鹦期中考试又一次考了第一,这一次,全部六科加起来才扣了18分,除了语文和英语扣了分,其余全部满分,超了第二名整整24分。

成绩下来的时候,全年级都惊呆了。

考了第10名的乌龟在教室里面狂吼:"你是人吗!你是不是机器人!考试机器人!"

白鹦也有些吓到,解释道:"就是这些题很简单……差不多的题我都在参考书上做过了。"

李慕白捶胸顿足:"啊啊啊啊!我怎么还有脸当你的同桌!"

白鹦安慰他:"别这样,进步了50名也是进步啊。"

全年级都惊呆了,当然包括7班。7班的学霸是12个班级里最多的,第二名的还是那位倒霉的马可同学。这次白鹦不是以一分的优势制霸，而是以高二十多分的巨大优势碾压。

马可同学连气都气不起来了，只能甘拜下风。

何向军对萧铮虞说道："你看看，啾啾啾多厉害。"

萧铮虞有些不高兴："她有名字好吗？"

"我说了你又要骂我。"何向军很无辜，"你这个倒数第一事情可真多。"

萧铮虞心里抑郁着，但是却仍旧强词夺理道："倒数第一怎么了。她正数第一，我倒数第一，都包揽了第一名了。多有缘。"

何向军扯扯嘴角说道："对啊，你们可真般配。"

萧铮虞白了他一眼，扭过脸懒得理会何向军，耳根子却不明原因的通红。

萧铮虞出勤正常后，一切也似乎归于平静，无波无澜。

唯一的波澜之处，大概就是白鹦和文艺委员一起代表班级参加了元旦文艺汇演，合唱了一首流行歌，还拿了一等奖。白鹦声音好听，唱歌不错，人长得清秀，又乖巧，音乐老师很喜欢她。她们选歌立意好，是一首歌颂母爱的流行歌曲，身为评委，音乐老师就出于各方面考量，让她们压轴表演。

除了白鹦化了个夸张的舞台妆，和萧铮虞的手机里多了段视频之外，一切都没有任何特殊之处。

很快，又迎来了初二第一学期的期末考。白鹦因为放平了心态，这次虽然没有保住第一，却仍旧是前十名之内。

开开心心向父母交上成绩单，其乐融融过年。

俗话说，一回生二回熟。进入初中以来，每一次考试、每一次假期也是如此。

白鹦什么都没做，只是刚刚做好了寒假作业，就又开学了。

开学前一周，发生了件事情。

白鹦的鹦鹉"越狱"了。

不孕不育一年半之久，白鹦已经放弃了期待这对虎皮鹦鹉繁殖后代，将它们白天挂在阳台，晚上怕冻，鸟笼就放回客厅里。这天一家出门拜年回来，一家三口都坐在沙发上看春晚的重播，因为外面太冷，一回家，大家都冻得有些大脑宕机。

等暖气让室温升高不少，白鹦才有所动作，站起来敲敲背，伸了个懒腰："我去看看鹦鹉。"

半分钟后，白鹦突然推开阳台门，双眼含泪，号啕道："爸爸！鹦鹉逃走了！"

白哲腾地坐起身来，面露疑惑。

那对虎皮鹦鹉的雄鹦鹉"越狱"了。鹦鹉的确是很聪明的鸟类，大概是学会了白鹦和白哲平时开鸟笼门的技巧，以前也"越狱"过几次，都在客厅内四处乱飞，好不容易抓了回来，这次直接在阳台偷偷开了门飞走了。

鸟笼门就半虚掩着，其实只要用鸟喙往上一顶，门就开了。但剩下的白色雌鹦鹉胆子很小，缩在角落里一动不动。

这算什么呢？

白鹦想，这对鹦鹉是教会了她，夫妻本是同林鸟，大难临头各自飞？

这感情也太像塑料一样廉价了吧？

初二下学期开学，白鹦一连两天都沉浸在失去一只鹦鹉的悲痛中，时不时就长吁短叹地"感时花溅泪"。

而这个时候，令她更在意的一件事情，占据了她的心头。

她似乎……这两天都没有看到萧铮虞。无论是平时下课他总是会出现的走廊，还是总是在放学能碰见的停车棚，甚至他们班车位上，也找不见他那辆蓝色的捷安特越野车了。

就好像，这个人突然消失在了学校里。

白鹦没由来地心慌了。

她将埋在心里的疑惑告诉张丽莎，张丽莎瞪大了眼睛对白鹦说道："我也发现了……"

白鹦一愣："那么……"

"要不……你去问问徐依依？"张丽莎问。

白鹦抿了抿唇，纵然怕被发现内心的秘密，却仍旧暗暗做了决定。

中午放学后，张丽莎陪着白鹦去停车棚取车，白鹦找了个借口拉住徐依依聊天。

从上学期期末考谈到过年压岁钱，再谈到新学期新气象。有的没的胡侃一番，三个人并两辆自行车到了十字路口,该分道扬镳了。

白鹦躁动的心终于在眼看着十字路口的红灯只剩下最后两秒转变成绿灯的时候,像是巨石坠落谷底一样沉了下来。

她一直在叫嚣恐慌的大脑倏然安静下来,淡定认真地看着徐依依,嘴角微微带笑,状似不经意地,自然地开口询问:"欸,依依,我看你们班那个老萧是吧?怎么不见人了?难道又跟上学期一样三天两头请假缺勤?"

"什么呀。"徐依依没心没肺地笑着骑上了自己的车子,脚踩上踏板做好迎接绿灯的准备,她随口说道,"他转学了,他爸嫌他不听话,送他去了半军事化管理的封闭式学校。欸,绿灯了。"

"啊……"白鹦装饰性的淡定笑容僵硬在了脸上,像是一只苍白的面具龟裂开来,四分五裂露出了内里血淋淋的伤口。

"走了。拜拜!"徐依依没有看见白鹦这一瞬间的狼狈,脚一蹬,车子就驶离了十字路口。

白鹦眨眨眼,心口突然一阵酸疼,抽疼至她的鼻腔,紧抿着唇,却仍旧无法自抑地嘴角往下,露出一个快要哭出来的表情。

她扭头看向张丽莎,猛然间像是在照镜子一样,在张丽莎的脸上,看到了一个跟自己此时像极了的一张表情。

"鹦鹉……"张丽莎低声轻唤。

白鹦垂下脸避开她的视线,眼眶却不可遏制地一热,她知道,自己现在一定眼眶泛红,眼眶湿润。因为她的视线已经模糊了。

"没事。"白鹦摇了摇头,骑上车,"绿灯了,我走了。"

她语气故作轻松,装作不放在心上、无事发生的样子。可是声音却是颤抖,仔细辨别甚至可以听出哭腔。

她手忙脚乱,慌忙骑车离开,却在过了绿灯,刚一拐弯时,眼眶里打转的泪决堤而出,淌满了整张脸。

转学了。

见不到了。

她每天仅剩的一点小私心,小乐趣,也就随着萧铮虞的转学而消失了。

他带走的不仅仅是这一点私心，似乎还带走了白鹦这一年半多以来的青春和回忆。

萧铮虞转学离开，似乎对生活没有任何影响。对身边的同学也没有造成任何舆论八卦热点。

他就算是班草，段草，也跟别人的生活没有任何关系。

白鹦想，那一定跟她的生活也没有任何关系。

的确没有关系，可是却也真真切切让她感觉到了怅然和懊恼。

青春年华，张丽莎最喜欢在本子上写这样一句不明不白无病呻吟的句子："我的心破了一个洞，冷风灌进来，冰冷冰冷的。"

白鹦觉得，自己现在就有点这样的感觉。倒没有冷风灌进来，可是却空落落的，的确有点冷飕飕。

她经过7班门口再也没有抬头挺胸装作冷傲的必要了。下课也没有在走廊上晒太阳偷摸打量隔壁班的心情了。自习时，也没有戴上眼镜看楼下篮球场情况的时间了。

一切都没有什么大变化，但什么都变了。

白鹦跟张丽莎的关系也似乎有了什么微妙的变化。

张丽莎当时跟自己如出一辙的表情，让白鹦一直耿耿于怀。

两人再没有讨论少女心事的必要和心情，沉默占据了大多数时间。终于，张丽莎说出了自己的心事。

"鹦鹉，我跟你说件事。"

体育课自由活动，在楼梯口，两人面对面相视而望，一时间静默不语。

白鹦点点头："嗯。"

"我……"张丽莎顿了顿，咬牙，"我也喜欢萧铮虞。"

白鹦心下一紧，说不出心里头什么滋味，却忍不住扯开嘴角笑了："我还以为是什么呢……这有什么。"

张丽莎露出一个错愕的表情看她。

白鹦率先上了楼梯，踏上两级台阶后突然回头冲张丽莎摆摆手，笑道："我才没有喜欢他呢。"

张丽莎没说话，垂着脸，两人一前一后，再没说过一句话，各怀心事上了楼回教室。

回到教室，李慕白正在"卷不释手"地"研读"白鹦的作业本。

白鹦一回到座位上，就趴在课桌上，一声不吭，浑身都散发着生人勿近的丧气。

李慕白抄了几题答案，侧头看了眼白鹦，想了想，还是好心问："你怎么了？失恋了？"

白鹦白了眼李慕白，却没有反驳。

李慕白大惊失色："真的假的？！"

"抄你的作业吧！"白鹦喊道。

"哦。"

李慕白又驼着背，低头抄了几题，忍不住打岔："那什么，你现在心情不好，应该也没心情看情书吧？"

"什么？"白鹦脸皱成包子，"你说什么？"

李慕白："我在你抽屉里翻作业本的时候，发现有封蓝色信封的信。估摸着是情书，要不要看？"他从抽屉里将信放到桌面上。

白鹦不是没收到过男生写给她的信和小字条。她一向对这些东西不感兴趣也不屑一顾。都不好好学习，尽想着什么乱七八糟的呢。

白鹦趴在桌子上，摆摆手："不要，你扔了吧。就当没收到过。当然，你不准打开看。"

李慕白"哦"了一声，把信揉成一团，转身做出一个投篮的姿势，往门后的垃圾桶一抛——掉出去了。

他遗憾地"嘶"了一声，正巧乌龟经过垃圾桶，这位一向是调皮捣蛋的先锋，没帮着捡起来扔进垃圾桶里，反而一脚将纸团踹出了后门。

李慕白"唉"了一声，回过头来看白鹦，正想跟她说话。白鹦正好脸向下趴着，一手却摊平冲他讨要指尖陀螺。

李慕白乖乖地奉上指尖陀螺，两秒内就将那封信的事情忘记了，继续低头抄作业。

白鹦侧着脸趴着玩了一会儿，说道："这个指尖陀螺送我吧？"

"随你。"李慕白抄人家作业手短，大方答应。

下课铃乍然响起，憋闷了一整节课的学生们哄然涌出教室，几位憋了很久的同学更是疯狂奔向卫生间。

乌龟正踢着纸团，被一个矮个子男生一撞。他一看是熟人，就不满道："小心点，我在踢球呢。"

"哪有球？"何向军莫名其妙，顺着他的视线往下一看，脸色顿时变得五彩缤纷——复杂极了。

乌龟还没来得及反应，何向军就蹲下来将蓝色的纸团捡了起来。

"这周我们班值周，你们班走廊有垃圾，扣一分。"

乌龟目瞪口呆："欸？什么？你不能这样啊！"

何向军手心攥紧那团纸，脸色铁青地咬牙切齿对着乌龟说道："不，我可以。"

他表情几乎狰狞，看着有些恼怒，吓人得紧。也不知道在气些什么。

夜里9点30分，某个乡下郊区的封闭寄宿式中学里，晚自习的铃声猛然敲响。

学生们已经被一天的课程和作业折磨得没有奔跑撒泼的体力了。萧铮虞却是其中最有精力的一个，早早整理好书包，抱着冲出教室，灵活地穿梭在浩浩荡荡下楼梯的人群中，两条长腿不停地交错着，往寝室飞奔而去。

与一个同学不小心肩膀相撞，萧铮虞随口说出一句"抱歉"，就飞快地跑进了寝室楼，没有理会身后那位被撞到的同学的不满嘟囔。

他两步并做一步地跑上台阶，大概是整栋寝室楼第一个进寝室的人，甚至连包都没来得及放下，他抿了抿干涩的唇，浑身冒汗，微喘着快步走向走廊底部，停在三台并排挂在走廊底部墙上的投币电话前。

这年代，也不知道从哪里找出来这样的投币电话机的。

萧铮虞往投币口塞了两块钱硬币，飞快摁下牢记于心的电话号码，焦急地等待对方接听。

"嘟嘟"响了两声，像是已经约定好了一般，电话那头很快就接了起来。

"放学了？"何向军好整以暇地问。

萧铮虞舔了舔干燥的上唇，还有些喘，但没理会这，张口就问："给了吗？"

何向军一怔，没回答。

"阿军？我问你话呢，你给了吗？"萧铮虞焦急地又问了一遍。

何向军最近终于开始发育，声音进入了变声期，带着微哑："给了。"

"怎么样？"萧铮虞一脸期待地问，声音带着紧张，他捏着话筒的手微微用力，指节分明的手指关节泛白。他剃了个短发，不再留着原先学校默许的半长刘海，另一手无意识地想去撩刘海，顿在了半空。

何向军呼吸一滞，好一会儿都没回应。萧铮虞听见身后的走廊传来了千军万马般的脚步声和喧闹声。

他有些焦急，但只能耐着性子等着。

"老萧。"何向军低哑的声音伴随着老旧的投币电话的电流声，"滋滋啦啦"地传来，不安的心跳在萧铮虞胸腔鼓动着，敲击着他慌乱的神经。

"你在那边，这么严格，手机也不给带，就安心好好学习吧。不要想这些有的没的，只有读书，以后考上好学校，走好自己未来的路，你才能不辜负所有人的期望，真正掌握自己的人生。"

萧铮虞不知道何向军是从哪里感悟到这么庞大的人生观的。但是这字里行间的暗示，萧铮虞不是傻瓜。

他的心一下子凉了下来，握着听筒的手蓦地一松，显得苍白脆弱。

"嗯。"他喉咙间发出一声低吟，应声。

"知道了，我去洗漱了。晚安。"

何向军似乎想再说些什么，发出了个无意义的单音节，却没有说出一个字来挽留。

"啪"一声，萧铮虞将听筒挂回投币电话上，垂着脸，脸在阴暗中晦暗不明，看不清神色。

身后别的同学上来要打电话，萧铮虞站直身体，让开了位置。走廊的日光灯，明亮中总带着点暗光，让人恍恍惚惚，分不清这到底是光明还是昏暗。

萧铮虞的心像是被人捏紧了一般，喘不过气来，但是他却骤然明白了什么，眼睛亮得很。

078

白鹦和张丽莎的友情遇到了危机，两人都比较消极，不再如往常一样形影不离了。

到底是有了嫌隙。

张丽莎跟班上另外几个女生小团体走得越来越近。一次体育课的自由活动上，白鹦想跟张丽莎一起玩，眼看着张丽莎闪躲般装没看见自己的示好，走向了那几个新玩伴，白鹦的心忽然冷了下来。

嫉妒，或者是寂寞。

这种感觉比知道萧铮虞转学的时候还难受。

像是被人将自己的一番诚心踩在脚下碾压一般。她分明没有责怪张丽莎什么，但是却不再被信任了。

白鹦独自回到教室，教室里就她一个人。空荡荡的，安静得很。篮球场有男生们在欢呼着，打着篮球。篮球拍在地面上的声音富有节奏，听在白鹦耳朵里却很刺耳，"啪啪啪"的声音敲得她脑仁疼。

这声音，不再如往常一样带着和煦的阳光和粉色的樱花，以及美妙的期待和幻想了。白鹦忽然捂住耳朵，脑袋趴在桌上，眼眶蓦然红了。

她掏出手机，手指冰冷，呼吸都微颤带着寒气，最终再三犹豫之下，还是将微信发给了张丽莎，然后将手机往抽屉一塞，和那枚指尖陀螺放在一块儿。

"我们别在一起玩了吧。"

白鹦发完微信之后，脸趴在双臂间，一动不动。

手机在抽屉里静静地亮起了屏幕，弹出了一条新消息。Lisa："好。"

李慕白问："你和张丽莎怎么了？"

白鹦托腮玩着指尖陀螺，没好气地斜他一眼："做你的作业去吧。"

她不再惯着李慕白借他作业抄，而是肩负起了真正的同桌的职责，盯着他做完作业，给他先批改一遍。李慕白哀号不已，但是也知道白鹦是为了自己的学习着想，忍痛学着自己做作业。

白鹦将家里剩余的那只雌鹦鹉放生了。不再是一对儿鹦鹉了，对白鹦来说，剩下的那个就太可怜了。

在阳台将鸟笼打开，白色的虎皮鹦鹉还不敢出门，白鹦面无表情地在笼子背后一拍，鹦鹉吓得往前一飞，直直飞出了鸟笼，一晃眼就消失在了白鹦的视线里——一点留恋都没有。

白鹦觉得自己养了一年半的白眼狼。

神奇的是，在对面楼里传来熟悉的鹦鹉的鸣叫声。白鹦当时没有去注意，后来才知道，雄鹦鹉逃走之后，飞到了对面楼一户人家的窗口，被人抓住养了起来。本来他们还在寻找主人的。

结果白鹦将雌鹦鹉放走了，也不会再接回那只雄鹦鹉了。至于雄鹦鹉的结局，白鹦就不清楚了。

只是当下知道这件事情的时候，她心情很复杂，不知道该觉得自己太冲动了还是太倒霉了。

时间在没有波澜的学习、放假、学习、放假中来来回回，飞驰而过。

白鹦将所有不甘和不虞都抛之脑后，全身心投入了学习，成绩也稳定维持在全年级前五。

一年半的时间很快就这样度过了，不出任何意外的，中考前，白鹦被提前批录取至全市最好的浮城高中，也是省重点中学。

不用中考，白鹦趁着暑假，去了一趟云南，在那边的姑姑家待了整整一个月，7月初才回家，参与浮高的摸底分班考试。

李慕白抄了三年的作业，当然没考好，但是也不算差，进了一所艺考见长的普通高中。徐依依与何向军也考进了浮高，但是摸底考试后，徐依依没有进入前面四个尖子班，何向军倒是考进了。

张丽莎没有进浮高，去了稍差一等的南城高中。

豆蔻年华里相遇的少男和少女们就如鹦鹉一般四散，不知踪迹，未知归期。

时光像少年一样飞驰，面带没心没肺的笑容，种种不愉快被抛在了身后，坠落在时光的尘埃中，像泪融入雨中一样，遍寻不到。

或许在多年以后，雨夜里忽然惊醒，才会对着黑夜忍不住轻笑。

"我原来也做过这种傻事。"

而现在，少年还在向前奔跑，一往无前。那是白鹦，也是萧铮虞，或是所有人。

Chapter 6
我们的小幸运

每一个阶段结束的暑假，都悠长而美妙。

没有作业，没有考试压力，虽然知道前方迎来的是更加严酷的考验，但是对白鹨来说，这都不是问题。重要的是享受当下。

中考前，她做了只手工毛绒熊送给张丽莎。

她的想法很简单，无论有怎样的矛盾，或者别扭，她们曾经是那样亲密的好友，到了人生的分岔路口，即将分道扬镳，她不想带着这样的遗憾进入高中。

张丽莎收下了小熊，也说了"谢谢"。

等白鹨从云南姑姑家回来，正值酷暑，正当最炎热的季节，每年都在挑战人的抗热能力。

初一结束后的暑假，白鹨还跟徐依依和张丽莎一起学游泳，在萧铮虞家小区后边的烧烤摊跟何向军一起撸串。而今回到家的这个暑假，什么都不剩了。

白鹨想了想，实在无聊没有事情做，开学在9月初。参加完摸底分班考试，还剩下一个半月，白鹨就报了个拉丁速成班。一个半月，一周四节课，教会两套舞蹈，还包剧场搞一个结业表演。听着很有成就感，白鹨拉着徐依依一起报名。

徐依依正沉浸在分班考试失利的悲痛中，听闻白鹨还要她上台搔首弄姿，气道："你是魔鬼吗？我难过着呢！"

白鹨莫名其妙看她："锻炼身体，减肥呢，要不就跟我一起去游泳。你选一个。"

徐依依也无聊着，犹豫再三，选择了拉丁："游泳麻烦死了。"

揣着钱一块儿去舞蹈班报名的时候，徐依依骑着车，打着太阳伞问白鹨："鹨鹉，我怎么觉得，你似乎长高了？"

白鹦一听就高兴："是啊是啊，我长个子了。初三一年就长了两厘米，去云南待了一个月又长了一厘米，云南水土养人啊！"

她现在163厘米的个子，看着也清瘦了不少，除了云贵高原紫外线强烈，晒黑了两个度，白鹦没有任何不满。

徐依依跟她个子差不多，闻言瘪嘴："放心吧，进入高中你就不可能长个子了。"

"够了够了。"白鹦傻乎乎地笑道。

白鹦和徐依依小时候一起学过舞蹈，练过一些基本功。拉丁是一项不强求基本功的国民舞蹈，自然难不倒白鹦和徐依依。没一周她们就将基础舞步练得滚瓜烂熟，动作仪态形象生动，感情饱满。

唯一不足之处就是，没有男学员。这意味着，所有学员都是女生，总得有一半的人来跳男步。这个时候，徐依依和白鹦再也不争辩谁个子高了，纷纷谦虚礼让。

"你高。""不不不，您比我高，看着您就比我高挑一百倍。"

"你说笑呢，你不是云南水土养人，长高了一厘米吗？"

两人都想跳女步，都想穿裙子。争辩不下，老师出马了。

于是两人都跳了男步——因为学员年级都不大，白鹦和徐依依竟然是个子偏高的第一梯队。两人只能含泪当男人，哭哭唧唧地学了男步，咬牙切齿地看着对方，练了一个半月的男步。

女舞服华丽漂亮，小裙子上带着亮片，在舞台灯光下一转身，亮片就会闪闪发光，仿佛自己就是舞台上最闪亮的明星。

而跳男步的白鹦和徐依依就是绿叶，不仅仅舞服是最单调无聊的黑裤白衬衫，连发型都得卷成发髻，刘海梳成大背头，妆也低调许多。

来围观看戏的李慕白和乌龟看到女扮男装的白鹦笑得肚子痛："小姐姐你好男人哦。"

白鹦黑着脸瞪他们俩："你们倒是很娘哦。"

李慕白比了个心："加油表演哦。"

白鹦不接受他的好意："你帮我努力试试看。"

舞蹈班租的小剧院能容纳两三百号人。整个舞蹈学院开了十个班，组成了十个节目，除了学员的家属们，还有不少市文联和舞蹈协会的人来观摩。

白鹦舞台经验丰富，虽然多半是上台做演讲，但是并不怯场。徐依依就不一样了，她没想到阵仗会这么大，两股战战，脸都吓得苍白，还要指责一番白鹦。

"鹦鹉，你没告诉我这么多人啊！"

白鹦："我又不是神仙，怎么会未卜先知。"

徐依依的同学来了七八个，白鹦认识其中的许璐和马可，跟他们打了个招呼，就往后台去找洗手间了。

她离开没几分钟，徐依依正和许璐抱怨着自己紧张，就听见了一个熟悉的声音喊她名字。

徐依依一看，惊喜地喊道："哟，阿军，你真来了啊？"

何向军身后站着一个高个子男生，正好挡住了大门外洒进来的光亮，他周身似乎都闪闪发光着，好一会儿才能看清他的人。一身黑色短袖T恤，深色牛仔裤，脸上带了个漫不经心的微笑，他剃了个平头，看着十分精神。

徐依依张口就说道："一年不见，老萧你样子变化也太大了吧！"

萧铮虞转学后，徐依依就见过他两次。那之后一年，萧铮虞的学校管得更加严，他几乎没有假期，就再没见过面。

若说变化，每个人的变化都不小。

徐依依剪掉了她的长发，换了个学生头。李慕白终于开始整牙了，何向军进入变声期一年半之后，终于长高了，但仍旧没有超过徐依依。

而萧铮虞的变化，让人说不清到底在哪里。他戴了副黑框眼镜，皮肤黑了一些，大约是为了中考体育跑步练的。眼睛里没有了以往的调皮和玩世不恭，沉静不少。他以前不近视的，现在戴了眼镜，不知道是这辛苦的一年半封闭式学校读坏了他的眼睛，还是这个是装饰眼镜。

萧铮虞似乎换了个人，经历了千锤百炼之后，沉积下来的淡定和疏离都满满写在脸上。

萧铮虞抿嘴勾唇一笑，以前那调皮又好看的笑顿时又重新浮现在他的脸上。

他说："新发型不错。"

"我家鹦鹉骗我说,换个学生头,就能考上尖子班。这个骗子。"一提到这,徐依依就气得咬牙切齿,"我就不应该相信她。"

萧铮虞眼里一闪而过的不从容微不可察,他移开视线看着舞台,转移话题:"你们第几个节目?"

徐依依没有留意"你们"这个复数用词,随口答道:"第四个。欸,老萧你考上了南城高中是吧?"

"嗯。浮高分数太高,我上不了。"

"不错了,我本来以为你初中毕业就了不得了。"徐依依笑道。

何向军在一旁打趣:"你不知道老萧在新学校读书可努力了。什么娱乐设备都没有,只能学习。"

萧铮虞曾经有一次放假回家,见到何向军就哭,说自己满眼昏花,早上睁眼看到自己的腿毛都变成了英语单词的样子。

"他读书都差点读成半身不遂了。"何向军委婉地暗示道。

徐依依没有任何同情地嘲笑他:"那你脑子真不好使,读成半身不遂了才考上南高。"

萧铮虞黑着脸:"徐依依,我劝你善良点。"

表演即将开始,白鹭却开始紧张起来,跟徐依依以及别的同学们互相打气,直到自己上台,音乐响起,追光热热烫烫的,"啪"一下照在自己身上,白鹭才突然心安了下来。

她看不到台下的一切,看不见台下究竟有谁,是否看着自己。

但是她似乎早该习惯视而不见了。

热烈的桑巴舞尽,结束动作等了两秒,温婉的伦巴乐缓缓响起,伴随着灯光蓦地变得柔和暧昧,全场突然掌声雷动,似乎被这一突如其来的转变惊艳到了。

何向军一脸古怪地看着台上的表演,嘟囔:"徐依依说自己以前舞蹈队的,我本来还不信。"

萧铮虞嗤笑一声,沉声道:"我也不信。"

何向军扭头看了眼萧铮虞。黑暗中,他的侧脸看不清神色,但是眼睛却亮亮的,直直看着舞台。

何向军正想开口说话,却突然看见过道经过一个眼熟的女生,"欸"了一声。萧铮虞疑惑地看他。

何向军摇摇头:"不是……好像看见那个叫张丽莎的女生了……"

"嗯?"萧铮虞疑惑,"她来,有什么奇怪的吗?"

"不是……你不知道,你转学后,她跟……"何向军指了指台上,"吵架了,似乎是绝交了。"

萧铮虞拧眉,面露不解,他想不通这跟他转学有什么关联,摇了摇头:"女生之间的友情,真复杂。"

他想象不到自己跟何向军会闹什么矛盾闹到绝交。世界上,何向军是最懂他的人。他怎么会任性地跟朋友绝交呢?

白鹦表演完,徐依依就要拉着她一起下馆子摆庆功宴,但是白鹦家里有急事,连跟李慕白和乌龟几位同班同学都没来得及告别,她就骑上家里新买的"小电驴"赶回家了。

徐依依一脸惋惜地对何向军他们说到这件事情的时候,何向军还轻轻瞥了眼萧铮虞,眼看着他不露声色,才松了口气,心想,老萧这大概是成熟了,也出来了。

本来就是年少不更事时那一星半点好感,哪能维持这么久。他们都一年半多没见面了,现在都跨上了人生新阶段,怎么会耽溺在过去没有迎接崭新的未来呢?

一帮人,当作是同学聚餐一样,下馆子,撸串,吃吃喝喝后又去KTV唱歌。

萧铮虞在封闭式学校待久了,性格沉闷不少,远没有过去那样会玩闹,一时间居然有些恍惚。

包厢内空气不流通,弥漫着之前的客人们留下的酒味和烟味,一进包厢就颇觉得刺鼻。灯光又昏暗不明的,空调风有些冷。徐依依给开了舞厅灯效,五彩斑斓的灯光顿时在包厢的天花板、墙壁上四处打转。

萧铮虞被晃得有些头昏脑涨,借口去卫生间,出了门在走廊上透透气。

没一会儿何向军也出了包厢,一看见萧铮虞在走廊上斜倚着墙低头玩手机,一愣,问:"你怎么不进来?"

"太闷了,有些闹。"萧铮虞蹙眉露出个不适应的表情。

何向军点点头，居然有些心疼受到封闭式寄宿制学校洗礼的老萧，他拍拍萧铮虞的肩膀安慰："辛苦你了。"

萧铮虞摇摇头。

"你现在……跟你爸怎么样了？"何向军跟萧铮虞之前也不常见面，如今有这空当好好聊一聊，他就陪着萧铮虞在走廊上谈心。

提到父亲，萧铮虞脸色就阴沉下来，耸耸肩，故作满不在乎，语气却带着不满和孩子气般的愤怒恼火："能怎么样，又见不到面。"

萧母去世以后，父子俩不再像以往一样如同火山喷发般争吵，而是陷入了冰河世纪一样的冷战，这更加磨人，也令人无力。萧父几乎不回家，只有每个月打入账上的大额生活费富有存在感地告诉萧铮虞，这个中年男人还在国内某座城市赚着钱，发着财，自己还有一个这样的父亲。

每年萧父就过来个两三次，每次待上一周左右，跟萧铮虞的对话一天甚至不超过十句。

萧铮虞觉得这样挺好的，很自由，钱又够花。只是他仍旧心有不甘。到底不甘在哪里，他却无从得知。

见萧铮虞不想谈到父亲这个话题，何向军又问："你今天看到白鹦，已经没啥感觉了吧？"

萧铮虞一怔，扭头看他。他们之间几乎从没有说出过"白鹦"这个名字，像是心照不宣的一个密语一样，谁说出来就是破戒。如今何向军却简单从容地说出了口，只是单纯地以为，萧铮虞早就不在意这个女生了。

谁知道萧铮虞却突然压低声音告诫："你说什么呢！被人听到就糟了！"

何向军哑口无言，愣愣地仰头看着萧铮虞的耳朵，灯光透过他薄薄的耳朵软骨，能看见红色的皮肤和毛细血管。

"……你什么毛病？"何向军半晌憋出一句。

萧铮虞仰头叹了声气："我本来早没感觉了，毕竟那只是小孩子的懵懂好感。可是今天又看到，觉得……唔……可能有新的感受。"

何向军有些咬牙切齿："我看你就是有病。"

萧铮虞歪着脑袋想，他大概就是有病。在梧岳寺算命摊那惊鸿一瞥后，白鹦的笑容就刻在他脑门上忘不掉了。

浮城所有的高中都在同一天开学了。9月初，天气仍旧炎热，白鹦背着空落落的书包，骑着新买的自行车，满怀忐忑地抵达气派的浮城高中大门。

省重点、全国百强中学的派头果然不是别的小学校能比的。正大门上那苍劲有力的伟人题词做成的浮雕校名，像座巍峨的高山一样，让人景仰。

白鹦长长呼出一口气，下了自行车，独自来学校报到。她手心有沁出的虚汗，脚踩着崭新的酱红色皮鞋，一身干净的T恤牛仔裤的打扮，就这样往校门内走去。

学校门口竖着两块大牌子，上边张贴着校内地图，白鹦在乌泱泱的人群里，不停跳跃着。身高到用时方恨少，好不容易才看明白自己的教室高一（2）班所在的位置。白鹦凭借摸底考试时对学校布局的记忆，还算顺利地找到了教室。

2班在靠南的教学楼二楼，背面是郁郁葱葱的竹林，此时刚过盛夏，毛竹密密麻麻，枝繁叶茂，从窗外吹拂进一阵带着竹香的凉风，伴随着窸窸窣窣的竹叶晃动声，像风铃一样悦耳。

因为还没排座位，白鹦有些踌躇，随便找了个靠后排的位置，小心地坐下，打量着周围。

来的同学不多，但都三三两两地聚在一起聊天，大概都是以前就认识的同学。白鹦环顾一圈，到教室的二十多名同学里没有一位是自己原本就认识的。她心沉了沉，将书包塞进抽屉里，低下头找出单词本开始背。

"白……白鹦？"从后门传来一个耳熟的声音，白鹦很明确这不是自己任何一个同学，但是，一定在哪里听到过。她抬眼一看来人，嘴角一抽。

后门站着一高一矮两个男生，站前边的那位，可不就是多次被白鹦压分屈居第二、跟白鹦高手过招的马可吗？可真是人生何处不相逢啊。

白鹦哭笑不得："哎呀，居然跟你同班了。"

马可一想到自己总是跟她在初中考场前后桌，就忍不住笑着摇摇头："可不是，真是狭路相逢。"

他说着，扭头对身后的人说："唉，阿军，你说我是不是又拿不到第一名了？"

白鹦一愣，他们俩站的位置有些背光，白鹦一开始还没注意到马可身后的男生，这时候仔细一瞧，那跟自己差不多身高，却长着一张称得上漂亮的白净小脸的男生，不是何向军是谁？此时他正一脸讶异地看着自己，白鹦相信，这个时候，自己和他一定是如出一辙的表情——她可是没想到自己会跟何向军同班。

白鹦想：她怎么跟阿军同班了？是不是以后会不知不觉知道萧铮虞的消息？

而何向军则在想：老萧会因为嫉妒灭了他的，一定会的。

两人各怀鬼胎，皆露出个疏离又客气的微笑，打了个招呼。

"白鹦，没想到我们居然会同班啊。"

"是啊，看来以后还可以继续吃夜宵了。"

白鹦咧嘴笑得灿烂，虽然客套，但看着真诚。心里却在想，拉倒吧，也就吃过一次夜宵。

白鹦和何向军大概就是有孽缘。他们俩身高差不多，被老师拉着排到了一起，成了同桌。

两人坐到一块儿后，明明觉得这也是无可厚非的，却还是从中感受到了莫名的尴尬。明明只是自己怀着心事，又不好意思让对方看出自己的尴尬，于是客气地互相帮忙，拿书，递校服，一晃一个上午就过去了。

白鹦跟何向军都是通校生，但是大部分学生中午都选择在食堂吃，他们俩也从善如流。白鹦在班上目前只认识马可和何向军，也没有在这短暂的一个上午认识别的同学，只能三人一块儿去食堂吃饭。

浮城高中的食堂有三层，风格特色都不一样，味道都很不错。白鹦吃了一次就爱上了，这里的食堂比起初中的，味道好太多了。"以后都在食堂吃午饭得了。"白鹦嘟囔着。

马可笑她："那当然得在学校吃了，高中学业多紧张啊，回家吃饭，来回多浪费时间啊。"

何向军不怎么爱说话，只是埋头吃饭。他也就是在萧铮虞面前，因为不分你我，才会话多一些，而且吐槽精准。

下午是高中的第一次班会，班主任会介绍学校的排课，选举班干部，以及同学们要做自我介绍。

马可想竞选班长，问白鹦："你想当班干部吗？"

白鹦想了想，勾了勾嘴角笑道："跟高中时候一样，当个英语课代表或者团支部书记就行。"马可点点头，松了口气。他可没有信心跟白鹦竞争。

白鹦摸底考试全年级第8，马可第6，前十名有三名在2班。马可琢磨着怎么跟另一位竞争，白鹦倒是无所谓。

谁选举班干部看成绩的，多半还是看初中的履历。

她上台简单地介绍了自己，跟初中天真的想法不同，她没有再装高冷，而是尽量让自己和煦微笑着，自信又大方。

马可如愿以偿当上了班长，没人跟白鹦竞争团支部书记，她也如愿了。

趁别人在竞选副班长的时候，何向军小声说道："你为什么想当团支部书记？"

白鹦挠了挠脸，露出个俏皮的表情："因为收团费的时候，可以数钱。"说着，她做了个手势。

何向军一怔，随即忍不住笑了："那怎么不当生活委员？可以管钱。"

"那多麻烦啊。"白鹦撇嘴，"管账，可是很劳心劳力的事情，钱少了钱多了都很麻烦。"白鹦怕这种麻烦，又想数钱。

何向军真诚地被她逗笑了。他觉得，白鹦跟他想象中有些不一样，似乎没那么遥远，甚至，比一般人更好接触。

或许是她初中看着太高冷了，总是喜欢半抬着下巴，目不斜视，让人觉着生人勿近。

他大概以后不是生人了。何向军想到这点，忍不住偷笑，眼里星星点点的，亮晶晶地闪着笑意。

白鹦偷摸打量了眼何向军，见他在笑，一头雾水："你笑什么？"

"没什么。晚自习结束，一起去撸串吧？"何向军笑道，"老地方。"

从浮高到白鹦家，要路过何向军的小区，正好顺路。

白鹦心下一松，没怎么犹豫就点了头。

"别说了！"萧铮虞咬着牙，愤恨地对着手机那头的何向军吼道。

寝室四个大男生，正在闲聊套近乎，或者正在脱衣服准备去洗澡。萧铮虞一吼，他们吓得顿住了动作，纷纷扭头看他。

萧铮虞抿了抿唇，脸色阴沉地转身出了寝室，往晒衣服的大平台走去。

何向军得意扬扬的声音清晰地从听筒里传来："我们吃了很多东西，白鹦喜欢吃烤茄子，上次也吃了。"

萧铮虞冷哼一声，推开大平台的门，抬脚跨出。九月的夜晚挺凉爽的，迎面而来的凉风拂过萧铮虞的脸，让他忽然冷静清醒了下来。

繁星点点，夜空深沉带着墨蓝色，走廊内来来回回的人声和脚步声被甩在身后。

萧铮虞低声不甘道："你哪来的狗屎运？"

"咦？"何向军无辜道，"跟白鹦同桌就算狗屎运啦？那谁让你不好好学习。别辜负算命先生对你的期望啊，我的大状元。"

萧铮虞不耐地轻啧一声，怼他："也没见你长得比我高啊！一米九壮汉！"

两人有一搭没一搭地互怼着，萧铮虞坐在大平台通往寝室楼道的台阶上，有些无力地叹气："我有些郁闷。"

"你应该郁闷的。"何向军没有任何同情。

萧铮虞"啧"了一声，叮嘱他："我高中不限制带手机。你有事没事就多给我发发信息。"

"……我干吗要有事没事给你发信息，我跟你不是那种关系哦。"何向军惊恐地说道。

"你想什么呢！"萧铮虞气极，"我让你告诉我一些关于她的事情不行吗！"

"啧，现在这么深情了？"何向军冷嘲热讽，"那当初怎么不跟她认识呢？怎么不好好学习呢？"

"你马后炮有意思吗？我为什么不敢跟她接触你又不是不知道！"萧铮虞被何向军的调侃闹得有些恼火。

何向军见好就收，正经道："说真的，老萧，我以前以为白鹦是个很难接近的人，现在我感觉，她很好相处。待我与她成为铁瓷儿，到时候引荐你认识。"

萧铮虞一听，心里又紧张起来，忍不住嘱托他："你别影响她学习。她是要考名牌大学的人。"

何向军无语："你是不是忘了我好歹也是尖子班的学生？你个普高的吊车尾

好意思告诫我？"萧铮虞被怼得没话说。

　　"我会好好学习的。还有，南高虽然不如浮高，但是也是重点高中。"萧铮虞真切感受到了一句至理名言——读书改变命运。

　　瞧瞧何向军，居然实现了他的梦想之一。

　　萧铮虞想，既然白鹦爱学习，那他就好好学习，至少让他有机会跟她在某件事情上站在同一水平线。

　　两人聊得差不多了，何向军问了句："这周末回家吗？"

　　萧铮虞想了想："回吧。住你家。"

　　南城高中并不是全封闭式寄宿学校，但是现在经济不景气，萧父正打算将外省的生意缩减规模，以后可能会经常回家。这周末他就会回来，萧铮虞不待见父亲，不想跟他时不时狭路相逢，互相看对方的臭脸色，于是干脆选择了住校。

　　而就算他周末回家，如果父亲在家，他也不打算住家里，干脆去跟何向军挤一张床。

　　何向军怨声载道："我就那么大点的床，你一个大个子还要跟我挤？"

　　何向军个子长得不多，萧铮虞倒是快突破一米八了，他一向发育得又早又快。

　　萧铮虞嗤笑他："那把我的床搬你家去吧。我也嫌你床小。"

　　白鹦发现自己跟何向军有不少共同爱好，比如都爱看动漫，都喜欢小动物，个子差不多高。何向军看着不爱说话，但是一旦开口，字字金句，脑袋转得也很快，理科很好。

　　白鹦自己更加擅长文科，但是她想读理科，于是两人互帮互助，辅导对方薄弱的科目。两人的关系，就像何向军说的那样，算得上铁瓷儿了。

　　半年前的白鹦大概从没想过，自己有一天会跟何向军成为可以称兄道弟的好朋友。就连徐依依都惊讶不已，对他们俩这突飞猛进的友情惊叹不已。

　　第一次月考，白鹦稳住了前十，何向军进了前五十名。班主任根据大家的成绩重新排了一次座位，因为白鹦跟何向军合作很好，于是便没有变动他们的位子。

　　白鹦加入了学生会，想给自己增加一份阅历，为以后大学的自主招生增加砝码。

　　何向军看得出来，白鹦做事情特别认真。她一心沉迷学习，以及参加各种活动，是真心享受学习，并且在为未来做打算。而白鹦也有这能力和精力，让人佩服。

只是，他有些担心，老萧说要好好学习赶上白鹦——这哪赶得上啊？怕是重新投胎都赶不上吧？

何向军对白鹦说："你成绩这么好，自主招生不加其他阅历也稳的。"

白鹦摇摇头："只有考试太单调了，还是练练自己各方面的能力，万一以后要出国留学呢？"何向军表情一滞："你要出国？"

"啊？"白鹦一怔，随即笑道，"哪能呢，我家可没那么多钱。就是想，如果以后有公费出国交流的机会，我高中锻炼下来的能力，到大学也有用。"

这是个对自己人生特别有把控能力，独立自主的女生。

何向军点点头，由衷佩服："我也要向你学习啊，加油。"

晚上放学，白鹦、何向军、徐依依三人一起骑车回家。

徐依依听了何向军说的夸白鹦的话，不禁撇嘴："鹦鹉一向这样啊，摩羯座无趣死了，总是沉迷在自己努力的世界里。不过也算是好事啦。"

何向军随口一问："摩羯座？白鹦你什么时候生日啊？"

白鹦："平安夜。""哦！那不是快了。"何向军惊讶地说道。

徐依依还在一旁嘟囔，一听这话就笑他："哪就快了？现在才11月初，少说还有一个月呢！"白鹦嚷嚷道："我可不管，你给我准备好礼物。"

"得了得了，你也就我们这几个朋友了，情商为零的交际白痴。我们不给你礼物你怕是难过死。"徐依依嘲笑她。

何向军也看得出来，白鹦的确交际能力没徐依依强，跟班上的同学都是点头之交，因为成绩出色，又经常活跃在一些活动里，倒是没空跟班上同学来往。班上跟她关系好一点的，除了自己，就是马可了。

何向军在纠结白鹦朋友少，萧铮虞却当即下单了零食大礼包寄到何向军家，下达指示："麻烦平安夜送给她。当你自己送的吧。"

何向军："……恐怕，存不到当天。"

让正在长身体的青少年存一箱零食一个多月？这傻子是不是脑子有洞？

高中的学习压力和课业量是初三冲刺阶段都无法比拟的。

白鹦再没有往常做完老师布置的作业还能自己做别的练习题的从容了。每天从午休开始赶上午的作业，一直到夜自习，九点半结束，白鹦都没有能喘气休息的机会，忙里偷闲的时候还得背单词，背课文。

就算是尖子班，李慕白式同学也是存在的。白鹦深知自己不是聪明的天赋型选手，她的成绩都是自己的努力刻苦以及高效率的学习方法得来的。而且男生和女生到了高中阶段，在某些方面的学习能力就彻底拉开了距离。

就比如何向军，他开始发育了，脑子就像是突然开窍了一样。高中物理比初中的物理知识难上五六个等级，白鹦的榆木脑袋转几个弯都明白不过来，他却上完课不复习就能将题目做得明明白白的。

白鹦看着那些莫名其妙的公式、力图、磁场，拧紧了眉毛，问何向军："你怎么学的？"何向军耸耸肩，不明白她为什么这么问："这些题上课都讲了啊？"

"……我学不进去。"白鹦"嘭"一声将额头轻砸在桌面上，双手抱着头揉乱了自己的马尾辫，"为什么月考之后的这块知识点这么复杂，我一点都不会，为什么你会！"

何向军扯了扯嘴角，安慰她："你别急，中午我教你。你看你化学还是不错的嘛。英语、地理、历史就更别说了，全班第一。而且你数学也很好啊。不就一门物理嘛，我要学的比你多多了。"

白鹦侧过脸，哀怨的脸被凌乱的刘海盖住，竟显得分外愁怨："可是我要学理科的。地理历史好没有一点用处啊。物理占的分值最高，拉分也最开啊。"

何向军哭笑不得："别急，你这么聪明，一定会学好的。"

白鹦摇了摇头，长叹一声气："不，阿军，你不懂，其实我可笨了。"

"啊？"何向军才不信，狐疑地看着她，只当她在开玩笑。

白鹦捂了把脸，理好头发，将脑袋几乎埋进抽屉里开始刷手机，小声嘟囔："你不知道，我其实做事情很笨拙的，什么都是笨办法，也不会看人脸色，不擅长交际，朋友也少。因为不聪明，只能勤能补拙了。"

何向军没想过白鹦是这样看待她自己的，张了张嘴，却说不出话来。他其实隐隐也有察觉，白鹦比自己想象中，要呆憨很多。

她是个很有目标的人，为人也很正直、善良。但是她的确不是自己想象中的天才学霸，她没有那么聪明，做事情也不全是游刃有余，她甚至走个路都可能绊到自己。她也会偷懒，上副课偷看小说，会为了让自己请客跟自己强词夺理，她比起以往自己远望时灵动许多。

萧铮虞听了，半响，担忧地叹道："那……她物理不好怎么办，你多教教啊。我物理也还行……"

"拉倒吧，她所谓的弱科，只是没有考到90分以上。你哪来的脸说自己物理也还行的？"何向军泼他冷水。

萧铮虞气结，转移角度坚持不懈问道："那她要怎么考到90分以上？"

何向军轻笑一声："你放心，跟我抱怨完后，你的啾啾啾女神就火速在网上下单了物理高一的基础练习题和奥赛题，明天就寄到了。"

"……"那是他打扰了。萧铮虞默默在心里抱拳。

萧铮虞的学校要开运动会，因此周四周五不上课。

周四是萧铮虞100米和200米比赛的日子。他跑完就回了家，毫不客气地挤进了何向军的卧室，扒拉着刚上完晚自习回家的何向军笑嘻嘻道："明天我去你学校逛一逛？"

何向军刚上完一天的课，累得只想睡觉，白了他一眼，莫名其妙道："小心保安把你当成社会闲散人士抓起来。"

"我晚饭期间进去嘛，我带些好吃的给你。"萧铮虞咧嘴露出个调皮的笑，眼睛滴溜溜转着，一看就心里有猫腻。

何向军偏不说穿，转移话题问："你今天比赛怎么样？"

萧铮虞躺在何向军床上，"大"字形霸占了整张床："破校纪录了。"

"恭喜，腿长真好。"何向军吃味地说道，拍了拍他的胳膊，"让一让。"

萧铮虞翻了个身，侧躺着笑眯眯看着何向军："你怎么不问我要带什么给你吃？"何向军见他那一脸期待的表情就觉得没眼看。

白鹦的确不是天才，但也绝对不笨，而且人很冷静自持。眼前这位就不一样了，说不清到底聪不聪明，反正现在绝对是个大傻子。

"你又不是给我带的，我期待个什么劲。"何向军翻了个白眼。

萧铮虞"嘻嘻"一笑："你可以点一个菜。她是不是喜欢吃茄子啊？你上次说她喜欢吃狮子头，还有土豆是吧？我带土豆饼怎么样？"

何向军被他烦得额头发紧，用力将他从床上拉起来推出门，吼道："滚回你家！烦死了！"何妈妈在客厅喊道："欸，你们俩，别吵架啊！"

何向军在屋内吼："没吵架！我要看书！"

萧铮虞在门外装乖巧，轻声细语，善解人意地说道："阿姨，阿军读书累了，我就不打扰了，我先回家了。"

"你一个人在家要是不方便，就睡我家，没关系。"何妈妈热情地招呼。

"有关系！他打呼！"何向军拉开门喊。

萧铮虞在玄关口转身冲他竖起一根中指，仗着何妈妈没看见，冲他做了个挑衅的表情："我才没有打呼。"

何向军瞪他一眼，懒得理会大傻子，用力将门甩上。刚关上门坐回床上脱外衣没一分钟，手机就震了震，收到一条微信。

何向军一瞧。

老萧："土豆饼，肉末茄子，红烧狮子头，你喜欢的皮蛋豆腐。安排上了。"

何向军额头青筋暴起，回："白鹨喜欢吃泰式咖喱虾。"

老萧："真的？哪家店？"

何向军："假的。合着我什么都爱吃，在你这里只有最朴素的皮蛋豆腐有名字。重色轻友，你死了，萧铮虞。"

老萧回给他一个害羞的表情。

何向军突然间不想再当通讯员传递情报给萧铮虞了。他觉得自己在自虐。

Chapter 7
流言无法猜测你

下午最后一节自习课，白鹦飞快地赶着各科的作业，想在晚自习腾出时间练习物理题。

何向军已经第 24 次扭头偷偷打量白鹦，欲言又止了。他又一次扭过头看了眼白鹦，白鹦头也不抬，拿橡皮擦擦掉了题纸上的辅助线。

"有话快说，你每看我一次，我就会画错一次。"

何向军斟酌词汇，言简意赅："晚饭我们去三楼，我兄弟来看我，带了几样菜过来。"三楼人少一点，空位置相对来说会多一些。

白鹦捏着橡皮的手一顿，指尖用力微微泛白，她抿了抿唇，抿掉那一层疑惑和紧张，问："你兄弟来看你，为什么要我一起去吃？"

她没有问何向军兄弟是哪个。白鹦想，自己不应该好奇，可是她现在却抓心挠肺地想知道。

"他带的菜样数很多，我们俩吃不掉，你就一块儿来吃吧，反正我们平时也经常一起吃饭。"何向军说道。

其实平时，白鹦虽然会跟何向军一起吃饭，但次数并不多。何向军跟马可，以及几个同样个子不高的男生关系很好，每次都会一块儿吃饭。

而白鹦，则跟班上一个很胖的女孩搭伙吃饭，那女孩叫江眉影，因为胖，性格比较自卑，被大家排挤。白鹦不在乎别人排挤谁，她觉得江眉影长得很漂亮，就是胖了点，瘦下来绝对是个大美人儿。她就是天生的外貌协会，于是就跟江眉影走得很近。偶尔，白鹦会带着江眉影跟何向军一块儿吃饭。

但是到何向军这儿，就变成他们俩经常一起吃饭了。

白鹦不明白何向军为什么要强调这个，问："那马可呢？"

何向军一噎，心说，我管那家伙做什么啊！老萧可不喜欢马可这个胜负欲极强的学霸！面上他还得找借口："马可说想去校外下馆子。"

白鹦点点头："那我能带眉影吗？我一直都跟她一起吃饭的。"

她要是不陪着江眉影，江眉影就又想着减肥不吃饭了，白鹦可看不得她这样伤害自己的身体。

何向军脸一阵青一阵白，白鹦低着脑袋还在画辅助线，手上一顿，抬头好奇地盯着他等回答，何向军立刻稳住神情，扯开一个假笑："行啊……就带她来呗，反正我们吃不掉。"

"嗯，谢谢你啊。"白鹦笑了笑，偷看了眼他正在做的题，面露失望，嘟囔，"什么啊……你在做化学啊……我还以为你在做数学题。"

她能不能放下手上的题目关心一下到底是哪位神仙兄弟来看自己？

何向军咬牙，问："你怎么不好奇是我哪个兄弟？"

白鹦一怔，抬头看着他，眼里一闪而过的错愕掩盖了她内心深处的慌乱。

何向军意识到自己的问题太奇怪了，却听见白鹦轻轻说道："就算好奇……也跟我没关系吧。"

何向军的脑袋和心脏突然凉了下来，替萧铮虞凉的，与此同时，一种名为"愤怨"的情绪涌上心头。他这么剃头刀子一头热地帮老萧，真是白费心机。人家白鹦一语惊醒梦中人呢。指不定白鹦压根不认识萧铮虞。

何向军在心里默默为正高高兴兴穿梭在各大餐厅买菜的萧铮虞点根蜡烛，对白鹦的冷漠有了点不虞。

白鹦已经没有心思在做题了。眼前的四边形不停地变换着形状，牢牢框住了自己，她手心直冒汗，最后实在解不出这道题，将笔一放，开始整理作业。

何向军疑惑地看她："怎么了？"

白鹦眼神有些慌乱，看了他一眼，摇摇头："做不出来，有些烦。"

"就你刚在做的那题？我没做都看出来怎么答了。你怎么了？"何向军奇怪地问。

白鹦看了看时间，僵硬地笑："大概就是等着吃好吃的，没心情答题了吧。"

她耸耸肩，将作业整理好，趴在桌子上，看着讲台上一侧挂着的时钟，还有十分钟下课，她不如背个单词冷静一下。

冷静完之后，再抱着视死如归的心态去吃晚饭。

如果是萧铮虞，那她要怎么做？如果不是萧铮虞……她会松一口气，可是会不会又觉得失望？

是不是因为她跟何向军同桌成为好朋友的关系，导致她连带着关于萧铮虞的回忆都翻涌上来了，不停在脑海里折腾？白鹦想，有时候可能并不是因为那一个特定的人，或许是那一段特殊的时期和回忆。

那段美好的、充满阳光和落叶、夏日暴雨、漂亮的校服的记忆，记忆里，有她的好友，一段真挚却令人扼腕结局的友情。以及，这段记忆里，正巧有这样一个鲜活美好的少年。所以她一直无法忘怀。

现在就不美好了。学习压力太大了，校服也难看，最原始的宽松校服，每天除了吃饭、睡觉，就是学习。白鹦长叹一声气，揉搓了一把脸，让自己清醒一点。

何向军说："哦，老萧到校门口了。下课你跟江眉影就先去食堂吧，我现在去接他。"

白鹦心脏狠狠一缩，瞳孔几乎地震一般，垂着脸，脸色极为好看。

她嘴角微微一抽，小声应道："嗯。"

何向军看了看四周，没人注意，眼看就只剩两分钟下课，于是猫着腰，一溜烟蹿出了教室后门，往学校大门狂奔而去。

下了课，白鹦一直有些心不在焉，跟江眉影说完事情，拉着她往食堂走，江眉影有些畏畏缩缩。"我不认识……"江眉影小声说道。

白鹦回头笑着看她，答："没事，我也不认识。"说着，她心里却一怔。

她可真是沾了何向军的福了。

两人紧赶慢赶往食堂三楼走去，最后还是只占到角落的一张桌子，拿好碗筷勺子，乖巧等着。白鹦心里也忐忑没话讲，江眉影内向，更不会主动说话，两人就低头玩着手机。

白鹦手指在屏幕上来来回回触碰着不同的社交软件，却点不开一个聊天框。以前，她还有一个张丽莎可以倾诉关于萧铮虞的事情。

现在没有了。一个人都没有了。

她对萧铮虞的好感和想法，全都变成属于她一个人的秘密了，再没有任何可以跟闺蜜拿出来分享的少女心事。

手机一震，白鹦低头一看，何向军发来一条信息："你们在哪呢？我们进来了。"

白鹦双手捧着手机，心里漏跳了一拍，忙抬头往三楼食堂大门望去，眼神里说是恳切却又带了点慌乱。

然后，她的眼神蓦地停住了，落在了进门往这边看来的一高一矮的两位少年身上。她和高个子那位的眼神，没有任何闪躲地相遇在了一起。

她想移开视线，眼睛却像是磁铁一样，被紧紧吸住。哦，他真的来了。

那个高个子少年，比记忆中更瘦高，一头干净利索的黑色短发，鬓角平整，露出了圆润的耳朵。他带着讶异的眼神，正巧撞入自己的视线，星眸微闪着似是而非的情绪，白鹦看不懂。

他皮肤黑了一些，比两年前看着更成熟，仍是少年，却带了一丝挺拔如松的气质。微微上扬的嘴角弧度一如既往的好看，像是弯了一轮弓月，捧了一抔泉水，温润和善。

白鹦眼眶一热，慌忙收回视线，像以往一样，装作跟身边人说话，转移自己的情绪。

何向军的电话打了进来，白鹦接起来前，小声对江眉影说："阿军来了。"

江眉影点点头，她跟何向军还算熟悉，轻声细语道："不好意思了。"

"没事。"她才是最不好意思的那个人才对。

何向军个子矮，人来人往的学生遮挡了他的视线，他踮着脚尖，扬颈抬眼四下拼命找人，对电话那头的白鹦说道："你人呢？没看见你啊。"

白鹦还没说话，萧铮虞在何向军身旁一指墙角，低声说道："在那呢。"

何向军抬头一张望，对白鹦道："我看到你了。我们过来。"

说着，他将手机挂了。

萧铮虞提了一只大大的袋子，里面装着两个保温盒，见何向军把手机放回口袋里，才小声嘲笑："个子矮看不见是吧？"

何向军翻了个白眼，一瞥他耳朵，有些好奇："你耳朵怎么红了？"

萧铮虞一怔，矢口否认："有吗？没有吧？"

何向军不置可否，带着萧铮虞往白鹦座位上走去。

萧铮虞在他身后微微松了口气。刚才白鹦是在看他吧？他心里忐忑。

何向军带着萧铮虞到了餐桌旁，两人坐到了白鹦和江眉影对面。

看了眼萧铮虞，何向军咧嘴冲白鹦她们两介绍："白鹦，江眉影，这是我发小，萧铮虞。白鹦你应该认识的吧？"

认识吗？算认识吗？

白鹦心里飞快地纠结了一会儿，点了点头："嗯。知道。"

萧铮虞双眼蓦地一亮，白鹦心里一荡，还怀疑自己是不是看错了。

"咳，阿军让我多买点，我就买了不少菜。快吃吧。"萧铮虞轻咳一声，有些紧张地开口说道。刚一开嗓，他声音还有些发紧低哑，吓了自己一跳。

白鹦飞快瞄了眼萧铮虞，不知道为什么，她敏锐地抓住了他声音里那一瞬间的紧绷，她心也突然一揪，可是那之后却突然像是巨石落地，心也轻松了许多。

像是明白了什么，又像是什么也不明白。她分明应该更加抓心挠肺地内心闹猫一样纠结，可是此时此刻，她却淡定得很，勾了勾嘴角，露出一个微笑。

白鹦长得清秀，耐看，绝对不是一眼看过去就很漂亮的女生。可是她只要一笑，就好像世界都开满了花儿一样，灿烂又明媚，眉眼像弯月一样，眼睛亮亮的，嘴角勾着带了点俏皮。

"看着可好看了。"——这是萧铮虞原话。

何向军不知道老萧一个男生是怎么说出这么娘兮兮的话来的。

萧铮虞带了六个菜，有土豆饼，肉末茄子，红烧狮子头，以及所谓何向军最爱的皮蛋豆腐，他甚至乖乖地去泰国餐厅打包了泰式咖喱虾和冬阴功汤。就算是何向军诓他的，他都愿意相信，万一白鹦喜欢吃呢。

何向军在校门口得知他带了哪些菜的时候，就觉得这人没救了。

"你真的是让人无语。"何向军咬牙切齿,"你哪怕想着一点兄弟我,我都会帮你到底。"

"不是有皮蛋豆腐吗?"萧铮虞理直气壮,"泰式咖喱虾你不喜欢?"

"……"喜欢,而且特别喜欢。可是这也是建立在白鹦可能也喜欢的前提下。

何向军说:"老萧,我想吃比萨。"

"下次再说。"

何向军瞪着他,愤恨道:"我说带上白鹦呢?"

"你想吃什么?都行。"萧铮虞毫不犹豫。

"滚。"

该怎么形容这一顿晚餐呢?美味,都是自己爱吃的,就是口味有点杂。

气氛有些古怪,江眉影拼命节制自己,吃得少,话也少,存在感为零。白鹦自己不知道要说什么,怕多说多错,又怕自己吃相太奔放吓到萧铮虞,于是尽量斯文,竟然没吃多少。

萧铮虞也紧张,仿佛自己在相亲一样,四肢僵硬,时不时偷看一眼白鹦。他以为自己的眼神掩饰得很好,可是明眼人都能看出来,在这样面对面,如此近的距离,这种赤裸裸带着欢喜的发亮眼神,满心满眼写着的都是"开心"两个字。

白鹦自然也感受出来了。

于是脖子都红了,埋着头,硬着头皮吃东西。

偏偏何向军平时话不多,这时候倒是活跃极了,一个劲用话语调戏:"欸,老萧,吃饭啊,你自己花钱买的,就得多吃点。"

"白鹦,你也吃啊,你平时可是现在胃口的两倍呢,怎么今天吃这么少?"何向军眼看着白鹦耳垂红得在滴血,于是声音微微抬高,笑道,"哎呀,别看老萧长得帅,他可秀气了,别矜持。"

"谁秀气了!"萧铮虞拧眉在一旁不满地喊道。

白鹦脸都快埋进碗里了。何向军轻哼一声,冲萧铮虞露出一个挑衅的表情,然后夹了只大虾,塞进嘴里用牙齿剥壳。

白鹦夹了两次虾,之后一直用勺子盛咖喱汁。萧铮虞看得出来,她很喜欢这道菜。

可是总共就没几只虾，何向军又喜欢吃，一直不停地夹这个咖喱虾。自己不吃没关系，可不能让何向军抢了白鹦喜欢吃的菜。

他舔了舔上唇，轻声对白鹦说道："那个……你吃咖喱虾……"

萧铮虞顿了顿，觉得自己的话太苍白了，于是补了一句："你和你同学，都多吃一下咖喱虾，这个好吃。"

何向军在一旁低低地嘲讽一笑，听得萧铮虞额头青筋都快爆出来了。

白鹦点点头，想了想，应声："嗯，谢谢你。"

她直起腰，抬眼看着萧铮虞，眼里带着笑。

这是她第一次大大方方、正大光明地跟萧铮虞互相对视，坦荡，坦诚。

萧铮虞微愣，张了张嘴，却发不出一个字来。半响，他紧抿唇，嘴角不可自抑地上扬，又怕被人看出他几乎要跳下楼跑圈的狂喜内心，拼命压制自己上翘的嘴角。

僵硬又绷不住的表情，看在一旁心知肚明的何向军眼里，简直就像一出闹剧。他露出个不屑的表情，"呸"一声，将虾壳吐在了餐桌上，就好像用自己的唾沫将重色轻友的萧铮虞淹死一样畅快。

江眉影缩在自己的位置上，局外人一般围观着饭局上暗影交错的一来一往。她一向敏感，身为外人，却一眼就将这场上发生的一切都看明白了。

低下头，她没说话，却暗暗地羡慕。

萧铮虞吃完饭，还拎着餐盒在学校里逛了一圈。

因为正好轮到白鹦值日，于是吃完饭，跟他道完谢之后，白鹦就拉着江眉影一块儿赶回去打扫卫生。

萧铮虞有些失落，一手提着餐盒，另一手插在口袋里，抿着唇微微凝眉盯着白鹦小碎步飞快往教学楼赶的背影，眼里的不舍都快溢出眼眶了。

何向军在一旁阴阳怪气："吃太饱走太快，会得阑尾炎的。"

萧铮虞扭头瞪他："你今天太不给我面子了。"

何向军一听就跳脚了："我凭什么给你面子啊？你给我带了什么了！"

"皮蛋豆腐，咖喱虾。"萧铮虞一本正经地回答，还要责备一下，"你虾吃太多了。""你有病啊！"何向军吼道。

浮高校园虽然很大，建筑设计和园林规划都很漂亮，但是萧铮虞却没有什么兴趣欣赏，问："阿军，带我去你教室看看吧，看看你们平时都在什么环境学习。"

"们？"何向军轻嚼这个字眼，感受到了满心的不高兴，"你最好改改你现在的膨胀，不然白鹦不会看得上你的。"

在白鹦面前表现得跟二傻子一样，何向军想，要是萧铮虞跟白鹦深层接触了，了解了这个少年是个没脑子的帅哥而已，大概立刻就失望了。

白鹦是个很看脸的人，何向军在这段时间的接触中早就了解了。因此他觉得萧铮虞还是有机会的。

白鹦回到教室，吃得半饱不饱，但是又觉得有些消化不良，一想到萧铮虞还在校园里来回逛，又有些坐立不安地忐忑。不知道他什么时候离开，他离开的时候会说什么？

白鹦将扫帚和簸箕放回储物柜中，刚合上储物柜的门，就听见走廊一阵喧闹，正好奇着扭头往窗外探头看去，教室里的同学似乎也被那热闹吸引了，三三两两冲出教室，擦过她身前，挡住了白鹦的视线。

白鹦走到靠后门的窗边，探头看向外面，就看见几个同班以及隔壁班的同学挤在中间，围着一个高个子的帅气男生，男生勾着嘴角轻笑着，跟身旁的人说着什么。

他微微弯起的眉眼，勾起的嘴角，仍带着那一抹玩世不恭的调皮，却比以往沉稳很多。

白鹦皱起了眉，看好奇的同学在走廊上打量着那几位学霸跟这位帅哥勾肩搭背称兄道弟，觉得有些莫名其妙。

"打扫完了？"何向军的声音突然在身后传来。

白鹦一惊，扭头看他，捂着心口长长呼出一口气："吓死我了。"

"你做贼心虚啊？"何向军笑她，坐到座位上整理自己的作业，抬眼看白鹦，眼里似笑非笑，"外面很热闹是不是？"

白鹦一抿唇，从何向军那语气里听出了各种微妙的潜台词。

"你怎么进来了？"白鹦问。何向军耸肩，无奈道："老萧人气太旺了。"

"那几个都是他在那封闭式学校的同学，好久没见到了，看到他都很开心。"何向军想了想，指着走廊那么多人又说，"你看，帅哥就是好，大家都跑来围观。"

白鹦心说，还不是前四个尖子班长得好看的人太少了，更何况萧铮虞的确长得出类拔萃。

她拍拍何向军的肩膀，绕过他身侧坐回到自己的位置上，安慰："我觉得你长得更好看。"何向军双眼一亮，不敢置信地看她："真的假的？"

"真的啊。"白鹦笑了。

毕竟当时，因为好奇去看隔壁班班草的时候，第一眼看到的长得好看的男生的确是何向军。只不过他长得属于白嫩可爱的小男生，至今还在变声期，声音沙哑软萌的。

晚自习铃敲响前，萧铮虞就离开了。因为一直被老同学拉着叙旧，他脱不了身，最后都没有跟何向军和白鹦道别，只远远看了眼教室内的陈设，不甘地离开了。

周五晚上晚自习对浮高的学生来说，是合作完成周末作业的好时机。

所谓的"合作"，就是几个人各自完成自己擅长的那块作业，然后交换过来"借鉴"一番，提高写作业效率。这样，周末就可以无作业一身轻。

这一工作机制在尖子班同样适用，总有骚操作的学霸。

何向军最近跟前桌也进行了这项合作，他英语不怎么样，又觉得英语实在没什么大用，于是很消极对待，就拿了前桌的英语抄。

白鹦不愿意做这种事情，她的想法特别正："要是总做自己擅长的学科，那就会越来越偏科，逃避弱项，那一辈子都没法进步的。"

何向军点头："嗯，我知道，你说得很对。"

然后他冲白鹦摊手，觍着脸露出甜甜的笑，向白鹦讨要文科作业。

白鹦翻了个白眼，把政史地和语文的作业全从抽屉里拿出来。

因为书比较多，抽屉有点挤，白鹦取书的时候，一不小心将放在书堆缝隙间的小物件都给带了出来。"啪"一下，小东西撒了一地。

白鹦轻呼一声，顺手将书放在桌面上，弯下腰去捡。

铅笔、橡皮、尺子、指尖陀螺、发绳之类的各种小东西，白鹦一点也不讲究，也不放收纳袋，就堆在一块儿，现在好了，撒出来了。

何向军将作业往自己抽屉一塞，然后看向白鹦，正想蹲下来帮忙捡，一眼就看见地上一个眼熟的小玩意儿，眉心一皱。

白鹦有些慌乱地整理地上的东西，偷偷抬眼看了下何向军，见他正好在看自己，白净的小手动作飞快地将指尖陀螺往掌心一收，塞回了抽屉里，然后冲他一笑。

"作业给你了，你拿去看吧。"白鹦轻声说道。

何向军"哦"了一声，问："你那指尖陀螺……"

白鹦心下一紧，坐回座位上，扭头看他，屏住呼吸看着他的嘴唇，等待着他微顿几秒的间隙，令人焦急。

"借我玩一下？"

白鹦把东西往抽屉一塞，摇头："你快做作业吧，这时候就别玩了。"

何向军皱眉，小声念叨："我也没见你玩过，存着浪费，怎么就不给我玩呢？"

"别影响我做作业哦。"白鹦耳根微微泛红，埋头做最令人恼火的物理题。

她只剩下物理题没写了，何向军倒是还有一半作业没做，但是他有信心，可以在半个小时内完成——毕竟站在学霸的肩膀上全面看问题。

白鹦做了个选择题，偷眼看何向军抓耳挠腮地抄政治客观题，心想，她倒是换了个读书很不错的同桌，但是怎么觉得抄作业这毛病，一点儿都没有变呢？男生都这样吗？白鹦随口问了问。

何向军回答："不抄作业才奇怪吧。也就你太正直了。以及，白鹦啊，你别的事情都那么认真严谨，怎么不买个收纳袋把你那些东西收一收呢？我看着都觉得散乱。"白鹦指着他的作业本："抄你的作业去吧。"

何向军一本正经："严谨点，是借鉴。"

萧铮虞带了好几样作业回家，周六就带着作业往何向军的卧室里挤，把那几本作业本摊在何向军课桌上："我不会写。"

何向军莫名其妙："你不会写关我什么事？"他自己还是抄的呢。

萧铮虞："你是学霸啊，教教我。"

105

说着，萧铮虞长手一伸，拉过桌面底下的凳子放到自己屁股下，坐下来好整以暇地看着何向军，一副"我等着你"的表情。

何向军自己应付完了周末作业，是一丁点都不想看到这些知识点了，一看就觉得头晕，他抚着额恼道："你先自己看书，别什么都来问我。"

萧铮虞难得没有反驳，细想也觉得这话在理，于是乖乖看起书来。他是真的想要好好学习了。自从昨天在食堂跟白鹦一起吃了顿晚饭，他越发觉得自卑。

看看人家白鹦，在省级名校学习，成绩还能毫不逊色于别人，名列前茅，戴着副金边小眼镜，看着斯文乖巧极了，满脸都写着"我是好学生"。

他呢，比起初中的时候的确乖了很多，但是骨子里还是静不下心来。虽然考入了南高，不算很差，但是他成绩在南高是吊车尾的——一如既往地吊车尾。

按何向军的话来说，也不知道他当初是怎么福至心灵考进了南高。

萧铮虞觉得，如果他再不努力，白鹦就真的变成鹦鹉飞走了。他怎么着总得摸到何向军的边儿，才能在层次上跟白鹦说得上话吧。

可是逼一个万年吊车尾学习是多么痛苦的一件事。萧铮虞头是真的疼。

他翻来覆去看着同一段课文，半晌，感觉屁股都快发毛了，实在坐不住，转过身，对着躺在床上看少年漫的何向军说道："我说过没？"

"什么？"何向军看都不看他一眼。

"她初中那个好闺蜜，"萧铮虞顿了顿，"跟我同班。"

何向军腾地坐起身来，目瞪口呆地看着萧铮虞："你没说过啊！你怎么不跟我说呢？"

"我以为我说过。"萧铮虞挠挠脸，"也没什么大不了的吧。你都能跟她同桌。她跟张丽莎现在又没有联系。"

何向军心想，这可不一样了。他身为局外人，看得出来当初张丽莎和白鹦突然绝交肯定有问题。谁知道是因为什么呢。"你们关系咋样？"何向军问。

萧铮虞轻描淡写："同学关系啊，普通同学关系。就还行。"

萧铮虞彻底看不进去书了，跟何向军一块儿看漫画，聊天，从漫画聊到NBA再聊回同学，尤其是女同学。

何向军吃了块牛肉干，含糊地说道："白鹦这人看着正儿八经，规规整整的，也挺邋遢的。"萧铮虞眼睛从漫画书上挪开视线看他："嗯？怎么说？"

"她散碎的小玩意儿都不收纳好，连个铅笔袋也没有，就塞抽屉里，一不小心就散一地。"何向军说着，又补充了一句，"上次我看到她还放了一只不知道哪个年代的指尖陀螺，旧得要命，也没见她玩过啊。"

萧铮虞费解，拧眉："指尖陀螺？"

"嗯啊，挺破旧的了，还挺眼熟。你初一时候不是有个拿着玩后来卖了吗？就那个花色很像，不过我看她那个喷漆掉了很多，也不知道原来什么样的了。"何向军随口一说，伸着懒腰叹道，"唉，中午吃什么？叫个外卖吗？"

何向军的父母中午值班不在家，给了何向军一张大钞自行解决午餐。

萧铮虞面色微沉，陷入深思，没有听何向军在说什么。

何向军刚才那番话，突然让萧铮虞回忆起了一件事情，被萧铮虞都快遗忘了的往事。

何向军靠着床头跷着二郎腿，掰着手指数了十几家餐馆，都没见萧铮虞回应，一回头就见萧铮虞满脸的凝重，问："你哪根筋又犯毛病了？"

萧铮虞摇摇头，低声对何向军说道："你说的那个指尖陀螺……可能……真的是我的。""什么玩意儿？"何向军嘴角一抽，一脸奇怪。

关于那枚指尖陀螺出处到底是哪里也没人去问白鹦。这件事就这样成为悬案悬在人心中。

浮高开了秋季运动会，白鹦运动不行，什么项目都没报，何向军因为个小体弱，也是啥也没有报，两人难兄难弟，连操场都懒得去，窝在教室里做作业。

这两天不上课，作业倒是异常的多。

天气越来越凉，运动会这天倒是晴空万里，艳阳高照，一下子回温。大早上的时候明明还挺冷的，白鹦穿了秋季校服厚实得很，一到中午，热得浑身出汗，只好将外套脱了。结果到了傍晚放学，天气又忽然转阴，气温骤降。

白鹦不出所料地感冒发烧了，运动会第二天直接就没来学校。

何向军来学校没见到白鹦，就发信息询问。

白鹦回复了之后，还请何向军把她没做完的作业送到她家小区。

"你家跟我家在同一个方向，比较近。眉影家太远了，只能麻烦你啦。"白鹦怕文字不够诚恳，还发了语音，声音沙哑得很。

何向军想也没想就答应了："可以。不过你生病了还要做作业吗？"

白鹦："我就算爬不起来也要把作业写完。"

"……"何向军想，白鹦真的是个意志力可怕的女生。

何向军出了学校，书包里多了两份作业，照着白鹦发来的定位往白鹦家骑车而去。

江眉影跟他有一小段路是顺路，但是她因为家里住得远，骑的是小电驴，胖嘟嘟的身子将小小的小电驴压得轮胎都瘪了。

她有些不好意思，一个劲问："要不我送吧？我电动车比较方便。你骑车太累了。"

何向军实际上不知道怎么跟江眉影相处。她性格太内向了，话少又畏畏缩缩，很自卑。何向军虽然发育迟，个子矮小，长得又可爱，经常被班上的高大男生们欺负，但是他不知哪里来的自负感，从不觉得自己低人一等，自信心爆棚。

他甚至觉得自己早晚会长成一米九的大个子。

何向军冲江眉影看了一眼，摇头："没事，我去就行。"

江眉影咬咬下唇，欲言又止。何向军方才那一瞥就看见江眉影的眼眶有些微红，眼神带着焦急和不知所措，心里顿时有一种不好的预感。

他招呼江眉影将车子停下，两人停靠在马路边。

江眉影比他还高上一两厘米，何向军平视着她闪躲的视线，目光如炬。

"你是不是有事情要跟我说？"

他比一般男生心思都要细腻，不然也不会跟白鹦成为好朋友。

江眉影摇摇头，咬了咬唇，迟疑片刻，又点了点头："有……有一点。"

"那就说啊，下个路口我们就要分道扬镳了。"

何向军一副无辜坦然的模样，看着完全没有令人质疑的阴暗面，反倒让江眉影有些纠结。

她鼓足了勇气,才小声说道:"你……还是不要跟白鹦走得太近。送作业……我去更合适。"

何向军莫名其妙看着她:"为什么?"

江眉影这才低声回答:"班里都在传……你和白鹦俩早恋呢。"

何向军一头雾水,露出个费解的表情:"啥玩意儿?"

"班上风传你们俩在谈恋爱呢,走得那么近。"江眉影一口气将话顺当说完,又卸下了那股劲儿,"所以……所以你还是别去送作业了。让别的同学知道不好。要是让老师知道了就……"

"神经病啊?"何向军咒骂一声,见江眉影错愕脸看着自己,急忙道歉,"不是说你,我说那帮传谣言的无聊的人。"

先不说好兄弟萧铮虞暗恋白鹦这件事,他也不是白鹦喜欢的类型啊,虽然白鹦亲口承认自己长得比萧铮虞好看,他也挺自豪的。但是……就算他真的对白鹦有好感,他也不会真去横刀夺兄弟爱啊。

"我就偏要去了!看看他们怎么风言风语,简直有病。这件事情你别管也别理会了。我跟白鹦清白着呢,男女同学之间还不许拥有正常朋友交往了?"何向军气愤说道。

他看着瘦小秀气,但性格刚硬得很。

物以类聚,萧铮虞是个学渣刺头,他也好不到哪里去,顶多就是个读书好一点的刺头。只不过因为成绩好,很多事情能被老师原谅或者无视而已。

"啧,真是幽默极了。"何向军气笑道。

Chapter 8 每一秒喜欢

何向军果真去了白鹦家里送作业。

白鹦家住在他们母校初中旁边,离何向军所在小区反方向的一个小区,但并不算远。

她家是套140平方米左右的大户型住房,三口之家,家里整理得整齐干净,地砖都泛着光。很多小细节上的装饰,比如墙上的字画,摆在电视机柜上的青花瓷花瓶,能让人看得出,白鹦父母一定都是文化人。

何向军敲门后是白鹦的母亲王莉莉女士开的门,一见到白白净净可爱的小男生,王莉莉还愣了愣,随即反应过来,咧开一个灿烂的笑,招呼何向军进门。

"哎哟,是鹦鹉的同桌吧,长得真嫩,快进来快进来。鹦鹉刚吃了退烧药躺下了。"

何向军本来还有些紧张,一看到白鹦母亲这一笑,顿时放松了下来,他也明白了——白鹦看着也没有很像她妈妈,可是一笑起来,果然是母女,感染力都很强。

"不了不了,阿姨,我送完作业就走。"何向军把作业本从包里掏出来,双手捧着递给王莉莉。

王莉莉接过作业,还不放他走,热情洋溢:"我家鹦鹉没什么朋友,难得来一个男生,就留着吃个晚饭吧?老白,晚饭做完没?"

"还在做。"白哲的声音从厨房里传来。

何向军顿时浑身紧张起来,急忙以自己家已经做好饭等着自己推脱。他再三推辞，王莉莉总算放弃了留他吃饭的想法，但是热情地将他一直送到楼下，一再惋惜他不能留在家里吃饭，还一个劲儿夸奖他是个好孩子。

何向军被夸得浑身发毛，心想，怎么白鹦母亲这么热情大气的一个女人，白鹦倒是没那么热情，第一眼还觉得挺高冷的？

一回家，就见某个住在隔壁的男生跟钉子户一样坐在他家沙发上，毫不客气地吃着苹果玩着手机，见何向军进来，还很奇怪。

"你今天放学回家挺迟的。"

何向军把书包往单人沙发上一扔，拍拍萧铮虞的手臂，萧铮虞会意往一旁挪了挪位置，何向军一屁股坐在他身侧，瘫坐在沙发上长叹声气。

"我去白鹦家送作业了。"何向军挠了挠耳朵，随口回答，"她感冒发烧请假了，让我把作业送过去。"

萧铮虞背脊瞬间挺直，瞪着眼审视何向军，这两句话里的槽点太多，不知道从何吐起。

半晌，萧铮虞挤出一句，问道："她……发烧几度？"

过了周末，白鹦又活蹦乱跳地回学校上课了，唯一的不足之处是她还有些感冒，鼻子通红，喉咙沙哑，时不时就咳嗽。

但就算她周日还发烧38摄氏度，仍旧撑着病体将作业写完了。

何向军哑口无言，只能憋出一句："多喝热水吧。"

白鹦为了不打扰人家，戴了口罩，只露出一双圆溜溜的眼睛，戴着副金丝框眼镜，遮掉了她眼睛里的神气。她高中就换了眼镜，白哲就戴金丝框，愣是给她也换了副金丝框的，说是看着富贵。

江眉影站在教室里被别的男生揪着头发嘲笑，肆意狂妄的挖苦声在下课了的教室里显得意外突兀。

本身大家都属于比较埋头读书的类型，下了课也不再像初中一样，一窝蜂涌出教室在走廊晒太阳，奔跑打闹。

但每个班总会有那么几个爱玩闹的男生女生，张扬跋扈，肆意展示自己的个性，读书成绩却也不差，埋头苦读的苦闷学生们往往会因此聚集在他们身边，他们俨然成为小团体的核心。

　　白鹦不是很喜欢这样的同学。他们看着自信阳光，精力旺盛，兼顾玩乐学习，但是白鹦知道，他们这不叫自信，是自负且没有同理心。

　　比如现在这位谢和金，成绩在班上排在中上，当然跟白鹦是比不了的，长得五官端正，个子也挺高的，发型很洋气，可是满脸青春痘，家里似乎很有钱，父母是开连锁酒店的土豪。

　　他经常会跑来跟白鹦问问题，觍着脸讨好她。跟白鹦问问题，想跟白鹦套近乎的同学不少，她一向都是平平淡淡应对，但是这个谢和金，却是白鹦最看不上眼的一个。

　　因为他很爱欺负别人。特别是某些方面有些特殊的同学。

　　比如个子瘦小的何向军，被他招呼同学们玩过一个叫"阿鲁巴"的游戏，这个游戏在白鹦看来极为危险，任凭何向军哭天喊地他们都不放他下来。

　　但是何向军脾气暴躁，性格刚烈，花拳绣腿打人真的挺疼，在校外偷袭谢和金狠狠打了一架之后，再没人敢欺负他了。

　　另一个众矢之的就是江眉影。没有别的原因，就因为她胖。

　　江眉影的胖，不是单纯的丰满，看着肉乎乎的胖。她是真的胖。

　　江眉影跟白鹦个子差不多高，一米六二三的样子，但是江眉影体重足足有一百八十多斤，走路都累，脸却意外的不大，而且五官还挺好看的。

　　白鹦深信，江眉影瘦下来绝对是大美人儿，而且江眉影性格内向，很敏感，讲话做事都很温柔，白鹦心里总会升起一股保护她的冲动。

　　但是她的胖，放在一些人眼里，就是原罪了。

　　骂她丑，骂她胖，都只是最普通不过的小事。

　　从谢和金开始，班上很多男生都不喊江眉影的本名，而喊她外号"胖姐"。

　　有几个看热闹不嫌事大，没有同理心的女生，甚至都跟风喊她外号了。

　　何向军不喜欢谢和金，不屑于跟这种乌七八糟的风气，白鹦就更加气不过了。

　　平时江眉影被人取笑玩乐是常有的事情，就比如现在，谢和金正揪着她的小辫子，任凭江眉影挣扎求饶就是不放手。

她身子想往前逃离，却因为辫子在人家手里拉着，上半身靠后，脑袋被扯住，眼眶都疼得发红了。

白鹦一看，顿时气得拍案而起。

何向军本来低着头在玩手机，一看她站起来，双眼满是正义之火瞪着谢和金那边，顿时有些冷汗直冒，劝道："白鹦，你别冲动啊。"

白鹦理都没理他，用力地踩着步子走过去。

谢和金对江眉影嬉笑道："你喊我爸爸，我就放你走。"

江眉影眼眶通红，双手抓着他的手腕，却不肯听他的，只是小声念叨："求你放了我吧，我头疼。"

谢和金咧嘴一笑，眼里闪着戏谑的光，正要说话，头皮突然一麻，紧接着一股钝痛从后脑勺直直蔓延到脊梁，仿佛头皮快被人拉掉了一样，疼得他龇牙咧嘴。

"啊！"

他大叫了一声，松开江眉影的辫子转身，就看见白鹦死死瞪着他，手正从他后脑勺的方向挪开。

谢和金气急败坏冲她吼道："你有病啊！"

白鹦："抓人头发就能被喊爸爸，多合算的买卖啊，快喊爸爸。"

她说着，咧嘴一笑，端的是轻蔑和不屑，眼里一点笑意都不带。

何向军在一旁看见这一幕，捂住脸，发了条微信给萧铮虞。

"我觉得……白鹦真的……太刚了。"

萧铮虞半分钟后回复："？"

白鹦一直都表现得挺冷淡的。初中的时候想着要故作高冷，不让人看出自己的内心，虚伪的冷傲在面上，狂热的情绪憋在心中。

但是经过萧铮虞和张丽莎的事情之后，白鹦却真的淡下来了。倒不是装，她意识到，友情也会披着一层似是而非的伪善面纱，不如君子之交淡如水。感情就更是天边的浮云了。

她是高中生，那首要任务就是好好学习，高考成功。别的一切都不需要太上心。当然，该放松的时候还是需要放松的。

因为白鹦的这种性格，不熟悉她的人一直都对她带了点偏见，觉得白鹦看不起人，高傲。而白鹦各方面能力都很出色，也没人好意思对她说句不好听的。

换句话说，白鹦是个很正气的女生，想法太直太正。

她看不惯谢和金的行为，于是以牙还牙教训他，是有一些冲动了。但是她又很明白谢和金最好面子，不会当场甩她脸色。

特别是她之后又加了一句："跟你开玩笑呢，别生气啊。"

谢和金欺负别人的时候，也总是用这句话搪塞，并不会道歉。

他的脸色顿时变得五彩斑斓，好看极了。

白鹦拉着江眉影回到她座位上，安慰了几句，便一脸无辜地回了自己的座位。

何向军眼看教室里都安静了好一会儿，所有同学都惊讶地看着白鹦，小声讨论，等白鹦在自己身边坐下来了，才小声念叨："你可真不怕他欺负你啊？"

白鹦拧眉，不理解他话里的意思："他难道要打我？还是要害我？如果是这样，我可以报警啊。"

"……"

何向军觉得，白鹦的思维里，是真的从没有考虑过人情关系以及同学的面子问题。但是这样也很好，至少白鹦不会太吃亏。

他隐隐还是有些担心，于是告诫白鹦："你要是遇到什么不好的事情，都告诉我啊。我虽然个子不高，但是至少是个男生。"

白鹦上下打量何向军，眼里满是狐疑，何向军顿时脸色涨红。

他恼道："我在长个子了！信不信我下学期就长到一米八！"

白鹦嗤笑一声："你先努力长到一米六五吧。"

白鹦是班上唯一一个跟江眉影走得近的女生，或者说是唯一的同学。在班里，欺负江眉影似乎都是一种日常玩闹的普遍行为。白鹦平时都会护着江眉影，帮忙反驳口头开江眉影身形玩笑的同学。

但是这样正面动手对付别人的行为，她还是第一次。

说实在的，白鹦当时还有些害怕。谢和金人高马大，要是他一巴掌打过来，自己肯定会脸肿，但是她还是赌了一把。

她可真的看不过去。

跟江眉影独处的时候，白鹦一再强调："你别担心我，你也要适当地表示不满，告诉他们这样是不对的，这是校园欺凌。"

江眉影点点头，红着眼眶感激道："谢谢你，白鹦。我太没用了。"

白鹦知道她仍旧胆小，缩进自己的蜗牛壳里不敢出来，只能安慰她："一切都会变好的。你别节食，适当控制饮食，每天跑步，很快就能瘦下来了。瘦下来之后，他们就没有理由再骂你了。"

这个时候的白鹦，还没意识到，当一个人成为被欺凌的对象时，跟被拿来取乐的特点没有任何关系，这个人做什么，都是错的。

何向军晚上给萧铮虞打了个电话。

萧铮虞这厮早早就跑回了寝室，抢滩似的第一个洗漱完毕，趁熄灯前跑到了大平台上跟何向军通电话。他每次跟何向军通电话都是这番反常行为，还被室友们调侃，以为他是在跟女朋友打电话。

萧铮虞嗤之以鼻："要是这个是我女朋友，那我就断子绝孙了。"

何向军："你说什么呢？"

"没事，跟室友开玩笑。你说。"萧铮虞走到楼顶大平台，坐在台阶上，又开腿坐姿自由放松。

天气渐冷，已经隐隐有了冬日的寒冷，夜风拂面都有些刮脸的刺痛。萧铮虞打了个寒噤，放弃了奔放的坐姿，正襟危坐，将衣服裹严实，听着何向军在那头讲述白鹦的丰功伟绩。

何向军说完，有些惆怅："白鹦这家伙可真是愁死我了，一心学习却从不考虑自己得罪了多少人。要是以后她变成被欺负的对象可怎么办哦。"

萧铮虞一开始还觉得不解："你们重点高中，还是尖子班，大家都是好学生，怎么会欺凌别人呢？而且她又是尖子生中的尖子生，长得又好看，不应该更是被追捧的对象吗？"

听萧铮虞这样不要脸地夸白鹦，何向军沉默了一下，选择性忽略了某些描述："无论什么环境都有奇葩渣滓，只是概率不一样而已。而且，嫉妒白鹦的人还挺多的，班上还有传我跟她的谣言的呢。"

"嗯？"萧铮虞顿时直起了腰，警觉了起来，"你们？怎么可能？"

"我也很费解啊。"何向军总觉得隐隐不安，"今天这一出，我觉得，她怕是被彻底记恨上了。"

萧铮虞默了默，清亮的黑色瞳孔在夜色中反射着过道洒出的灯光，晦暗不明。他半张脸浸在黑暗中，不明神色，嘴角却不带一丝笑意。

"我知道了。"他低声只说了这四个字。

何向军跟他十几年的默契，瞬间明白了他话中沉甸甸的深意，应了声："嗯，她真的是个很好的人，我很佩服她。"

跟男生女生无关，跟萧铮虞的年少暗恋也无关，他只是单纯地将白鹦当作自己的朋友，替她担忧着想罢了。

萧铮虞轻笑一声，冰冷的空气里呼出一口暖流："我早就知道了。"

白鹦偶尔会失眠，不是因为学习，也不是因为学生会的事务。

是因为百年难得一见的少女心事。

比如萧铮虞来浮高请何向军吃饭那次，白鹦当晚就失眠了。

就好像，一道心心念念计算多年以为并没有结果的数学题，突然在不经意间，答案自己跑到了面前，告诉她，没错，答案比你想象得还要美好而简单。

白鹦想，她对萧铮虞这令她自己都觉得执着而奇妙的好感，或许并不是单方面的。不然，当时萧铮虞看着自己的时候，眼里掩盖不了的闪着光芒的笑意是怎么回事？

可是过了个把月，都经历了一次月考后，白鹦又迷茫了。

她以为自己并不需要任何关于萧铮虞的消息以及进展，可是她又很焦虑。

于是白鹦又失眠了。

就算是互相有好感又能怎么样？她又不想在这个阶段恋爱，这会影响学习。而萧铮虞看上去又不会等她。

白鹦翻来覆去睡不着的结果就是，第二天数学课上，破天荒地开了小差，打瞌睡了。

乖学生犯一次错就显得尤为明显。

她眼睛快闭上的瞬间，半截粉笔"咻"地从讲台直直飞过来，"啪"一声，精准砸在她的眉心中央，疼得白鹦浑身一震，彻底醒了。她摸了摸有些微疼的脑门，摸到了一手滑而细腻的白色粉笔灰。

"白鹦，别睡。"讲台上的数学老师兼班主任严肃地说道。

果然是数学老师，抛物线都计算得这么精准。

白鹦这时候还有些胡思乱想，干脆抱着笔记本和课本站了起来。

班主任奇怪地问："你做什么？"

"站后边听课，怕自己又打瞌睡。"白鹦自制力极强地走到了教室后边。

班主任顿时眉开眼笑，指着白鹦就夸了起来："这才是一个学生该有的自制能力。你们要打瞌睡的都给我在后面站着听课。"

刚才也在打瞌睡，结果现在被吓清醒的何向军垂着脸，抚着额头有些气恼。

白鹦！瞧瞧你带了个好头！

何向军问白鹦为什么打瞌睡。

白鹦只说自己没睡好，原因却是死活都不说了。

何向军也不是好奇心旺盛的人，随口就问："欸，你是学习疯魔了，晚上熬夜看书了吧？居然还站教室后面听课，你真的是疯了。"

白鹦没有否认，只是笑了笑。

"我看你还是好好放松放松，休息一下。"何向军想了想，掏出手机打开一部电影的介绍页面给白鹦看，"要不要去看这部电影？烧脑大片，听说可好看了。"

白鹦正想说自己劳逸结合很好，没睡好只是偶发性事件，还没开口，就听见何向军又补充道："老萧跟我约好了这周日去看这电影的，你有空吗，一起去？老萧请客！"

白鹦张了张嘴，原先的话全都咽回了肚子里。

她心里躁动着，纠结着，拉扯着，明明情绪复杂，有万字长言想要吐露，最后却只凝结成了一个问题："怎么好意思老是让他请客？"

明明只有一次，哪多了？

何向军回答："因为他有钱啊！"

何向军和萧铮虞从小到大,一起干过的坏事罄竹难书,两人也自有一套相处原则。总的来说,萧铮虞特别义气,出钱和背锅的人都是他。

但那都是有条件的。

何向军列了三个条件:"泰国菜一顿,必胜客一顿,Switch借我一周。"

萧铮虞毫不犹豫:"成交。"

约好了周日下午看电影,萧铮虞却从周二开始就期待了起来。白鹦也没好到哪里去。

两人皆是忐忑紧张,隐约却又期待,跟同学说话聊天的时候,感觉自己的神色都得意飞扬起来,眉毛都要飞舞上天了。

周五,萧铮虞早早地乘上公交车背着行李和书包赶回家,乘电梯的时候,心情雀跃得直想哼歌,距离周日的电影之约,只有两天不到的时间了。

然而,当电梯门随着"叮"的一声打开,萧铮虞将钥匙刚插入锁鞘轻轻转动的时候,他脸忽然拉了下来。黑沉沉的脸色,五官垮下来,眼里闪动着即将迎战般的肃穆。

门没有上保险锁,这意味着家里已经有人了。

而他的家里,除了他,只有一个人。

萧铮虞家属于大户型,装修很精致豪华。长期没有人居住,但是每周都有保洁阿姨上门打扫卫生,很整洁干净。

萧父近期经常会回家,家里的摆设偶尔会有小变动,却依旧没有多少人气。萧铮虞也极少回家住。两人乍一碰面,却是两个月来的头一遭。

此时此刻,两人坐在客厅里,都沉默不语,也不互相看对方,明明是亲父子,沉闷的气氛中却透露着尴尬。

萧铮虞坐在单人沙发上,低着头玩手机,不发一言也不想看自己的父亲,面色不虞,甚至透着不屑。

萧父推了推装着刚洗好的葡萄的果盘到萧铮虞面前,哑声道:"吃葡萄。"

萧铮虞理都没理他,头都不抬:"不喜欢。"

吃了个闭门羹,萧父没有恼,这是常有的事情,他换了个问题询问,想要打破僵局:"晚饭想吃什么?"

时针指向了6点,到晚饭时间了。

萧铮虞毫不配合,将一个叛逆不听话的不肖子表现得淋漓尽致。

"外卖。"

萧父深吸了口气,想尽力压制自己心中的恼火:"小虞,我在好好问你话。晚饭想吃什么?"

萧铮虞抬眼看他,一如三年前,得知母亲得了绝症命不久矣时心中绝望又气恼的情绪一样,眼里带着各种质疑和反对。

他一眼看见萧父,却愣了一下。

他跟父母的感情一直很淡薄,但是在小学低年级,父母生意还没有那么忙的时候,萧铮虞跟父亲感情很好。他很崇拜自己高大帅气,拥有宽厚大掌、可靠臂膀的严肃父亲。只是后来,随着父母陪伴自己的时间越来越少,萧铮虞对父亲的印象越来越淡,也越来越疏远。

上一次好好看他是什么时候?三年前?

他似乎突然间老了。两鬓染上了白发,眼角嘴角都起了皱纹,眼睛也不似年轻时候有神,甚至带了些浑浊,脊背也没那么挺直,微微佝偻。

这还是他记忆中跟自己中气十足吵架,批评自己的男人吗?

萧铮虞心里一闪而过的迷茫,然后被自己强行忽略,他习惯地反驳。

"我想吃什么,关你什么事?"

萧铮虞紧紧盯着萧父,心想,他肯定会跟以前一样,暴跳如雷站起来骂他。

可是出人意料的是,他没有这样做。他只是脸色一僵,随即深呼吸一口气,将火气压下来,两颊咬肌收紧,带着沧桑的深邃双眼凝视萧铮虞。

"期中考试,你老师把成绩单发我了。"

这是在秋后算账?

萧铮虞问:"你第一次知道我的成绩吗?"

萧父被他说得一噎,摇头,无奈叹道:"我没有想要批评你,我想说的是,你的成绩比起以前有进步。"

萧铮虞难以置信地看着他:"你说什么?"

从小到大父亲就不亲近自己，也没有从父亲那里听到过几句褒奖的话，这怕是他懂事以来的头一遭。萧铮虞不敢相信自己的耳朵，他直觉肯定还会有别的事情在等着自己。

萧铮虞冷笑一声，不说话，静静看着萧父。

萧父被他浑身带刺的语言和眼神弄得很尴尬，移开视线，轻声说道："我们是一家人，你懂事点，也体谅体谅我。"

"你从来就没管过我，这个时候要我懂事点？"像是听到什么好笑的事情，萧铮虞笑了，"你这次回来又想跟我说什么？"

萧父面露尴尬，微微蹙眉，仔细斟酌着用词："后天，我带你去见个人……"

萧铮虞心里"咯噔"一声，瞬间明白了他话里的意思，腾地站起来，只是短短一秒钟，他的眼眶却已经微微泛红了。

"带我见你的情人是吧？我不去！"萧铮虞抓起自己身后的书包和地上放着的行李，转身就往玄关走去。

萧父站起来跟在身后喊他名字，萧铮虞毫不理会。

他心里有些疼。母亲去世是稚嫩的年纪里最令他悲痛的事情。而眼下，他一直责备的父亲却要带着新人过来，残忍地要求他接受，他怎么可能答应。

"我没有要你接受她，只是想让你见见，如果你不喜欢，那我不提这件事情也行。"萧父跟在萧铮虞身后解释道。

萧铮虞转身恨恨地看着他："你明明知道我不可能会喜欢，你跟我提这件事，分明就是想要逼迫我认命。"

说完，萧铮虞打开门，背着行李和书包就要出门。

"你去哪？"萧父在身后喊。

萧铮虞没有回答，门"嘭"的一声，被重重地甩上了。

屋内徒留一室的沉默和叹息，这个家的温度更冷了。

何向军骑了他妈妈的小电驴赶到南城高中，凭借自己一脸乖巧白嫩的脸，被保安放进了学校。拎着两大袋外卖跑上南城高中寝室楼六楼，何向军差点累趴在楼梯口。

萧铮虞虽然心情极差，黑着脸跟张飞似的，却偏偏还要嘲讽何向军小鸡仔的身材和体力。

"你有没有人性？我好心送吃的过来安慰你，你还嘲笑我？"何向军把东西往折叠桌上一扔，躺到萧铮虞的床铺上，抬脚去蹬上铺的床板拉伸自己的腿筋，指着萧铮虞指责。

萧铮虞："人性？有小龙虾好吃吗？"

他打开一只餐盒，麻辣小龙虾的鲜香顿时传遍整个寝室，令人口舌生津。寝室里所有人都回家去了，就萧铮虞一个可怜鬼，回了家，跟父亲吵架又跑回来了。

为什么不跑去何向军家避难呢？

因为太近了，体现不出自己出离的愤怒。

萧铮虞打开窗户通风，天气冷了起来，寒风带着晚秋的桂花香灌进寝室内。

何向军冒着汗被寒风一吹，顿时有些瑟瑟发抖，号了一声让他快关上窗。

萧铮虞没理会，招呼他起来一块儿吃晚饭。

何向军跳下床搬了张折叠椅子一起张罗着把餐盒从袋子里拿出来打开。

"真不去我家啊？"何向军问。

萧铮虞摇了摇头："没事，我后天直接去电影院吧。"

何向军耸肩："行吧。"

两人吃了会儿，喝着可乐，心情好了很多，便聊开了。

何向军问："我觉得你也应该体谅一下你爸爸，他也不容易。"

萧铮虞摇头："谁不知道这个道理，但是我做不到。他不好好待我妈，现在我妈走了，他倒是有第二春了，太不公平了。"

何向军拧着眉，面色有些复杂地想了一会儿，萧铮虞剥了个小龙虾，正想吃，就见何向军紧紧盯着自己，有些疑惑道："怎么了？"

"老萧，我有个问题哦。"何向军小声问，顿了顿，斟酌用词，"你其实不是因为你妈妈的关系觉得不公平吧？你其实只是缺爱，怕你爸有了第二春，就更加不会关心你了吧？"

萧铮虞脸色一白，将剥好的小龙虾肉塞进何向军嘴里，语气平淡但是令人毛骨悚然："你似乎很聪明，奖励你。"

何向军闭上了嘴。

他有理由相信，换个跟萧铮虞关系不如自己的朋友坐在这里，估计已经被冲进厕所了。

何向军怕萧铮虞记仇，很上道地跟萧铮虞拍着胸脯保证："你跟白鹦会有进展的，我用我一米六的个子保证，兄弟我一定帮你到底。"

萧铮虞嫌弃他："你拿你未来一米九的个子做保证，我会比较相信。"

一米六的个子，并不值钱。

何向军脱掉一次性手套张牙舞爪地作势要打萧铮虞，心里长舒了口气。看来老萧没记仇，他可以活到明天了。

周日早上，白鹦起了个大早，她早早就醒了，躺床上翻来覆去睡不了回笼觉，干脆就起来洗漱打扮一番。等一切准备就绪，白鹦一看闹钟，午饭时间都没到。

他们约的是下午两点半。

她太心急了，或者说，她太期待了，期待得她似乎都要失去原来的冷静自持，好像变了个人一样。

为什么会这样呢？书上也没有教过这种东西。

她喜欢萧铮虞吗？她从来没有承认过这件事情，可是现在看来，似乎的确是的。她无法否认，她对萧铮虞抱着没有任何杂念的、纯粹的好感。

只要听到他的名字，她的心脏都会微微一缩，紧张又慌乱，生怕自己的心思被人提及；听闻他的消息，她的耳朵会高高竖起，仔细聆听，不放过任何细节；看见他的人，就算是远远一眼，她的心都又酸又胀。

这种感情新奇又陌生，又像是老友一样存在多年。

但是白鹦觉得，苦恼之外却挺美好。

她坐在书房里，拿着书本复习打发时间，眼睛仔细地看着课本上的内容，心思却不知道飞到了哪里去，嘴角也不知不觉飞上了一抹弧度，像是喝了一汪甜水，克制不住地微笑。

下午两点，白鹦小睡了一会儿，出门赴约。

电影院距离白鹦家不算远，她坐着公交车就能直达，路过一个繁忙的十字路口堵车了，车流巨大，似乎还发生了车祸，更是堵得水泄不通。

汽车喇叭声不断，伴随着车厢外嘈杂的人声、警铃声，以及维持交通有节奏的重复口哨声。白鹭突然有些不好的预感，在车厢内逐渐发酵起来的讨论声叽叽喳喳，窸窸窣窣的声音中，这种莫名慌乱的情绪涨到了顶点。

一直到达电影院，白鹭都有些晃神。

距离电影开场还有十分钟，她到了取票机旁边等人来，紧张又期待地盯着来往的人群。

距离电影开场还有五分钟，何向军从电梯里跑出来，气喘吁吁地跑到了约定好的取票机旁边，看见白鹭，他张口就是："抱歉，来迟了。"

白鹭心一下子沉了下去，摇头："没事，还没开始。"

何向军独自一人出现，身边没有别人的影子。白鹭不动声色地打量他身后，空荡荡一片，来往的全是陌生人。

她扯了扯嘴角，正想问他。

何向军却率先开口："对不起啊，老萧他临时有事，没法来了。"

白鹭愣了愣，在看到何向军独自出现的时候她早猜到了，但是她心里却燃起了一阵不满。

于是，白鹭破天荒地，第一次杠上了。

"临时有什么事啊？票都买了，不来看？"白鹭笑问，眼里却没有一丝笑意。

何向军怔住了。他跟白鹭同桌大半个学期，自认为还挺了解白鹭了，眼下，他觉得，自己可能，甚至不如萧铮虞这个傻子懂白鹭。

萧铮虞原本已经坐上了出租车准备从南高赶过来了，却不想半路接到了一个消息，火急火燎地要赶向别处。

他告诉何向军要放鸽子的时候，再三叮嘱何向军："我觉得她肯定会生气的，你帮我多道歉啊，我下次会补上的。如果她问的话，你就实话实说。"

何向军还不解："你凭什么觉得白鹭会生气，她有必要生你的气吗？放鸽子就放鸽子，反正电影票是你买的。"

萧铮虞心里说不出来的焦急，却也耐心，认真地回答："她一定不喜欢承诺了做不到的事情，我觉得她会生气的。"

眼下，白鹦看上去真的生气了，跟萧铮虞猜测的一模一样。

何向军张了张嘴，喉咙干涩，半响才找回自己的声音，如约实话实说："他爸爸……出车祸了。"

白鹦瞳孔一缩，惊愕在脸上一闪而过，随即她不好意思地说道："抱歉……我不知道。"

方才十字路口遇到的车祸，白鹦只看见乌泱泱的人群，没见到里边的实际情况。该不会就是那一场车祸吧？白鹦心里猜测，却问不出口。

"没事，老萧让我跟你说声对不起，他下次补上。"

白鹦摇摇头："没事，他爸爸没事才是最重要的。我们进去看电影吧。"

两人一前一后进了检票口。

从电梯口出来一个高个子，是个满脸油光和青春痘的男生，他往检票口随意一瞥，眼睛顿时顿住了。

Chapter 9
你好，骑士

那一场电影很好看，但是到底讲了什么，白鹦却记不清了。

她知道不应该责备别人，更不该赌气。可是她总是会不由自主地假设，如果萧铮虞就坐在自己身边跟自己一块儿看这一场电影，是不是会更好看，印象更深刻呢？

但是没有如果，她只记住了那十字路口，车祸造成的拥堵和人声鼎沸。

后来白鹦问何向军萧铮虞父亲的情况如何。

何向军回答："算是有惊无险吧。腿断了，但没有很严重，绑了石膏就回家休息了。"

白鹦问："……是不是环城南路那个十字路口的车祸？"

何向军一头雾水："那也有车祸吗？萧铮虞他爸爸是在家楼下不小心被人撞了的。我爸给送过去的。"白鹦顿时松了一口气。

也是，那时候的十字路口的事故阵仗很大，看上去绝对不是断个腿就能解决的事情。幸好伤势没那么严重。

白鹦当时满腔的勇气，在这一次之后，突然偃旗息鼓，再没有了声息。

或许他们就是没有缘分呢。她心想。

萧铮虞跟萧父的关系缓和了很多。

当萧铮虞接到医院打来的电话时，他的心像是突然被人揪紧了一样。三年前得知母亲得绝症的那种喘不上气的痛苦，再一次笼上了心头。

当他赶到医院的时候，心脏都像是撕心裂肺一般的疼。幸而父亲的伤势不重。

萧铮虞像是突然长大了好几岁一样，明白过来很多事情。

他跟父亲就算关系再怎么僵硬，可是他们仍旧是世界上最亲密的亲人，是父子，他们无法失去彼此。他们是彼此唯一的依靠了。

虽然关系仍旧僵硬，可是萧铮虞在医院照顾萧父时，表情缓和了许多，两人的交流依旧乏善可陈，萧铮虞却乖乖地肩负起了一个儿子的责任。

萧铮虞的爷爷替萧父请了个保姆，全职照顾萧父，萧铮虞每天夜自习就在医院一边陪护一边做作业，等伤势稳定下来，出了院，萧铮虞也搬回家住，方便照顾腿脚不便的萧父。

萧铮虞仍旧有些心理的小不满，带着责备般问萧父："你上次要带我见的那个人呢？都没来照顾你。"

萧父苦笑不已，回答："你不喜欢，也不接受，那就算了。等你什么时候愿意接受了，我再看看要不要找。"

萧铮虞有些错愕地看着萧父的脸，他出车祸后，突然憔悴的脸瘦削，肤色暗沉，双眼却闪着欣慰和爱意，没有任何的不满和谴责。

萧铮虞对自己的父亲突然多了份理解和歉疚。

分裂了多年的家庭，因为一场车祸，渐渐地有了黏合的迹象。

徐依依在普通班，如鱼得水般快活得不得了，几乎每周都会喊白鹦一起玩，或者去唱歌，或者看电影。

白鹦很莫名其妙，问她："你就不花时间在学习上吗？"

徐依依一直都是知足常乐的类型，疑惑地反问白鹦："我每天都在学习，周末就不能休息吗？"

白鹦被她的话噎得无法反驳。徐依依似乎说得很有道理。白鹦知道自己上了高中以来，给自己的压力太大了，过得很累。

徐依依就不一样了，她的排名在年级百名开外，在班里属于中上游，但是她很豁达。

用她自己的话说："我只要一直保持这个水平，就能考上自己的目标学校，足够了。"

她反问白鹦："你要读到什么水平才罢休呢？都是填鸭式教育，什么时候是个头呢？"

白鹦只是喜欢学习，不知道该如何反驳，于是哑口无言地被徐依依拉着去唱歌。

徐依依左右逢源，朋友众多，白鹦跟陌生人不怎么聊得来，但是唱歌却毫不怯场。她唱歌很不错，小学初中一直都是合唱队的。

徐依依等她唱完，在一旁起哄道："鹦鹉，元旦文艺汇演你代表你们班去唱歌吧！"

白鹦连忙拒绝，然而徐依依的初中同学，白鹦的班长，马可同学也在。马可双眼发亮，拍案而起："好呀！就这么定了吧！"

十二月，天气寒冷，骑着自行车上学已经需要全副武装了。耳罩，帽子，手套，围巾，缺一不可。在寒风中忍不住打个寒战，喷出来的白气有时候都要被凛冽的寒风吹散，带走一身的温度。

校园内的花卉都谢了，草坪枯黄，池塘里的水莲也枯萎耷拉着，更加显得萧条。只有教室窗外，天井里的竹林还是郁郁葱葱的，碧青醒目，在冷风中竹叶发出窸窸窣窣的声音，听着荒凉，但也聊以慰藉，在冬日带来一丝温暖。

白鹦和何向军这一组随着每两周的换座位，移到了窗边。白鹦怕冷，将窗合上了，前桌是个健硕的男生，也不知道做了什么，有些冒汗，打开了一条缝，堵在那条窗缝上吹风。漏着风，白鹦觉得有些冷，把手套戴上了。

何向军奇怪地问她："你有这么冷吗？"白鹦点头："我有些体虚。"

何向军上下打量白鹦，感觉她是瘦了一点，看着也有些憔悴："你还是要好好休息，多吃点有营养的东西，我看你别撑不到高考，就先进医院了。"

"哪有你这样咒别人的。我身体好着呢。"白鹦翻了个白眼。

马可拿着张报名表走过来，身后跟着文娱委员，"啪"地将报名表拍在桌上，面带热情的笑容，双眼发亮："白鹦，你准备文艺汇演唱什么歌？"

白鹦莫名其妙地看他。

"表演啊！上次说好了，我跟班委都商量过了，你代表班级参加选拔，加油啊！"马可握拳，用振奋人心的传销式语气说道。

白鹭一头雾水，她早将那件事忘了，现在跟马可面面相觑。

马可带着文娱委员离开后，白鹭还没缓过神来，碎碎念道："我一定是被人整蛊了。"

何向军笑得不行："又不是没表演过，加油哦。"

白鹭不赞同地看他："我没那么多时间练习，会影响学习的。"

何向军表情一滞，翻了个白眼："你够了，白鹭。"

白鹭报了首自己擅长的歌，连伴奏带都是早就准备好了的，没练几次就打算去参加比赛。马可领着全班同学，都去支持白鹭。

浮高的元旦文艺汇演只有高一高二能参加选拔，每个年级自己举办一次选拔，全年级都能去看。等选拔出一等奖后，加上附属中学以及老师的表演再一起进行元旦正式表演。这个时候，只有节目入选的班级可以去观赏。

这对学生们来说很重要，因为可以去观赏表演，意味着当天晚上不需要上晚自习，因此当天老师们布置的作业比较少，相当于休息一个晚上。

于是，虽然不知道白鹭为什么报名参加比赛，但是同学们都对她抱以厚望。

白鹭虽然压力很大，但是仍旧不动如山地沉迷学习。

用何向军的话说就是："我觉得她是用学习逃避现实。"

白鹭初赛很顺利拿到了一等奖，高一组就两组独唱，另一个唱得还不如白鹭，白鹭意外地拿到了正式演出的资格。而宣布比赛结果的时候，白鹭早就在表演完后跑回教室，奋笔疾书了。

何向军看完比赛回到教室，见她在整理错题集的时候，觉得身心震撼，半晌才憋出一句话："白鹭，你醒醒。"白鹭凝眉看他，面露不解。

"你是怎么做到顶着这样精致的妆容和小礼裙，一个人坐在教室里做作业的啊？"白鹭看了看自己衣服："我外面还是穿了件大衣的，不冷。"

马上就要放学了，大家心思都不在写作业上，教室里叽叽喳喳的，一片嘈杂。

马可拿着相机跑过来说要给白鹭拍照片，白鹭一向抗拒拍照，推拒多次都说不要，周围的同学都笑着看好戏一样，起哄让白鹭快点把外套脱了，拍照留念。

马可笑嘻嘻道:"看你平时都蓬头垢面的,今天多光鲜啊。"

白鹭跟他熟,关系也好,一听就不高兴了:"我平时哪里蓬头垢面了,你会不会说话啊。"

马可立刻改口:"对对对,没有没有,我用词不当。"

白鹭嘟囔着:"我在台上表演你们肯定都拍得够多了吧,就别拍了吧?"

"在台上拍不清脸啊,给你留个纪念,以后做纪念册啊!"马可笑道。

白鹭翻了个白眼,正想说出拒绝的话,在一旁围观起哄的谢和金突然上来抓住白鹭的大衣领口用力一扯。"别害羞啦,脱了让我们拍吧。"

马可和何向军脸色一僵,正想制止,白鹭身子被微微一带,有些不稳,随即反应过来,抓住自己的衣领,反手就是一个巴掌,用力招呼在了谢和金的脸上。

"啪"一声,教室里顿时安静了下来。

谢和金带着恶劣玩笑的表情僵住了,眼神里满是错愕。

白鹭眼里冒着怒火,深呼吸一口气,对他说:"有你这样拉扯女生衣服的吗?"

何向军第一个反应过来,帮腔说:"对啊,谢和金,你这个玩笑有点过分了。"

马可一向是老好人,不愿意得罪任何人,闭上嘴没说话。倒是周围有几个女生被谢和金也开过恶劣玩笑的,看不惯他,帮着白鹭说了几句。

最后这一出闹剧,自然是不欢而散。

回家路上,白鹭还气呼呼地骑着自行车,用力蹬着脚踏,对着江眉影和何向军不停吐槽谢和金:"他是不是流氓啊!大庭广众就要脱我大衣,他疯了吧?"

江眉影小声帮着骂了几句,到了路口就分道扬镳离开了。

路灯灯光昏黄,将近十点钟的冬夜有些寒冷,今天白天挺温暖,白鹭错估了昼夜温差,大衣里面除了一件小礼裙外没别的衣服,冻得脚都在颤抖。

她牙齿打战,听到何向军语重心长地告诫自己:"你以后小心点,谢和金那个人小心眼,肯定要报复你的。"

白鹭觉得自己脑袋都要冻僵了,就算全副武装,但还是觉得寒气从大衣底下沿着自己的打底裤和裙子的缝隙冲上来,直接灌进她的胸口,冷得她完全没在意何向军在说什么。灯光突然亮了一个度,冬夜里,像是暖了一个季节一样。

何向军家的小区到了。小区后门仍是那个熟悉的烧烤摊,冒着白烟,刺激味蕾的香味不停撩拨着人类的食欲。

白鹦跟何向军突然在烧烤摊旁停了下来,看见站在小区门口的高个子男生,如松如玉般,在路灯下茕茕独立。灯光将他原本就瘦高的身形拉得更长,形成一道形态好看的影子,落在地面上。长长的影子的顶端,延伸到了白鹦的自行车前轮上,重叠相触。

白鹦怔怔地望着这个有着好看的微笑,眼神温和地看着自己的男生,在寒风中蓦地又打了个冷战。

然后她看见,男生的表情突然变了,变得似乎有些担心,她不太明白,却又倏然心生雀跃。

"我请你……们吃夜宵吧,暖和一点。"打完客气的招呼,萧铮虞提议道。

烧烤摊就在旁边,提议自然而然,白鹦也确实又饿又冷,实在也不想拒绝,于是从善如流地坐下来了。

明明是露天烧烤摊,但是一旦坐到了塑料小板凳上,白鹦就突然觉得自己暖和了许多。

她把围巾松了松,领口的皮肤从围巾和大衣的缝隙露了出来,雪白脆弱。

萧铮虞坐在白鹦对面,盯着看了两秒,突然将自己的大衣脱了下来。

白鹦一怔,就听见何向军在一旁吐槽:"你有这么热吗,老萧?"

萧铮虞理都没理他,又开始脱自己里面那件连帽衫。他随手将自己的黑色连帽衫脱掉,里面还有一件深蓝色的短绒毛衣。

然后他将自己的连帽衫递给白鹦,轻舔上唇,视线轻轻一带白鹦,就落在了白鹦身前的桌面上,声音微哑,微微透露着紧张,道:"晚上很冷,别感冒了。"

白鹦半张着嘴微讶,愣了好几秒,原本不好意思,想要拒绝,但是在看到萧铮虞红透了的耳朵时,突然鬼使神差地颤着手接了过来,放到了自己的膝盖上,然后关心道:"那你呢……"

"嗯?"萧铮虞似乎没意料到白鹦会问自己,但是就算自己真的也很冷,也得打肿脸充胖子。

他摇头:"我不冷,我毛衣羊绒的,很暖和,我家很近,不需要再骑车了。"

言下之意是白鹦还得骑车吹冷风，更需要衣服。

白鹦点了点头，虽然不好意思，但是真的太冷了，她也没考虑那么多，开始拉大衣的拉链，何向军给萧铮虞使了个眼色，站起来将白鹦的大衣拉住，萧铮虞有样学样，站在另一边将另一头拉住。

白鹦不解地看他，何向军解释道："挡点风，不然你套个衣服还给吹感冒了。"

"哦。谢谢……你们。"白鹦脸上微红，将手臂从两只袖子里穿出，露出里面泡泡袖露肩的蓝色及膝小礼裙。

萧铮虞手指微微收紧，眼睛微微一亮，带着热度的视线礼貌地移开了。

白鹦无知无觉，但是觉得有些害羞，飞快地套上萧铮虞的连帽衫。

还带着男生的体温和好闻的柔顺剂的香味突然笼罩住了自己，衣服很大，衣尾都快到白鹦膝盖了，但也足够暖和。白鹦耳朵滚烫，她急忙埋着头将大衣穿上，小声又道了声谢。

夜宵烤好了，也恰好送上了桌，萧铮虞的视线却再也没移开过白鹦。

不带任何掩饰的、带着喜欢和笑意的眼神，在看见白鹦接受了自己的示好的时候，他的喜悦顿时攀升到了顶点。

烧烤摊老板跟他们都很熟，在一旁开着玩笑说："你们护花使者当得不错呀。"

何向军急忙摆手，矢口否认："我不是，我没有。"

他笑嘻嘻地看着白鹦，就见白鹦垂着脸躲藏自己的神色，耳根到颈侧，全都一片通红，像滴血一样。

因为天色太晚，三人没吃多少东西，看了看时间，白鹦急匆匆就要赶回家。

白鹦得一个人骑车回家，平时都是如此，何向军倒是习以为常，他就是个心狠手辣的小矮人。

然而萧铮虞却担心极了，冲何向军伸手："你车子给我，我送她回家。"

何向军瞪大双眼："你自己的车呢？！"

"在车库啊。"萧铮虞一本正经回答。

白鹦不好意思："不用了吧……多不方便。"

"你一个女孩子这么晚了，不太安全，我送你，没事。"萧铮虞面对白鹦，声音突然放柔。

何向军翻了个白眼。是谁说自己不需要再骑车,所以少一件衣服不打紧的?这么快就打自己脸。

白鹦这个时候根本就不冷了,她躁动又雀跃,居然出了一层薄汗。

她一方面的确有些害怕,另一方面又带了私心,不想错过这个跟萧铮虞独处的机会。

于是白鹦看了眼何向军,见何向军调笑似的看着自己,急忙移开视线,转向自己的自行车,小声嗫嚅道:"嗯……真不好意思。"

萧铮虞嘴角在一瞬间将要上扬,却又迅速地压制了下来,仿佛抽搐般,按捺不住满心满眼的喜悦。他声音都在跳舞一般,带着欢喜。

"没事,你不用跟我不好意思。"只要是你要求的,我什么都愿意。

他没好意思说出第二句话。因为何向军说过,他一旦话说多,就跟傻子一样。

虽然他在白鹦面前就是个傻子,只看到满眼白鹦的好,只怀揣满腔对白鹦的热情。

那一晚上,自己是怎么到家的,白鹦记不清了。

两人在路上,甚至没聊一句话,全程都是沉默着,并排骑着车,顺着白鹦回家的路线,一直到了白鹦家楼下。

他们偶尔会偷偷打量对方,明知道对方已经发现了自己在偷看,却都装作不知道,或者没看见,故作矜持和天真。在道别的时候,才套上一句道谢和道别的话。

白鹦不喜欢离别,但是却也不得不将车子停进车库,然后进了电梯。萧铮虞就一直看着白鹦进电梯,看着电梯门合上,等楼层数字终于停了下来,然后开始往下跳的时候,他才慢悠悠地走出过道,提了车离开。

那一个晚上,白鹦将萧铮虞的连帽衫挂在了床头,看了又看,甚至连衣角炸线了的口子都看得一清二楚了,却不敢也不好意思摸。

那一个晚上,萧铮虞在回家的路上,用兴奋至极的语气,五音不全的嗓音,低沉地哼了一百遍"You are my destiny"。但是他不会唱下一句,甚至连"destiny"都唱错成"disney"。少年,学好英语很重要啊。

白鹦失眠了，第二天去上课，她在何向军暧昧的眼神中，红着耳根坐下来上早读课。

"萧铮虞的衣服我洗了，等晒干了再还。"白鹦不好意思地解释道。

次日，王莉莉女士看到这件陌生的宽松连帽衫挂在阳台晒的时候还很奇怪，白鹦扯了个谎，说是班上一个男生借她穿的。

白哲和王莉莉女士一向由着白鹦，他们都知道白鹦很乖也很有自己的想法，只是嘲笑她昨天衣服穿太少不知天高地厚。

何向军笑嘻嘻地摆摆手："没事，就算送给你了老萧也不会介意的。"

白鹦红着脸轻咳一声，低头拼命集中注意力看英语课文，想要将它背下来，却怎么也无法集中精神，总是走神。

元旦文艺汇演在学生会的组织下又彩排了一周。元旦放假前那天正好是周五，正式表演就放在了那天。

白鹦跟着大部队一起梳妆打扮，紧张地记着自己的台步，躲在角落里练声。

班上另两个跟白鹦关系还不错的女生在后台陪着她，帮她拿东西，忙上忙下对接音响和灯光。

明明比赛时候白鹦一点儿也不怯场，此时正式表演她却有些紧张了，总是心神不宁，感觉有什么事情发生一般。

何向军对着坐在自己身旁占了马可位置的萧铮虞很不满："马可也是觉得打不过你，看在老同学面子上才给你让座的。"

萧铮虞耸肩："他不是学生会的，要忙吗？"

他这种不请自来的厚脸皮让何向军不屑与之为伍。可是马可那个人单纯得很，还真信了萧铮虞"我们周五不上晚自习，所以就跑来欣赏浮高的晚会"的蹩脚借口了。不上晚自习不假，他们南高也要开元旦晚会啊！

萧铮虞看着何向军给他的节目单，换了个坐姿，正襟危坐，轻咳一声："下个节目就是她的了。"

"白鹦！不好了！"同学胡瑶瑶狂奔过来，脸上一脸的惊愕和惊慌。

白鹦和陪着她一块儿的高慧子疑惑地看着她，紧接着就听见胡瑶瑶喊道："白鹦，你的伴奏不见了！"

白鹦一脸震惊："啊？"

高慧子轻呼："怎么回事啊？"

白鹦演唱的伴奏是学生会一位同学处理过的，因为单独唱一首不够撑场子，他们做了调整，让白鹦唱一个串烧，剪了四首歌的伴奏串在一起唱，这个伴奏绝无仅有。现在，在连接着音响的电脑上，这个伴奏突然离奇失踪了。

白鹦努力深呼吸平息自己的紧张，说道："没事没事，我U盘里还有备份。"

她往自己大衣口袋里一摸，脸色顿时一白，口袋里空荡荡的。十分钟前刚摸到的U盘，此时已经不翼而飞了。没有伴奏，难道要清唱吗？

白鹦最怕丢脸，这简直是要了她的命。

毕竟也是学生会没管理好电脑的缘故，大家都急破了头，四处想解决办法。

白鹦顶着巨大压力，额间都冒了汗，她表面看着镇定，实际上内心已经慌得不行了。

马可闻讯赶来，拍着手慌张地问："怎么办？白鹦，马上就要到你的节目了！"

白鹦白着小脸，眼神却镇定得很，她抿了抿唇，声音沙哑，却坚定："如果可以的话，就唱比赛那天的歌，网上就能搜到伴奏。"

所有人都默了几秒，随着文艺部部长首肯的一声令下，所有人轰然散开，紧赶慢赶去善后，忙活。

白鹦猛呼出一口气，微颤着唇，握着自己的手腕，手指甲掐入手腕皮肤，留下一道红痕。

白鹦的节目出了意外，没一会儿就传到了2班所在的两排座位上。

何向军惊疑不定，觉得这事情太蹊跷了："怎么会备份的U盘也没了呢？太奇怪了吧。"

萧铮虞表情一肃，晦暗不明的光线下，他的脸随着舞台上灯光变化，一明一暗，随后他站了起来。"去哪？"何向军问。"卫生间。"

何向军："哦，从侧门出去往后走。"萧铮虞点点头，头也不回就走了。

何向军坐在座位上有些心绪不宁，听着后排的女同学小声讨论萧铮虞出色的外形，默默翻了个白眼。他白眼才翻到一半，突然反应过来，暗骂一声。

他怎么就忘了萧铮虞那遇到白鹦就变傻的大脑了！

何向军急忙站起来，就往外面挤，快步走向侧门，往后台赶去。

文艺部干事下载了白鹦的伴奏，白鹦虽然对这首歌很熟悉，比赛也唱的这首，可是这一周以来都在准备别的，临时突然换歌，对她来说心理压力也十分巨大。

走到台上的时候，白鹦看着追光温暖耀眼地打过来，落在自己身上，她垂下了脸，呼出一口气，等待伴奏响起。

萧铮虞找到了卫生间，但并没有心思上厕所，他洗了个手，就想去找在卫生间附近的后台门口。

"过会儿把这U盘放哪？"一个陌生男生的声音从走廊楼梯门后传来。

萧铮虞心头一凛，脚步一顿，随即小心迈着无声的脚步靠近声源。

"冲厕所也行。"另一个男生无所谓地说道。

"不要吧，也不知道她里面放了什么。万一都是学习资料，白鹦会急死的吧？"第一个男生说道。

"那不是最好？就让她急死！谁让她敢打我脸，真是不要命了。"男生恶狠狠地说道。

萧铮虞拧眉，眼里顿时燃起一阵怒火。

"我看还是让高慧子过会儿把U盘放哪个角落，就说突然翻出来了吧？你整也整了，消消气吧。人家学霸，得饶人处且饶人，别惹太过了。"另一个男生劝道。

谢和金心里仍旧不爽，对于让他丢脸的白鹦，他恨得咬牙切齿，恨不得以牙还牙也扇她巴掌。

他正想开口，就听见"哆"一声，他们身侧的防火门突然被人从外面踹开了，重重撞在了他的身上，力道大得谢和金差点摔倒。

他疼得叫了一声，往后退了两步，冲着门外吼道："谁啊？有病啊！"

另一个男生看见打开的防火门外站着的高个子男生，脸上表情一滞，疑惑："你谁？干吗踹门？"

萧铮虞没理他，死死瞪着他身边的谢和金，一字一顿，眼里冒着火，恨恨问：

"白鹦的伴奏,是你搞的鬼?"

谢和金原本气得脸涨红,一听他的问话,脸色一白,明白他刚才是听到了,但是他这个人一向仗着家境优越背景深厚无法无天,中气十足地回应:"是又如何!谁让她敢扇我巴掌!"

白鹦扇人巴掌这件事情萧铮虞听何向军说过,他不像何向军觉得白鹦太刚直,反而想拍手叫好。只有这样霸气的女孩子才能保护自己。这样看来,欺负女孩子的校霸就是眼前这位油腻的满脸青春痘的家伙了。

萧铮虞原本带笑的嘴角没有一丝弧度,此时扯了个不似微笑的冰冷弧度,眼里不带一丝笑意,冷冷说道:"那我,就再揍你一顿。"

"你!"谢和金只来得及说出这一个字,还没反应过来,就被一拳砸到了脸颊。

萧铮虞真不愧初中是个刺头般存在的叛逆少年,打架斗殴干得不少,他平时又是学校田径队的主力军,体力自然比谢和金这个养尊处优、空长个子不长力气的绣花枕头来得好。他这一拳,直接将谢和金揍倒在地。

站在一旁的男生看着这个陌生英俊的少年浑身戾气地跨在谢和金身上,几乎发泄式地将拳头捶在他身上,往谢和金不能见人但是打得又特别疼的部位招呼,疼得谢和金想满地打滚却被压制无法起身,只能用四肢打向萧铮虞身上还手。

毕竟是跟一个个子不矮,还比自己胖的男人打架,萧铮虞也没有好到哪里去,看着是他占上风,但萧铮虞也被谢和金那几下打得很疼。

他却一声不吭,用力压住谢和金的双手,抬头看向在一旁愣住的男生,眼睛从黑色的刘海里微微露出一道视线,像狼一般,带着狠厉和嗤笑。

"你要帮架吗?"萧铮虞低哑的声音没有丝毫起伏。

"……不不不不……我……我什么都没看到……"

毕竟自己和谢和金有错在先,做的事情一点都不光明磊落。男生深知打不过萧铮虞,又被他可怕的气场吓得双腿发软,急忙跑走了。

楼梯间顿时少了个人,宽敞又安静起来,只剩下谢和金疼得发颤的呼吸声和呻吟咒骂声,以及两人缠斗的沉闷的肢体撞击声。

"老萧!"何向军终于找了过来,一把拉住萧铮虞,吼道,"你疯了!干吗打人?!"

萧铮虞气红了眼，回头看他，正想解释："这神经病……"

何向军一把将他拉起："你才神经病啊！"

说着，他看向谢和金。他也不喜欢这个人，也跟这个人打过一架，但是自己也被打得很惨。他没见过谢和金像这样被几乎单方面地揍瘫在地上，浑身上下只有脸上一个红肿的撞击伤，别的地方都看着完好无损，可是他却疼得在地上翻滚。

老萧这人小时候可是学过七年的跆拳道的。

何向军拉着他往外推："你快给我走，要是被老师抓到了，我们都要背处分。"

萧铮虞不怕这个，他回身看着谢和金。谢和金正慢悠悠从地上爬起来，摸了把自己脸颊上的伤，疼得"嘶"了一声。

何向军推着萧铮虞小声道："愣着做什么呢？"

"何向军，人是你带来的？你也跟着完蛋。"谢和金傲气十足地说着，鄙夷又不屑。何向军翻了个白眼，扭头推谢和金说道："你有病吧？"

谢和金啐了一口："被我爸知道你们打我的事，你们都别想继续读书了。"

何向军嗤笑一声，对谢和金的幼稚和无能无话可说，拽着萧铮虞强行带他走，理都不理会谢和金。

萧铮虞脖子和手臂都受伤了，肌肉又肿又痛。

何向军嘲笑他冲动，但没有责怪他犯错。用何向军的话来说："谢和金这人就是欠教训。"

等他们回到前台，白鹭的节目早结束了，萧铮虞有些惋惜，抿着唇颇有些不高兴。何向军拿胳膊肘撞他的上臂："你还惋惜呢？是谁自己耽误的？"

萧铮虞"嘶"了一声，倒吸口冷气，捂住自己的上臂不语。

谢和金做了什么事情，何向军已经听萧铮虞说了，对谢和金这种报私仇，小心眼还不顾全大局的人，何向军一点都看不起。

萧铮虞有些好奇地问："那家伙家里什么背景，语气这么狂？"

何向军耸肩："家里开酒店的，有些钱，方山别苑他家就有投资。"

方山别苑是方山上的一家五星酒店，住一晚就需要两千多，今年刚开业，据说投资三个多亿。

萧铮虞点了点头："哦，是挺有钱的。"

何向军嗤笑，摊手："小心点，没准我们俩都没学可上呢。"

他不咸不淡，满不在乎地开着玩笑，丝毫不觉得谢和金的威胁有多可怕。

萧铮虞轻笑一声，摇摇头："我爸知道我又打架了，估计气得要跳广场舞了。"

何向军哈哈一笑："叔叔那腿还是算了吧。"

白鹦表演结束后就匆匆离开了后台，她拒绝了所有同学的陪伴，低着头从校剧院后门往外走。

差点就坏了大事了，虽然有惊无险，也没有丢脸，可是白鹦还是感觉到后怕和委屈。

一离开后台，眼睛就无法克制地红了，眼泪簌簌往下落。

她吸了吸鼻子，止不住这阵委屈，四下也没人，干脆就随着它流泪。

白鹦整张脸都带着泪，红着眼睛，一出后门，寒风吹在脸上如同刀割一般，和着眼泪刺着皮肤，又刺痛又冰冷。白鹦拿袖子一抹眼泪鼻涕，脸上精致的舞台妆糊成一片。

她看着台阶走下来，正想抬头看路，就看见一高一矮两个男生站在台阶下的花坛边，正仰着头看她。

白鹦瞪圆了双眼，顶着一脸脏兮兮的花脸，红肿着一双杏眼，错愕不已，再看见高个子男生惊疑的眼神时，登时闪躲开视线，两双耳朵红得几乎透明。

他站在台阶下，微微仰头，视线一瞬不瞬的，带着稍许炽热，近乎虔诚。

白鹦顿了好一会儿才抬脚，踩下最后两级台阶。

何向军问："你怎么样？"

白鹦苦笑，嘴角刚一弯起，巨大的委屈却又撞上心头，让她嘴角一扯，表情显得很奇怪。

她摇摇头，眼眶里带着湿润，哑声道："没事，我承受能力不好，所以才觉得委屈。"

"是个人都会委屈啊，你心理承受能力还差的话，那别人都崩溃了。"何向军安慰她。

听说她还镇定地临时换歌，眼下估计只是后怕哭了而已。换个人估计当时就慌得什么都做不了了。

白鹦没说话，只是摇了摇头，寒风又一阵吹来，白鹦双手不知道该放在何处，顶着萧铮虞热烈的视线，垂下脸，将衣服拉链拉到顶部下巴处，半张脸缩在大衣里。

"想哭就哭，没什么丢人的。"

白鹦听见萧铮虞轻声说道，声音温和，脱离了变声期的少年声音略微沙哑，低沉，却蕴含着无尽的勇气。

白鹦蓦地鼻子一酸，再也克制不住自己的难受，一瘪嘴，眼泪顿时淌满了脸，她干脆自暴自弃，蹲下身脸埋进膝盖里抽泣起来。

何向军无奈地叹了声气往后退了两步，萧铮虞就在白鹦身边蹲下来，从自己口袋里拿出一包刚买的湿纸巾捏在手里，准备好随时递给白鹦。

何向军想，萧铮虞是把一辈子的智商都用在追白鹦这事上了。

Chapter 10
我愿为你，改变一切

白鹦等元旦放假回来才知道自己表演的时候发生的"外校学生来浮高打架斗殴"事件。

被打的人还是不可一世的谢和金，这件事情在前四个尖子班都传开了。谢和金不知道打人的是谁，顶着脸上的淤青，在班里就叫嚷着是"何向军带来的人"，"一定要他们好看"。

何向军都牵扯在内，白鹦自然知道是谁打人了。可是萧铮虞为什么要打谢和金？那天表演结束三人一起回的家，萧铮虞照旧送白鹦回家。白鹦都没发现萧铮虞有哪里跟人打架的异样或者受伤的地方。

何向军倒是好整以暇坐在座位上，就差没跷二郎腿了。

白鹦拧眉，拉着他小声问："到底怎么回事？你们怎么惹到这个神经病的？"

何向军冲她摇摇头："你别问，什么都不知道最好。"

他和萧铮虞都商量好了不能让白鹦知道这件事情，不然牵扯进去，到时候影响到白鹦。白鹦不知道的话，谢和金为了面子问题也不会主动将白鹦拉进来。

白鹦直觉可能跟自己有关，可是何向军不说，她也不好问，想了想，咬咬牙问："你把萧铮虞的手机号给我，我问他。"何向军扭头瞪大双眼震惊地看着她。

白鹦被他盯得脸发烫，移开视线嘟囔："他人挺好的，我们好歹是朋友了，问个手机号，加个微信……不行吗？"

何向军摇摇头，扯开一个笑，语气有些复杂，听着还很有趣："没事……没事。"

只是老萧要是知道了，估计要开心得上树。

两人还没继续聊下去，何向军就被班主任喊出了教室，连带着谢和金和另一个男生也一块儿被喊走了。白鹦心里"咯噔"一声，替何向军担心了起来。

谢和金可不好惹，背景深厚又有钱，不知道会怎么整何向军。

她这时候才后怕起来，当时那样甩谢和金脸色，谢和金可记仇了。

出人意料的是，最后这件打架事件的处理不了了之，何向军只记了个过。更令人疑惑的是，谢和金以一个受害者的身份痛诉何向军带人围殴他，可是自己也被记过了。

记个小过，口头警告一次，不记录档案，不算什么处罚。虽然对尖子班的学生来说是很丢人的事情，却已经是最好的结局了。

白鹦这才松了口气，偷偷问何向军关于萧铮虞的事。

何向军瞥了她一眼，把自己手机上的通讯录翻开递给白鹦："喏，你自己发信息问他怎么被处罚的咯。"

两个学校的学生打架，萧铮虞肯定也要被处罚的。

白鹦自己先开口要号码的，她只好硬着头皮存了萧铮虞的手机号，然后发送了微信好友申请。

这一切操作，都在何向军暧昧打趣的视线监视下进行，让她觉得头皮发麻。

她的验证信息只发了两个字——白鹦。

因为这个时候是自习课，别的学校可能在上课，白鹦想着要等一会儿才能收到通知，正想将手机放回抽屉，手机突然一震。

萧铮虞几乎是秒通过好友申请。

白鹦拿着手机的手一顿，心里又是好笑又是疑惑，看了眼何向军，见他已经转移了注意力埋头做作业，才稍微松下心，埋头偷偷给萧铮虞发微信。

白鹦："你好，我是白鹦。""嗯，你好。"萧铮虞秒回。

白鹦呼吸一滞，随即忍不住轻笑出声。

何向军看了眼白鹦，没有说话，嘴角却忍不住勾起，心想，他要怎么敲诈老萧才能回本。

白鹦:"阿军因为打架的事情刚才被老师约谈了,现在回来,没有受到很严重的处罚。我想问一下,你那边情况怎么样?"

几乎是发送消息的同时,白鹦看见萧铮虞的名字"PA"变成了"对方正在输入中"。没过多久,白鹦就收到了回复。"跟他一样,没什么事,不用担心。"

白鹦松了口气。虽然不知道他们打架跟自己的关系,但是白鹦仍旧如释重负。

"谢谢。"萧铮虞又回道。

白鹦发了只微笑的猫咪的表情过去。

一切比自己想象中的坏情况要好,那就是最好的消息。

而她,也终于跟萧铮虞建立了好友关系。那句"你好",有了回应。

元旦后,高一第一学期考试很快就临近了,白鹦拿了年级第10名,高高兴兴迎来了寒假。何向军成绩掉得挺快,快跌出一百名了,但是他却硬着头皮觉得,这是因为有文科课程的缘故,等文科课程结束了,他一定能突飞猛进。

进入高中后,一切都有了微妙的变化,但又似乎没有什么太大改变。

白鹦很久没有长过个子了,可是她的体型比起以前,稍微有了改变,用王莉莉女士的话说,就是发育成大姑娘了。

随着通货膨胀的影响,压岁钱也水涨船高,白鹦收钱收到手软,高高兴兴塞进自己的小金库里,还得提防着白哲和王莉莉的虎视眈眈。

而这期间,她没有见过何向军和萧铮虞,跟何向军倒是天天讨论寒假作业,与萧铮虞的聊天次数,却是屈指可数,只不过,每天萧铮虞都会定时发来"晚安",像打卡一样,报平安似的。白鹦在一开始不好意思回应之后,也渐渐习惯了,会回复一句"晚安"。

每一次聊天,在白鹦看来都弥足珍贵。

学生时代的感情真挚单纯,不涉及任何利益和现实。白鹦只是开心,她更加了解萧铮虞了。

高中的寒假尤为短暂,还没过正月十五,白鹦就得回学校上课了。

一个寒假没见,何向军见到白鹦的第一句话就是:"你胖了。"

白鹦气得满脸通红:"你以为自己比我好到哪里去吗?跟猴子似的!"

何向军一个寒假长高了五厘米，抽条之后，脸颊凹陷，营养跟不上，面黄肌瘦的，跟猴子似的。

何向军倒是很开心，丝毫不觉得困扰："男生嘛，丑点又如何，我开始疯狂长个子了啊！个子高才是最重要的啊！"

白鹦皱着脸："我觉得，长相也很重要。"

何向军调侃似的打趣她："所以你喜欢老萧那样的咯？"

白鹦斜眼瞪他："神经病。"她的耳尖却是红得透明。

开学初就发生了件让白鹦跟何向军都不开心的事情。

开学两周，同学们才刚刚进入学习状态，白鹦突然被班主任喊去了办公室。

白鹦的成绩好，又是班级和学生会的干部，几乎从来没有被批评过，被喊去办公室也是去帮忙批改作业。她还是头一次被班主任黑着脸不高兴的表情喊去。

她心里莫名其妙又忐忑，人一离开，整个教室也是炸开了锅。

何向军心里隐隐不安，握着自己的笔，手微微用力捏紧。

数学办公室里空荡荡的，没有别人。白鹦一进办公室，班主任刚一坐下，就敲了敲桌子，问白鹦："你现在学习情况怎么样？"

白鹦眨眨眼："挺好的啊……"

"你跟何向军同桌，相处得如何？"

白鹦不知道老师为什么会这么问，心里漏跳一拍，但仍旧冷静下来回答："我们初中就是隔壁班同学，还挺友好相处的。"

"我看他成绩退步挺明显的。"班主任又敲了敲桌子，抬起眼，眼镜反光，却仍能让白鹦看见她眼里丝毫不遮掩的猜忌。

白鹦心里"咯噔"一声，大概明白喊她过来的意思了。

见白鹦脸色不好，班主任还以为自己猜对了，兀自说道："最近听到风言风语，说你跟何向军有超过同学之间的关系，你们注意点。现在还是学生，还要高考，不要把心思放到学习之外的事情上，影响学习。你看你是没什么影响，何向军影响可大了。他爸爸是市领导，上学期成绩差了，这学期都来特地跟我说要好好抓一抓何向军的成绩了，我能怎么回答，你们心思不在学习上，老师怎么努力教都没办法的嘛！"

明明是何向军自己不好好做自己弱科的作业导致偏科，他们俩之间也清清白白，可是班主任当着她面说这些子虚乌有的事情时，白鹦仍旧觉得，好像有人在扇她耳光一样，疼得她抬不起头，整个人一会儿发烫一会儿发凉。她颤了颤唇，嘴唇翕动，却说不出一个字来。

"你回去跟他断了，把座位跟马可换一下。"

白鹦喉咙微动，从嗓子深处挤出一个几乎哽咽的"嗯"。她没有做错什么，却感受到了莫大的委屈。

往教室走的路上，白鹦紧咬着牙齿，脸部肌肉都发紧，眼眶鼻尖都通红，在寒风中刺痛。

从后门进教室，正在上自习课的教室一片安静，她一进门就受到了所有人的关注。白鹦低着头直直往座位上走去，却仍有人发现了她通红的双眼。

"白鹦被老师骂了！"有人突然小声传开，顿时整个教室都窸窸窣窣一片低低的讨论声。

"怎么了？程老师找你做什么？"何向军关心地问她。

何向军跟她关系一向如同闺蜜一般，他这一问，语气温和又带着担忧，白鹦眼眶里打转了半天的泪水终于无法遏制地决堤而出。

"吧嗒"一声，一滴豆大的泪珠滴在白鹦手腕上，她的手正在抽屉里取书。

白鹦急忙擦掉眼泪，摇了摇头，努力克制自己的哭腔，却仍旧声音颤抖了："没事……就是……我要跟马可换座位。"

何向军一头雾水，没搞明白这是怎么回事，茫然地看着白鹦飞快地整理自己的书和背包。没一会儿，马可就搬着自己的桌子磕磕绊绊过来了。

"白鹦，程老师让我跟你换，你别整理了，我们直接把桌子调换一下就好了。"马可小声对白鹦说着，动手开始帮白鹦搬桌子。

何向军拉住马可，环顾了一下教室，见同学们虽然状似低头做作业认真得很，实际上都竖着耳朵，小眼睛滴溜溜想看八卦。

他压低声音问："怎么回事？"马可拧眉冲他"嘘"了一声："放学再跟你说。"

白鹦的眼泪来得快去得也快，很快就整理好心情，跟马可一块儿把桌子换了过来，一直到放学，她都没有跟何向军说一个字。

何向军憋得快吐血，一直到放学后才拉住马可问清楚了情况，然后气得在放学路上拦住了白鹦。

何向军形容白鹦就是个善于自虐的苦行僧。

她总是会简化、淡化自己的外部需求，用于追求更高的精神境界。直白点讲就是，她朋友少，也不耽溺感情，只会埋头读书。

就这样，白鹦还被人碰瓷早恋，被打小报告了。

"你是该委屈。"何向军恨铁不成钢，"但是你为什么不跟老师反驳一下呢？不是事实的东西你不解释，就是默认了！"

白鹦还委屈着，自己最委屈还要被何向军指责，她不干了："我解释了她也不会听啊。人就是更听信负面谣言。造谣一张嘴，辟谣跑断腿，我有那时间反驳，还不如节省下来自己学习，我招谁惹谁了。"

"那你就有时间换座位了！"何向军大声喊道，空出一只手指着她，脸部五官都气得狰狞了。两人骑过红绿灯，眼看着就快到何向军家的小区了。

白鹦心里憋屈着呢，他声音大，她号得更响亮：："别说得好像你就多喜欢跟我同桌似的！你不就是想抄作业吗！自己抄作业成绩抄退步了，结果我还得背锅！这什么事儿啊！"

这一吵，两人的火气都冒了上来，大冬天，天干物燥，内心都憋着干火，寒风一吹，两人气得面红耳赤的，在小区后门"吱"一声，双双将车子刹住，坐在自行车上，面面相觑，瞪着对方。

何向军："你有良心没良心啊！我把你当好朋友，那么护着你，结果在你眼里，我就是个抄作业的啊！"

"那你自己怎么不争气呢？考那么差，结果是我影响你咯？我借你作业抄我就是个白痴！"

"我看你就是白眼狼！"何向军小白脸气得涨红，下了车把跑车往电线杆子上一靠，站在白鹦面前吼道。

白鹦不想下车，现在何向军比她高了小半个脑袋，坐在自行车上还不显身高，一下车，她就显得没气势了。

白鹦就坐在车座子上还击："你还是个扯后腿的呢！"

何向军气得口无遮拦，脱口而出一句："早知道就该让老萧别多管闲事！让谢和金欺负死你最好！气死我了！"

白鹦正想回击，一品这话，蓦地一怔，歪了歪脑袋："你说什么？"

何向军知道自己失言了，赶紧闭上嘴，臭着一张小白脸一扭头："太晚了，我回家了，懒得理你。"

白鹦拧着眉，见他推着车就要离开，急忙下了车去抓他的车座。

两人正要上演"闺蜜"吵架的难看闹剧，就听见一侧忽然传来一个耳熟的男声。

"你们在这演什么戏呢？"

两人眼睛皆是一震，随即脸色变得五彩斑斓，精彩得很。

萧铮虞皱着眉，修长的指尖轻轻落在烧烤摊黄色原木桌面上，看了眼白鹦的脸色，斟酌着词句总结道："所以你们这是……被人污蔑了之后，还搞窝里斗？"

明明没有任何人离间，却莫名其妙行走在闹掰的边缘。也不知道他们是怎么聊天聊到那个地步的。

萧铮虞强忍着笑意，生怕自己忍不住笑出声来。

白鹦跟何向军互瞪一眼，然后移开视线，互送一个白眼。

何向军小声念叨："谁跟她窝里斗，我好汉不跟泼妇斗。"

白鹦"喊"了一声："您是官大两级压死人呢，官宦子弟，到哪都有特权，挨批就我一个。"何向军跟萧铮虞都变了脸色，疑惑地看向白鹦。

萧铮虞坐直身子，语气放柔，开着玩笑问："官宦子弟，哪来的说法啊？"

白鹦知道自己失言了，趴在桌上，把脸侧靠在双臂上，瘪着嘴不说话了。

何向军长叹一声，轻啧道："所以你对我不高兴是在这里是吧？"

白鹦将脑袋换了一侧靠，冷哼应对。萧铮虞倒是第一次见白鹦闹脾气，觉得有趣极了，看着倒是心里欢喜。他抽了几张纸巾，伸长胳膊拍了拍白鹦的手臂。

"桌子很油，你垫一下。"萧铮虞将纸巾递过去。

白鹦抬起头，耳根通红，一言不发地接过纸巾垫桌面，碎碎念道："凭什么就我一个人去办公室挨批。你市领导子女了不起哦。"

何向军哭笑不得："白鹦，你生气的点，很奇怪啊？"

白鹦就是不高兴为什么何向军就没有被老师批评，她从小到大几乎没被老师批评过，心里愤愤不平。

萧铮虞凑到何向军耳边小声提议："女孩子脸皮薄，你就道个歉吧。"

何向军瞪大双眼喊道："你还是不是人啦，胳膊肘就这样往外拐啊！"

白鹦不知道他们聊了什么，翻了个白眼懒得理会。

她也知道自己没有道理生何向军的气，但是她这股子闷气也不知道要发泄给谁，等最后回家的时候，都黑着脸。

萧铮虞一路跟在她身边送她回家，他知道白鹦心情不好，于是很安静地没说话，也没打扰她的心情。

直到到小区门口的时候，寒冷的夜色里，昏黄的路灯下，白气从嘴巴里呼出，白鹦垂下眼突然问："我是有些迁怒了……麻烦你帮我回去跟阿军道个歉。"

萧铮虞一怔，随即笑道："他没生气。"

白鹦张了张嘴，没说话，只是叹气，白雾在她唇边凝结打滚。

萧铮虞又说道："你没有错，受了委屈难过是正常的，别自责。"

白鹦鼻子一酸，抿着唇轻声应道："嗯。"

"你在学校小心点，有人给你使绊子。"萧铮虞叮嘱。

白鹦点点头。她不傻，自然知道这是有小人在背后使坏。她原本并不在意，可是现在看来，不在意也不行了。

在班级里，白鹦虽然跟何向军不再是同桌了，两人照旧经常一块儿学习，放学顺路一起回家。不知道从什么时候开始，晚自习下课，经过何向军家小区的时候，萧铮虞都会在小区门口等着白鹦，然后将白鹦送回家。

仿佛是约定俗成，白鹦渐渐也习惯了萧铮虞送她回家，两人的相处也越来越自然。这到底算什么样的关系呢？

谁也没直言过喜欢，也没有人伸手触碰过一次，但是眼神话语间的情意，却动人心弦，没有任何交流，旁人一看，都能看出其中的微妙之处。

"你们看着就像一对。"何向军直白地评价。

他最近越来越口无遮拦地调侃她跟萧铮虞的关系，白鹦从一开始的害羞逃避到现在已经习以为常了。

白鹦端着餐盘，翻了个白眼："我倒觉得你跟他也挺配的。"

何向军脸色一变，似乎在脑袋里还想象了一下，随即露出一个被恶心到的表情。

白鹦最喜欢调侃何向军。别看阿军长得美，个子不高嘴巴毒，但人还是挺爷们儿的。

据说他目前的志愿是进军校，成为一名光荣的人民解放军战士。

白鹦对江眉影说道："我觉得他身高还差点意思。"

江眉影远远打量了一下何向军，他正巧找到组织，坐了下来，看不清他的身影了。

"阿军长高很多了，以后会更高的。"江眉影客观评价。

何向军的确长高不少，如今已经突破一米七大关了，再也没法黑他是个小矮子了。

白鹦吃味地说道："真没想到他还是个大器晚成的身高呢。"

而她呢，身为女孩子，长高黄金年龄已经过去了。她已经一年半没再长过个子了。

感受到人生如此的不公，白鹦愤恨地连吃了两碗米饭，惊呆了江眉影。

"鹦鹉，想要长个子，靠吃米饭是不够的……"

白鹦吃得差点噎了，咳了几声说道："我就是想，中午饭吃多点，晚上少吃。"

"为什么？"

"……减……减肥。"白鹦低头，含糊不清地回答。

她捏了捏自己下巴上的肉，心里头又是担心又是欣喜。

用徐依依的话来说，这就叫少女心事，女为悦己者容。

白鹦这是怕自己不够苗条，不够好看，让萧铮虞不够满意。

她抬眼瞄了下江眉影，就见江眉影红了眼，表情明显有些受伤。她心里"咯噔"一声，暗道完蛋了，戳到江眉影的痛楚了。

江眉影很胖，也很内向，敏感。

男生嘲笑她胖，女生不喜欢她太敏感不合群，人缘一直不好。她一直想着办法减肥，少吃饭，多运动，但都减不下来。

白鹦其实挺瘦的，当着她面说自己还要减肥，的确是欠考虑该打的行为。

徐依依偶尔跑白鹦教室门口跟她拿笔记，自诩是"沾沾学神的灵气"，实际上就是她上课走神了没听懂。她知道白鹦笔记做得最详细易懂，所以偶尔就跑过来求救。

白鹦拉着她跟她聊了会儿天，徐依依斜着眼鄙夷地看她："鹦鹉，你情商真的有问题。"

"我的确不小心的嘛……"白鹦红了脸，不好意思地解释。

徐依依耸耸肩，摊手道："算啦，你也不要因为你那个同学太敏感而小心翼翼，不然她知道你这样小心对她，会心里有负担，觉得对不起你，反而更加难过呢。"

白鹦一听，恍然大悟。徐依依不愧是社交小能手，情商比起她高了不是一分半点。

她握住徐依依的双手，赞叹不已："依依，你真不愧是交际花！"

徐依依横眉竖目："你会不会夸人啊！"

白鹦笑嘻嘻地往后躲，正好撞到一个人身上。她抬头一看，真是冤家路窄狭路相逢，被撞到的那厮正好是谢和金。

两人一看是对方，表情都蓦地一变，白鹦是不高兴，谢和金倒是变得脸色苍白，慌乱地闪躲着视线，匆匆丢下一句"抱歉"就转身离开了。

徐依依拧紧眉，疑惑地问："那个男生怎么这么怕你啊？"

"……我也不知道。"白鹦一头雾水。

这学期开始，谢和金的确似乎变得很奇怪，没有跟她正面接触过，一直都在尽量避着她。白鹦还以为是错觉，这下看来，的确是事实。

她不知道发生了什么，只觉得太蹊跷了。

白鹦和萧铮虞加了微信成为朋友这件事情没有瞒过徐依依，因此徐依依才会调侃白鹦"少女心事"。

这还是因为萧铮虞无论白鹦发什么内容的朋友圈都会点赞的关系暴露的。

白鹦交代了进展之后，被徐依依调侃了半天，然而她笑容突然戛然而止，露出一个满腹怀疑的表情："鹦鹉，我老实问你个问题。"

白鹦被她的灼灼目光盯得心里发毛，身子后退："什么……"

"你跟老萧，是不是早就暗度陈仓了？"

白鹦眼刀一剜："都什么乱七八糟的用词。"

"那你们之前什么关系都没有，突然走这么近太奇怪了吧，都不是一个学校的。"徐依依想破脑袋也想不出初中的时候他们俩有什么联系，最后喃喃道，"太奇怪了。"

徐依依想不通，白鹦自己也想不通。她只知道自己的感情从何而来，却不知道萧铮虞的情绪从何而起。

也许很突然，也许绵延许久。但是她都一无所知。

周六，学校田径场要进行市田径队的选拔，从各个高中田径队运动员中选拔，萧铮虞在南城高中是校田径队的，也获得了资格。

何向军自然是要去支持哥们儿的。但是他们自己班还有个谢和金，也是参赛人选之一，全班同学都会去为他加油助威。

谢和金倒不是田径队的，但他在校运会的一千米跑比赛拿了前三，于是被学校选去参选市田径队。

徐依依不知道哪里得来的消息，也要一块儿来为萧铮虞加油，还拉着白鹦一起。白鹦不喜欢谢和金，自然也不想给他加油，可是要让他在一堆同班同学里喊着"萧铮虞加油"，也太明目张胆了。

于是周六当天到了观众席上之后，白鹦跟何向军就离席了，偷偷跑到了南高的地盘，窝在角落里等运动员上场。

天气渐暖，春意盎然起来。

阳光在四月末最是温暖和煦，红色的跑道和着绿色的草坪，在阳光下都像是在闪闪发光。

看台上一片嘈杂，白鹦屏住呼吸，身侧都是各种小声讨论的声音，偶尔有人提到萧铮虞的名字，白鹦的心脏都会蓦地一紧。

操场上，宽敞明亮，运动员和工作人员来来往往。白鹦却在那人群中，一眼看到了萧铮虞。

瘦高的个子，皮肤白净，他从远处走来，身上穿着运动背心。跟初中时候白鹦见过的纤瘦的萧铮虞不一样的是，如今的他，比起以往，精壮不少。

胳膊上的肌肉线条分明，对白鹦来说，刚刚好，很漂亮。他腿长，因为平时长跑，小腿肌肉线条也很好看。

白鹦看着他往看台这边的跑道走来，仰着脑袋对着看台这边寻找着什么。随后，他跟白鹦的视线相遇在一起，白鹦一愣，眨了眨眼睛，然后，她就看见萧铮虞突然咧开嘴角，露出他整齐洁白的牙齿，弯了眉眼，绽开一个灿烂的笑容，阳光下，灿烂得跟朵向日葵一样。

白鹦分明看见他对着自己还眨了眨眼睛，她心里漏跳一拍，慌了心神。

身后一片惊呼，讨论着萧铮虞方才到底是在跟谁笑。

白鹦却不知为何慌得口干舌燥。

徐依依凑到她耳边，神神道道："他笑得可真灿烂……对吧？"

白鹦推了推自己的金丝框眼镜，轻咳一声："嗯……那又如何？"

徐依依看着她红透了的耳根，跟何向军对视一眼，笑而不语。

"啪"，信号枪一声令下，所有运动员都从起跑线往前冲去。

萧铮虞在最外圈，排在最前的位置，身后的人前前后后，争夺着排位，而他却如离弦之箭，挤进了内圈，然后一直保持领先，节奏稳当，再没人能望其项背。

他奔跑的姿势，潇洒自如，如疾风一样，从容迅猛。白鹦捏着拳紧紧盯着他的身姿，几乎快要忘记呼吸。

他在奔跑，一圈又一圈，而她的心也随着他，一圈又一圈地飞扬着。

少年像风一样飞驰，一如时光一往无前，所向披靡。所到之处，像光华一般，璀璨夺目。

白鹦眼眶微微泛热，她错过了很多很多，可是世界待她不薄，仍旧将这样如玉美好的少年留在时光中，等着与她相遇。

"啊——"身后包括身边的徐依依发出一声惊呼，猛地抓住白鹦的胳膊。

"快看！谢和金摔了！"

白鹦往跑道上一看，一个身体健硕高大的眼熟男生趴在地上，姿势很是不雅，因为还在比赛，他飞快爬起，一瘸一拐往前跑了几步，随后发了脾气，直接离开了跑道，还撞到了在他后面的一个男生。两人发生了争执。

她这才不好意思地回想起来：哦，谢和金跟萧铮虞是竞争对手耶……她可忘得一干二净。

虽然谢和金是代表了浮高，可白鹦的心，早在支持南城高中的运动员了。

谢和金摔倒的样子令人过分愉悦了，白鹦一边忍着笑一边自我谴责，不应该，不应该，不能以他人的痛苦为乐。

何向军在一旁嘻嘻一笑："他摔得真难看，跟蛤蟆一样。摔了弃赛，还要影响别人比赛，真讨厌。"白鹦抿着唇，点了点头。不是她一个人幸灾乐祸呢。

谢和金当然没有被选拔进市队。萧铮虞成绩很好，拿了第一进了市队，要去参加省比赛。于是他也忙了起来，训练，学习，忙不过来，他父亲腿伤也好得差不多了，重新回去工作了。

萧铮虞又回去住校了，没法继续每天晚上等白鹦路过小区门口送她回家了。

白鹦有些失落，萧铮虞歉意更大，一连好几天都发微信跟白鹦解释，连说了好几遍"对不起"。

白鹦不是不理解，但原本的确有些莫名而来的小脾气。但是看他比自己还要难过，白鹦却释然了。

她总不能在萧铮虞这么自责难过的情况下，还责怪对方吧。

她想了想，发了语音过去："没事的，我以前也是这样放学回家的。你这段时间就好好训练，功课也别落下。注意休息，多补充营养……"

她偷偷躲在走廊尽头发语音，还没说完，就听见不远处教室里传来嘈杂的争吵声，白鹦好奇地看过去，手指一松，语音发了过去，她一惊，急忙点开自己发过去的语音仔细检查一遍。嗯……语气不尴不尬，简直像是家长在叮嘱儿子，怎么听都觉得怪怪的。

她怎么会说这么老气横秋的话？白鹦脸上绯红，却没有好意思撤回，发都发过去了……就算了吧，没准他已经听见了。

白鹦叹了声气，将手机收好，往教室走去。

越靠近教室，嘈杂声音越响，也越清晰。似乎是有人在争吵。

白鹦一走进教室，就看见二三十人围在教室中央，围观着什么。

她绕过几个同学挤了进去，就见江眉影站在自己座位旁边，红着一张脸，双目也是通红，头发有些凌乱，不停抽泣着。谢和金站在一旁，脸上带着讥笑和不屑。江眉影桌子旁的地上，一只玻璃杯碎成了几瓣，像是被人推到了地上，地上还有一摊水，正冒着热气，俨然是刚接好的开水。

白鹦认得这只玻璃杯，是江眉影的舅舅从日本迪士尼带回来的，有些小贵，她宝贝得很，寒假刚回来的时候，还抱着杯子跟白鹦炫耀半天。白鹦也觉得这杯子好看，琢磨着什么时候代购一只来着。

她心里隐隐有些不安，好奇地问："……怎么回事？"

一个同学回头见是白鹦，急忙拉住她小声说道："江眉影可真敢说，她彻底惹到谢和金了！"白鹦拧眉："什么？"

谢和金在市田径队上选拔丢脸了，而且自己很在意的名额还被白鹦那个护花使者，打过自己的那个男生给抢走了。他最近心情一直很不好。

在他眼里，南高的人都低人一等，只有考进浮高才配得上跟他平起平坐。

他心里是这样想，可是一想到自己被人打了，父母还得因为一些压力息事宁人不多追究，就满肚子气，见人都没好脸色。他也没思考过，平时被自己欺负的同学也是这样看待自己的，只不过角色置换一下，他就无法理解了。

这次他跟人玩闹撞到江眉影的桌子，摔碎了她的杯子，江眉影很伤心地哭了。

谢和金最烦女生哭了，不耐烦地说了句："不就一只杯子吗，赔你就是了。"

江眉影自尊心重，脱口而出一句："你赔得起吗？这只杯子8万呢。"

这一句话，让江眉影彻底被当成笑话了。

谢和金本就是个喜欢添油加醋的人，他心情不好，江眉影这句话让他锁定了戏弄的对象，在学校的贴吧、群里肆意散布关于江眉影的谣言和一些恶意猜测，什么"炫富土豪""神气的富家女神"之类莫须有的名头往江眉影身上加。全校同学都开始对江眉影指指点点，甚至有一大群各年级别班的同学跑到高一（2）班来围观江眉影。

江眉影苦不堪言，胖乎乎的身子以肉眼可见的速度瘦了下去，脸也变得憔悴不堪。

白鹦跟她一起吃饭，见她菜都吃不下去了，看不过眼，在班级里对着谢和金理论了几句。

有别班的同学跑来围观江眉影，白鹦挡住她，对着那些看热闹的同学恼火地说道："你们作业做了吗？整天做这些无聊的事情，别把同学当猴子看，滚回自己的教室去！"

她从来没有在同学们面前说过什么脏话重话，一个"滚"字，让同学们都纷纷侧目。

谢和金在一旁恶意说道："用得着你多管闲事吗？别以为你有你的南高男友在背后撑着，你就能这么嚣张？"白鹦回头瞪他："你说什么呢？"

谢和金像是想起了什么，脸色突然一变，随即闭上了嘴，不再多言。

白鹦扭头看向何向军，就见他冲自己摇了摇头，眼里要她最好别掺和事情的意思不言而喻。但是白鹦想，如果这个时候她不站出来拉江眉影一把，她就会更加沦陷。

就算自己会遇到跟江眉影一样的遭遇，她也无所畏惧。

Chapter 11
你是少年的宝藏

因为帮助江眉影，白鹦被不少同学孤立了。似乎当一个人成为众矢之的的时候，欺负她便成了正确的事情。江眉影没有做错什么，却被谢和金一手打造成了该被欺负的那个人。

白鹦不怕被孤立，她照样成绩傲立全校，再说了，又不见得欺负人就能考上清华北大。就算谢和金家里有钱，谁能保证他以后能顺风顺水一辈子呢？

她的想法让徐依依和何向军瞠目结舌。

徐依依佩服地抱拳："还是您牛。我甘拜下风。"

白鹦不理解，歪了歪脑袋问："人是独立的个体，虽然有社会性，但是首先得过好自己的人生，做任何选择都问心无愧，依照自己意愿来不是吗？欺负人除了能讨好谢和金那样脑壳有坑的人，有别的好处吗？"

哪有那么多高中生能有白鹦这样独立自主的观点的，徐依依想了半天，都没想到有什么好处。

于是她点头："鹦鹉啊，以后你周末做作业带着我啊，我能不能考上清华北大就靠你了。"白鹦立刻拒绝："你考不上的，我帮不了你。"

"……我类比一下不行吗！你能不能有趣一点！"徐依依气急败坏地喊道。

何向军拉住跳脚的徐依依，哭笑不得："你清华北大是当然考不上了，考个普通重点大学，我们鹦鹉帮你是没问题的吧。"

白鹦歪着脑袋想了想："依依成绩挺好的，没问题的。"

徐依依甩开何向军的手："什么你们鹦鹉，鹦鹉是我的！别那么亲近。"

何向军嘻嘻一笑："难道不是老萧的吗？"

白鹦小脸一红，气极："何向军！说什么呢！"

徐依依"哦"了一声，眼神语气暧昧道："对对对，老萧的鹦鹉。"

越说越没谱了，白鹦默默翻了个白眼，懒得理他们俩一唱一和讲相声，心里面却有些期待又着急，想着萧铮虞最近过得怎么样，什么时候会回复自己的微信。

萧铮虞为了省高中生田径比赛，训练极为刻苦，考试排名也掉了不少，但是雷打不动的是每天都会像打卡一样，给白鹦发信息，报告今天一天的状况，训练的模拟成绩。

白鹦帮助同学被连累的事情，萧铮虞也得知了，他抽空去了浮高的贴吧看了几眼，发现了几张造谣白鹦的帖子，萧铮虞浏览了一遍，气得咬牙切齿，就联系了管理贴吧的朋友要求删除，还告诫他们，以后看到这类帖子，见一个删一个。

白鹦连帖子的影都没见到，更别提她知道有人在背后黑她了。

在萧铮虞眼里，白鹦是最好的，自然容不得任何人用什么方式玷污她。

萧铮虞出发去比赛前两天，白鹦在网上买了只保温杯，寄到了他的寝室，等寄到了才问他："有没有收到快递？"

彼时萧铮虞正拿着快递莫名其妙，生怕是什么危险物品，跟室友面面相觑。一看是白鹦寄的，立刻兴奋地四处找剪刀要开箱。

结果一整个寝室四个大男生，居然找不出一把剪刀，最后萧铮虞干脆直接徒手将胶带扒开，小心翼翼地开箱子。

室长吐槽道："开个箱子，没必要跟拆宝贝一样，反正又不会伤到里面。"

"万一弄坏了呢。"萧铮虞头也不抬回道，小心地从箱子里取出包了一层又一层泡沫的保温杯。

"噗……你爸寄给你的吗？没见你用过保温杯啊，大冬天也喝冰水的家伙。"室长哭笑不得。

萧铮虞爱不释手，他拧开保温杯的盖子，摁着保温杯的出水口按钮，仔细打量着，满心满眼按捺不住的喜悦，说："从此以后，我夏天也喝热水了。"

"……不知道的还以为是你女朋友给你寄的呢。"

萧铮虞想了想，白鹦跟自己只是朋友，如果她是自己女朋友……那他大概会乐上天了。这样一想，他耳根子微红，忍不住咧嘴笑了。

室长几乎没眼看了："我好像知道是谁寄给你的了……"

手机一震，白鹦发了条微信过来："看到了吗？你训练比较辛苦，平时可以泡点枸杞、西洋参之类的茶补一补。"

室长凑过去偷看了一眼，笑得不能自已："天哪老萧，保温杯里泡枸杞！你直接进入老干部行列了！你女神太有趣了！"

萧铮虞才没理会他的嘲笑，手里握着保温杯，手心滚烫，心里更加温暖熨帖，疲惫的身体仿佛突然充满了干劲，能再去操场跑个十圈了。

白鹦怎么可以这么可爱呢？

萧铮虞带着保温杯去参加比赛，虽然没有拿到前三名，但是进入了决赛，第五名，名次也不错，对于非体校出生的他来说，已经是极好的成绩了。南高很满意他的成绩，还给他报了二级运动员的资格，据说高考自主招生有一定优惠政策。

白鹦为萧铮虞庆祝，趁着周末，请他吃饭。原本她还请了何向军，结果何向军可机灵了，借口自己要学习，扭头就走了。

他当"电灯泡"累了，就将舞台留给萧铮虞自己吧。

萧铮虞还记得白鹦喜欢吃咖喱虾，于是选了中心广场附近的一家泰国餐厅。

白鹦从没跟萧铮虞两个人独处过，更别提单独两人一起吃饭了。但是通过两人这一年以来的接触，白鹦对萧铮虞原先那层遥远的疏离感已经渐渐消失了。取而代之的，却是更加随心的那一丝微妙的亲昵感。

之前，他送白鹦回家那段日子，两人从一开始无话可说，到后来渐渐有了些谈资，开始谈心，自然而然地，都互相熟悉了起来。

萧铮虞这个人，光看外表，俊朗之外有一丝难以接近的高冷，实际上他内心一片赤诚，热情得很。他不像白鹦想的那样不可接近，也没有那么叛逆桀骜，实际上，萧铮虞很缺爱。

他告诉白鹦从小父母在外做生意，极少照顾自己，还告诉她他母亲的去世，与父亲的矛盾，父亲受伤，以及关于他生活的一切。他想要好好学习，考上好大学，追上白鹦的脚步。"

白鹦当时愣了一下，疑惑地问："追上我的脚步？"

在寒风中，萧铮虞心中一紧，脸上一臊，支吾道："唔……我知道我考不上你的目标学校的……就是试试看。"

"不是……"白鹦顿了顿，问，"现在才高一，你很聪明的，我觉得没有什么事是不可能的。你现在成绩怎么样？"

萧铮虞以为白鹦只是安慰自己，挠了挠脸，问："我现在……六百多名，高一有一千二百个人。"

南高的重点率大概有45%，其实也不算差，但是浮高有90%，这也是为什么浮高的学生看不起南高的原因。

白鹦停下自行车，脚踮在人行道台阶上，掰着手指算了算，认真地看着扭头疑惑地看向自己的萧铮虞说道："你成绩不错啊。再努力一下，完全可以考上重点大学的。"

当时萧铮虞的内心极为震撼。他从小到大就是亲戚邻居嘴里隔壁家的坏榜样，老师眼里的刺头儿，家长们都不希望自己乖巧的孩子跟他一起玩，生怕被带坏了。也只有何向军这种含着金汤匙出生，天资聪颖但是个子残缺的官宦子弟天不怕地不怕，跟自己厮混在一起，要熊一起熊。

除了那次梧岳寺算命先生的一次毫不靠谱的测算之外，从没有人对他说过"萧铮虞，你可以的，你只要再认真一点就能成功"。

以至于到了现在，他就算成绩排在中等，却已经失去了对自己的信心。他空有一颗想要接近白鹦的心，却失去了斗志。

如今白鹦真挚的双眼在路灯下亮晶晶地看着他，说着让自己内心澎湃的话，没有一丝伪装，真诚到萧铮虞感觉自己的心脏都要裂开。

他急忙移开视线，低声道："谢谢，我会好好努力的。"

白鹦抬起手，想像平时跟何向军打闹一样拍他肩膀，却停在了半空中。

这个是萧铮虞，不是别人。她意识到这点，耳根子微红。

萧铮虞正巧回过头来看她，就见她尴尬抬手的模样，眼神一闪，两人视线相撞，在微寒的空气中，呼出两片白雾，却相顾无言。

有一种暗流涌动的情绪，像被冰存住的火山，表面只看见一片暧昧的雾气，内里却在狂热地翻腾。

也是这个时候，萧铮虞终于直面这个与他印象里相似，却又不一样的白鹦。她似乎是自己想象中的那个乖巧清秀，笑容甜美灿烂，认真努力的女孩，却又有些不一样。

她看着瘦弱，却一点都不柔弱，像是棵坚定笔直的小白杨，向阳生长，不偏不倚。她或许耿直过头，不懂得交际，但是那又如何，这才是白鹦的全部。

他知道如何辨别人心、懂得交际就行了。他会保护白鹦的。

如果白鹦允许的话，萧铮虞想，自己会是她最忠诚的骑士。

白鹦跟萧铮虞一起吃过几次饭，都是何向军或者徐依依在场的时候。但是她不知道萧铮虞这么察言观色。或许是父母熏陶的原因，只那几次的经历，他就看出来了自己的口味。

他先点了几个所谓的"自己爱吃"的菜，结果全是白鹦喜欢吃的，以至于白鹦对菜单太过满意，都无从下手，最后尴尬地问："你喜欢吃什么？"

萧铮虞一怔，没想到白鹦会反问自己，一看她小脸微红，眼神闪躲，一副不好意思的模样，他就明白过来了，笑着又指了两个菜，道："我们吃不掉了吧？就这些？"

结果还是自己喜欢吃的东西，白鹦心中一颤，硬着头皮答应了下来，不知道该怎么面对萧铮虞的眼神。餐桌建友谊，人与人之间的交流，在餐桌上，往往更加随意，自然。

也不知道是谁起了话头，随着菜一样一样端上桌，两人渐渐聊开了。从何向军、徐依依的趣事，逐渐扩展到了自己的学校、家庭。

白鹦抱怨了几句谢和金之后，有些怨念地问道："为什么男生要这样欺负别人呢？"

萧铮虞想了想，难得严肃着脸答道："这跟是不是男生无关。这个人自己人品有问题。真正的男人是不会欺负任何人的，他只会为了保护自己爱的人才会动手。"他的眼神带着灼灼热度，白鹦顶着他发亮的视线，心尖微颤，几乎头皮发麻。

她避开他的眼神，轻声道："不是都说，有些男生会欺负自己喜欢的女生吗？"

萧铮虞拧眉："有吗？我没有，我绝对没有。"

白鹦抬眼看他："你确定？"

萧铮虞被她的追问一噎，他仔细想了想，他没做过欺负白鹦的事情，于是肯定地点头："我确定。"

白鹦对萧铮虞当年踢向自行车的那一脚耿耿于怀，见他矢口否认，脑袋一热，张口就道："那你初一的时候，踹自行车，害我的车子差点被压倒。"

"我那个时候脑子有问题，你怎么还记得啊！"萧铮虞见她翻旧账，立刻反驳。

话音刚落，两人都傻了，面面相觑，哑口无言。

餐厅淡黄色的灯光从头顶落下，照在两人的脸上，看不清他们脸上渐渐浮起的绯红，长长的睫毛盖住了闪动的双眼，投落的阴影更是遮住了他们眼里的神色。

是尴尬，而且胜过尴尬的不安和羞赧在空气中不停翻涌。

白鹦轻咳一声，解释道："我……没有说你喜欢我的意思……就是……"

她话说到一半就想打自己脸了，她这都在说什么乱七八糟的啊。

哪知道她声音刚卡壳到一半，就听见萧铮虞落落大方，镇定地点头应声："我是喜欢你。"

白鹦有些惊吓，抬眼看着他，瞳孔威震，随即飞快移开视线，却找不到视线聚焦的方向。

白鹦当然知道萧铮虞喜欢自己。他俩都知道互相之间的情愫，只是没有人挑明，便也这样不远不近地如同朋友一样相处着。没有人先捅破这层窗户纸，就由着它像遮羞布一样盖着这不是秘密的秘密。

可是自己讲话一向耿直又不经大脑，不小心说错了话，萧铮虞却也没有否认、回避，反而大方承认了下来。

他的双眼滚烫地盯着白鹦，鼓足了勇气，继续说道："白鹦……我很早就喜欢你了……你……"白鹦抬手制止他继续说下去："别说了……"

萧铮虞脸色一白，微微拧眉，眼里闪过一抹受伤，但听话地止住了声音。

白鹦舔了舔干涩的嘴唇，不知道该怎么说，她深呼吸一口气，然后斟酌着用词，缓慢道："你喜欢我……我很开心。"

说着，她嘴角都克制不住地微微勾起，她飞快看了眼萧铮虞。萧铮虞原本苍白的脸色在看到她带羞的眼神那一刻，突然回暖，心里狠狠松了口气。

他以为自己被判死刑了，看起来，只是缓刑。

"我真的很开心。"白鹦咬着下唇，艰难开口，"但是现在……我想将精力都放在学习上。我想大学再谈这件事情好吗？你能……等我吗？"

白鹦觉得自己是个很不道德的强盗，把自己的逻辑强加在别人身上，强迫别人要跟随自己的步调。她以为，萧铮虞这样不羁的性格，或许不会答应的。

却不想萧铮虞毫不犹豫地点头："好啊。我早就做好准备了。""嗯？"

"我本来就是这个打算啊。而且我很满意了。"萧铮虞勾着嘴轻笑，"至少我们现在可以这样面对面坐在一起吃饭。"白鹦静静地看着他没说话，眼神闪动。

"白鹦，我其实是个很胆小的人。所以我一直不敢接近你。我怕我会影响你的人生。"白鹦摇了摇头，眼眶湿润。"所以，我想，成为一个有资格站在你身边的男人。"

白鹦想，这是她这辈子听过，最庄重壮丽的誓言。她一辈子都不会忘记。

萧铮虞跟白鹦畅谈了许久的人生，压着马路走了很久，天气暖和起来，一路从商场走回家，花了一个多小时，出了一身的薄汗，但两人聊得有些眷恋不舍，想着时间再久一点，慢一点，路再远一点该多好。

萧铮虞问白鹦："你以后想考什么大学？"白鹦还是坚持自己的想法："C大吧。就在隔壁省，听说宿舍条件很好，海景房。"

C大排名在全国前列，实力不俗，以白鹦的成绩，完全可以轻松考上。

萧铮虞原本以为白鹦的目标会更高，乍一听还愣了一下，随即自嘲想，就算是C大，他一样也考不上。他伸了个懒腰，叹道："那——我也考C大吧。"

白鹦惊吓到了，扭头问："真的假的？"

萧铮虞冲她耸耸肩，漂亮的嘴角微微勾起，露出了一个调皮但轻松的笑："嗯，不试试看怎么知道呢？你说过的，我只要努力，没有什么事是做不到的。"

白鹦仔细回忆了一下，自己似乎没说过这种话，不过不重要。

萧铮虞能为了她提起斗志，往正确的人生轨迹发展，好好学习，对她来说，也是功德无量的事情了。

"嗯……可以的，世上无难事，只怕有心人嘛。"白鹦抬手拍拍他的胳膊，一脸认真地鼓励。

萧铮虞被她严肃的表情逗笑了，低下头轻笑，心里其实一点底都没有，但是温暖潮湿的春风中，已经落下的晚霞，升起的弯月，风吹过行道树簌簌的声音，都让他心头变得柔软。

他心里的那个女孩就在身边，眼里闪着光，一脸信任和期待地看着自己。他明明没有一点信心，却在这一刻，浑身充满了无数的力气，心中也腾起了莫名的勇气。萧铮虞突然觉得，他考上Ｃ大或许不是一件不可能的事情，不就是……成为南高前五十吗。

他想，不是"世上无难事，只怕有心人"，而是"世上无难事，只要爱上你"。

高一至高二的暑假，白鹦收到了萧铮虞主动发来的一个消息。

他留级了。白鹦很奇怪，问其原因。

萧铮虞倒是很坦然，回答："以我现在的成绩，考Ｃ大是不可能的，我想重新读一次高一，从头再来。"

白鹦没有想到萧铮虞当初说跟着自己考Ｃ大是认真的。她只想着鼓励他好好学习，将来考上同城的其他好大学也不错，不想他居然真的做了这个决定。

她的第一反应是："那你一定要好好把握，别浪费这一年啊。"

萧铮虞握着手机，看见白鹦发过来的第一句话，心里一阵阵暖流。她没有质疑，也没有开玩笑，反倒真心在替自己考虑。

想想何向军知道自己留级的第一反应："噢哟，老萧学弟，将来永远比人低一级呢。"

同学和朋友们知道他的决定都大跌眼镜，没想到他会突然洗心革面，从头再来，纷纷询问原因，或者调侃他。他原本比起初中就够努力学习了，只是基础实在太差，萧铮虞知道光靠高二一年是补不上的。想要考上Ｃ大，哪有那么容易。

还好他的父亲得知他真心想要努力，也很支持他的决定。

低一级就低一级，至少，他能有更多时间提高自己，增加考入Ｃ大的概率，将来能跟白鹨一起在同一所学校学习。

他回复白鹨："嗯，将来可能还需要你多指导我学习。"

白鹨回复很快："没问题，我把我高一的笔记都给你送过去吧，我觉得我笔记做得还挺好的。"

白鹨发完信息，就在家里翻箱倒柜寻找各种笔记和作业、卷子，甚至错题集。她最擅长的领域就是学习，她帮不了萧铮虞什么，那就只有在这方面提供援助了。

白哲听白鹨卧室里发出嘈杂的声音，正想敲门询问原因，门突然从里边打开了。

白鹨背着一只巨大的书包，脸上带着兴奋的红光，脚步飞快地往玄关走去。

"你去哪？"白哲疑惑地问。

酷暑炎热，正值下午，屋外除了刺眼的日照和刺耳的知了鸣叫声，只剩下了令人眩晕的高温。

白鹨一打开门，屋外的热浪瞬间扑面而来，涌进客厅里的冷气中。

"我去给一个学弟送笔记。"白鹨换着鞋子，扭头嬉笑道，"指导别人学习，乐于助人。"白哲抽了抽嘴角，只讷讷说了一句叮嘱："早点回来吃晚饭……"

他在想，自己的女儿是不是读书读傻了，什么娱乐活动都很少参与，倒是学习能戳中她的兴奋点，真是奇了怪了。

到了高二，分了文理科，所有人的精神压力都突然猛增，白鹨也感受到了这种学习上的压力。不单单是从年纪增长上感觉到的，而是从四面八方，各种讯息强加在人身上，关于高考，关于大学。

江眉影瘦了很多，短短一个暑假，她原先肉乎乎的脸都快凹陷下去了。但是同时，她的气色显得非常不好。

白鹨很担心她的精神状态，可是江眉影却像是换了一个人一样，躲避着她的关心和好意。

几次之后，白鹨仍旧不明白其中原因，有些苦恼，她去找徐依依倾诉这个烦恼，徐依依恨铁不成钢地说道："鹨鹨，你不知道自己现在的情况吗？"

白鹨很疑惑："我怎么了？"

"你帮江眉影，黑你的帖子都三番五次被发到贴吧和微博上去了。虽然删得很快，但是很明显，江眉影知道自己连累了你，所以避着你呢。你还是别掺和进去的好。"

白鹦很不理解："为什么？连累我又怎么了？黑我又不代表我就是那样的人。江眉影被他们欺负太过了，我要去告诉老师。"

白鹦性格刚直，说着就站起来要往办公室走，被徐依依好说歹说拉住了："你以为没人告诉老师吗……这种情况，没有受到实质性的伤害，都没办法。你去告诉老师，到时候吃亏的是你。"

白鹦也不笨，徐依依这样说了，她就明白了过来，心情却更加糟糕了。

江眉影精神状态看着很糟糕，可是却没有任何证据能证明她受到了伤害，她甚至没办法哭诉自己如何受到欺负。白鹦作为旁观者更是束手无策。

"你在没人的时候跟她谈谈心吧。"徐依依知道白鹦的性格，绝对不会坐视不管，建议道。

白鹦自己也没几个朋友，因为一直都是学神般的存在，傲立群雄，从没有理会过他人的眼光，在不亲近的同学眼里显得有些高岭之花。她好面子，又认真负责，做事情几乎没出过差错，就算被很多人敬而远之，却仍有更多同学因为她显而易见的人格魅力，不自觉地亲近她。

用徐依依的话说，那就是"想要沾一沾学神的仙气"。

直白点就是，想要抄笔记，抄作业，问问题。白鹦自己又从不藏私，给别人订正错题都能写满一页草稿纸的思路过程，更别提给人答疑解惑，提供笔记了。

整个高中生涯，江眉影一开始因为体型受到非议，后来因为谢和金散布的谣言被欺凌。白鹦一直都站在江眉影这边照顾她，安慰她，一开始白鹦还被孤立过，但是谢和金像是被人威胁过一般，不敢如高一时候一样针对白鹦。久而久之，同学们也明白了过来，不再惧怕谢和金，该"沾仙气"的"沾仙气"，毕竟对他们而言，高考才是最重要的。

江眉影越来越瘦，精神也越来越差，幸而白鹦时不时在放学路上陪着她，安慰她，有时候还帮她开小灶辅导学习，江眉影虽然过得艰难，却也撑了过来。

白鹦虽然物理不好，但是只是相对其他科目而言，她仍旧选择了理科，并且成绩一直保持在年级段前十，何向军则保持在一百名左右，再也没进入过前一百名。

他倒是很看得开，他下定决心读军校，成绩也够了。随着个子渐长，何向军隐隐也有了男子气概，变声期开始后，声音也雄浑起来，跟以前小孩子一般毒舌不一样，性格都有了巨大的反差。

周五放学的时候，在何向军的小区门前停下来，白鹦突然发现，何向军似乎跟萧铮虞一样高了。萧铮虞不认同："我比他高一厘米。"

何向军咧嘴张狂地笑："我昨天晚上生长痛，估计还能再疯狂长一波。"

萧铮虞木着脸，盯着何向军那张白净粉嫩的娃娃脸，再配上他现在一米八的瘦高个子，怎么看怎么诡异。

白鹦也觉得何向军看着陌生极了，他现在抽条得瘦干瘦干的，进入高二下，学习压力更大，脸色也很不好。

白鹦皱着眉说道："阿军，你变了。"何向军的大长腿支撑着跑车，往下看了看自己的腿，疑惑地问白鹦："我哪里变了？"白鹦皱着脸："变丑了。"

"……"何向军脸色瞬间变得很难看。

萧铮虞愣了几秒，随即哈哈大笑，高兴地鼓掌。

他每天都拼了老命学习，结束了一周压抑的苦行僧生活，放学能在小区门口跟白鹦见上一面就很是开心了。能听到白鹦批评阿军丑，真是喜上加喜。

何向军瞪了眼萧铮虞，指着他对白鹦问："这家伙现在也不见得多好看啊！"

萧铮虞留级读高一这近一年时间，放弃了以前对自己穿着发型上的打扮，收敛性子磕书本，还戴上了副低度数的黑框眼镜，现在正是蓬头垢面，最土里土气的时候。

白鹦倒是习惯了萧铮虞这打扮了，她真诚地评价："比你还是好看点的，你现在跟猴子一样。"

何向军目瞪口呆，心里很受伤："白鹦，你以前不是这样的。以前看都不好意思看一眼老萧的，现在居然能脸不红心不跳地夸他比我好看了。"

萧铮虞咧嘴，信心满满地笑道："在她眼里，我当然是最好看的。"

白鹦脸上一臊，矢口否认："那……你比顶级美男还是差一点的。"

萧铮虞露出一个古怪的表情，轻笑一声，却没说话。

比顶级美男难看一点，不算输嘛。

白鹦班上有男生对白鹦示好，值日的时候，帮她擦黑板，打扫卫生，每节课下课都来问作业。但是白鹦这个人，一开始连对方的名字都叫不利索，张口就是他的外号"大冰"。

何向军个子长高了，声音也变低沉磁性了，对一般朋友，更是显得沉闷了，面对萧铮虞这个发小，倒是一如既往的八卦。

他说："我们班有个叫大冰的，在追白鹦。"

白鹦正准备骑车回家，一听他说这子虚乌有的事情，横眉竖目瞪何向军："阿军你别血口喷人啊，大冰大名叫什么我都没记住呢。"

"所以大冰得哭晕在厕所啊，你同学情实在太淡薄了吧。"何向军吐槽道。

萧铮虞原本脸色有些凝重紧张，一听两人的对话，神色顿时放松，他勾了勾嘴角，替白鹦反驳何向军："你们班有些同学人品不行，没有同学情还来得比较好。而且，我相信白鹦，会遵守诺言的。"

他眼里带着深意，微笑看着白鹦，白鹦避开他的视线脸侧向一边，耳根子通红。

何向军面色古怪地看着两人，感觉自己的脑门锃光瓦亮，比此刻亮起的路灯还要亮。他甩手："罢了罢了，恶心死我了。回去吃晚饭了。"

萧铮虞冲何向军一招手："给我留饭，我送白鹦回家。"

何向军骑上车往小区里去，背着他挥了挥手："我管你啊，去去！"

萧铮虞的父亲在外面做生意，萧铮虞基本就是何向军父母的第二个儿子一般的存在了。

"走吧。"萧铮虞骑上车，跟在白鹦身旁，跟以前周五放学一样，送白鹦回家。

就算知道白鹦不会在这个时候谈恋爱，萧铮虞还是很在意那个大冰，骑车的时候一直都有些坐立难安，想要旁敲侧击关于这个男生的事情，他眼神飘忽地看几眼白鹦，又不知道该如何开口。

白鹦倒是率先开了口："听说……原来张丽莎跟你同班？"

萧铮虞心里"咯噔"一声："嗯……你怎么知道？"

"阿军说的。"白鹦轻笑道，"我很久没见过她了。"

"啊……我也是。留级后，就很少见她了。"萧铮虞急忙跟着说道。

白鹦侧过头，清亮的双眼带着笑意看着他，勾了勾嘴角，露出一个玩味、富有深意的微笑，然后移开视线直视前方，轻声说道："你知道我跟她是怎么闹掰的吗？"

"嗯？"

白鹦想到过往的事情，突然觉得自己幼稚又愚蠢，忍不住嗤笑一声，萧铮虞有些好奇地看她，她摇了摇头，回答："我初中的时候，对你有好感，一直都在她面前提你。后来你转学了……她才告诉我，她也喜欢你。"

萧铮虞从没听说过这段，无论是前一句还是后一句。这算是白鹦表白吗？算吗？不算吧。他心里焦躁不已，但是又不敢现在开口。

不过，他倒是瞒着一件事情一直没说。"我其实觉得无所谓，但是她似乎有什么想法，后来我们就渐渐走远了。"白鹦长长呼出一口气，"高中的生活太枯燥乏味，学习压力也很大。有时候我就会回忆起初中，觉得那段日子真美好。也不知道美好在哪里，后来想想，可能是那段记忆，以及记忆里的那些人吧，都好像美化了一般。"

以及，记忆里，因为好感偷偷关注萧铮虞的自己，傻得可爱，也很美好。

萧铮虞张了张嘴，最后还是没有开口。

白鹦跟张丽莎的友情破裂看起来跟自己有关，或许其实并没有关系。但是，那段回忆的美好却是永恒存在的。就跟他一样，也一直怀念，并且眷恋着从那时候开始到现在的一切美好的回忆。

白鹦就是他年少里最美好的欢喜，宝藏一般的存在。

心尖上的那根小刺，一旦触碰，就轻痒而无所适从，恨不得拔掉却又毫无办法，只能越刺越深，最后习惯了那种轻痒，上瘾一般，只想离她更近。

进入高三冲刺阶段，白鹦彻底将身外之事全都抛开了。她辞掉了学生会的工作，租在了学校附近的小区，平时吃食堂，周末王莉莉和白哲去给她烧饭，看她。白鹦将原先通勤浪费的时间全用在了学习上。

徐依依觉得很不可思议，问："鹦鹉，你明明考C大没问题，为什么还要这么拼命学习？"

白鹦被问住了，想了想，答道："可能是习惯性努力吧？这个时候了……不学习也不知道做什么。"

其实不止她，整个高三都进入了行军打仗前肃穆的准备工作一般，下课后，走廊越来越安静。也没有别班、别年级段的人会来教室围观江眉影了。

江眉影更加瘦削了，甚至比白鹦还要瘦了，她像是换了个躯壳一般，看着死气沉沉，但是却很沉静地读书。她瘦下来之后，如同白鹦所想的，很漂亮，如果稍加打扮，应该是很惊艳的女生。只是现在气色太差，看着面黄肌瘦的，让人觉得很丧。

时不时还是会有关于江眉影的黑帖出来，似乎是高三高压学习环境下的调节剂一般，但是都没有人过多关注。

白鹦在这种沉闷的气氛下，也难得感受到了难以坚持的压力。

她跟萧铮虞见面的机会越来越少，但是萧铮虞仍旧会每天晚上十点半准时跟她道晚安。终于有一天，白鹦忍不住冲他抱怨了。

白鹦刚结束夜自习，空气微寒，人山人海的学生潮从教学楼里涌出，奔向宿舍楼和校门口。白鹦在人群里，盯着前边同学的鞋子，后面还紧跟着别的同学，几乎是被挤出校门口的。

等走过一百米，拐进小区大门，人突然少了下来，周围一片安静。

抬头是黑色的夜空，没有一丝星光和月华，周围是昏暗的路灯在繁茂的小区绿化中隐隐透出的一丝丝光亮。

寂静和黑夜最能催发人心中的负面情绪。

白鹦拖着疲惫的身子走上二楼台阶，打开租住的单身公寓门，迎面而来的是木制家具还没散去的油漆味和清冷的木材香，以及一屋子的潮气和压抑。

白鹦站在玄关口，反手关上门，将包放在地上，突然就感觉到情绪失控了，她蹲坐下来，双手环着双膝，脸埋进手臂间，感觉心里头一片压抑沉闷，说不出的无力感笼罩着她，无处发泄。

白鹦突然很想听听萧铮虞清冽中带着微微低沉的声音，她吸了吸鼻子，犹豫几秒，就拨去了电话。

萧铮虞作为高二生，学习刻苦，成绩突飞猛进，排进了高二年级前一百名，让所有同学和老师都大跌眼镜，纷纷称赞他改头换面，重新做人了。

此时正是他刚放晚自习的时间，他每天都是最后一个离开教室，今天也不例外，在教室多留了二十分钟整理错题集，刚画一个几何图画到一半，手机在口袋里剧烈振动起来。萧铮虞掏出手机一看，当即放下笔，接起了电话。

白鹦坐在玄关门口，头靠着门，听见电话那头传来萧铮虞低沉的声音，他似乎有些疲惫，声音微微沙哑，伴随着通信电流声，似乎很遥远。

"喂？白鹦？"

白鹦的心蓦地一松，忽然眼泪就流了出来，她捂住嘴，说不出一个字。

萧铮虞等了半天，没听到白鹦的声音，有些焦急，问："白鹦，怎么了？你还好吗？"

白鹦怕自己一张口就带哭腔，不知道该怎么说话，但是她忍不住吸了吸鼻子，一吸便是抽泣的声音。她听见手机那头，传来"嘭"一声巨响，似乎是萧铮虞撞到了什么的声音。

"鹦鹦，你哭了？谁欺负你了吗？你在哪里？我马上过来！"

他声音又焦急又担心，白鹦的眼泪却更加汹涌地流淌下来，心脏却温暖熨帖得厉害。她想，她何德何能，让一个少年对自己这么好。

白鹦吸吸鼻子，努力让自己声音不那么明显带着哭腔，但是却失败了。

她几乎是抽噎着对萧铮虞说道："萧铮虞，我学不下去了！"

萧铮虞呆立在教室中，脚下是被撞倒在地的椅子，他听见白鹦的话，蓦然松了口气，寒风从窗户灌进教室内，他这才发现，自己出了一身的冷汗，连姿势都做好了随时背上书包就跑出教室赶过去的准备。

他长长呼出一口气，露出一个欣慰的表情，哭笑不得摇了摇头，他温柔地对电话那头的白鹦说道："嗯，你说，我都听着。"

他肩膀和耳朵夹住手机，开始整理书包和作业。他决定提前结束今天的学习，将剩下的时间都留给白鹦，听她抱怨。

白鹦听到萧铮虞包容的话，瘪着嘴，摇了摇头，不知道该说什么，只是抽泣着，仿佛自己每一声啜泣,每一次哭到抽鼻子,就能冲信号另一头的萧铮虞传达一遍自己的委屈和压力,而她,却能神奇地释放自己的痛苦。然后,一切都雨过天晴。

白鹦觉得,萧铮虞是她年少时的宝藏,最大的心灵慰藉了。他怎么这么好。

那一个晚上,白鹦跟萧铮虞聊了很久。从啜泣哽咽说不出话,到渐渐平静,能够自然谈心,不知道过去了多久。一段信号,隔着手机听筒传来的温柔低沉,带着无穷力量的声音,像一双宽厚温暖的手掌,抚慰焦躁不安的心。

白鹦听着萧铮虞不急不躁的鼓励和安慰声,原本心中无所适从的压力和不安渐消,油然而生的却是想要见他、拥抱他的冲动。

能在她最无助的时候,无怨无悔听着她的抱怨,时不时地应答,能让她知道他在认真听着,这真的是太好了。

最后白鹦穿着宽松的运动服式校服窝在床上,背靠着自己的书包,看了看闹钟,声音软糯很不好意思地说道:"抱歉……都过十一点了……"

萧铮虞坐在大平台的台阶上,身后一片寂静,惨白的LED灯在过道上显得尤为明亮,但每个寝室都安静黑暗——已经过了熄灯时间了。

萧铮虞膝盖上放着他的背包,夜晚的风吹过来有些刺骨,但是他的心却滚烫滚烫的。明明已经过了熄灯的点,但是萧铮虞不慌不忙,他想,只要白鹦还想继续跟自己聊下去,他有一整晚的时间,可以坐在这里听她清脆柔和的声音,软软地哭诉抱怨自己的不高兴,将自己的压力倾诉出来,将自己当成情绪垃圾桶也没关系。至少这个时候,她需要自己。

他所有的刻苦和勇气,都是源自白鹦。而白鹦不安时,第一个选择了自己。

那就足够了。这个时候,他们的心是连在一起的。

一个短暂时间的失态,是源自一个阶段压力累积的爆发。

白鹦极少有这样的时候,但是一旦爆发,就找不到可以发泄的途径。在高考这个敏感的时期更是如此。

以前她不知道该找谁。徐依依,那是个幸灾乐祸,说话没把门的主;江眉影,她自己心理压力都够大的了;何向军,这更是一个毒舌的人,估计还会觉得白鹦是在炫耀。

当白鹦给萧铮虞打过一次电话，将他当作救命稻草一般诉说心情之后，两人的关系比以往更近了一步。

白鹦时不时就会对萧铮虞聊最近的学习和生活，作为交换，萧铮虞也会简单提一提自己的高二生活，然后乖巧地向白鹦询问不会做的题目——这还是白鹦强行要求萧铮虞问自己的。

作为一个男生，萧铮虞自然是要面子的。在自己喜欢的女孩子面前就更别提了。他虽然不想暴露自己跟白鹦学习能力的差距在哪里，可是白鹦不想浪费萧铮虞宝贵的学习时间，他想了想也觉得……达到学习目标是第一位。

于是每次聊完之后，白鹦还会远程教萧铮虞如何解答一些难题偏题。

时间会随着年龄的增长而流逝得更快，人的感官对于周遭万物的体会会减弱。

在高考冲刺这个特殊的阶段，当写着"365天"的这块倒计时牌挂上教室的墙面开始，白天和黑夜都失去了应有的颜色。

光阴似箭，剥夺了色彩，目不斜视，一往无前地往不是终点的目的地而去，陪伴着的，却是带着缤纷色彩的一通通电话和信息。

白鹦想，青春的悸动，躁动又青涩，但能让人成长，那一定就是美好的。

她现在正体会着这一份美好。

高三最后一学期刚开学，就迎来了疯狂的自主招生潮。

前四个尖子班更是连续几周有一半的学生轮流请假，不是去前往参加笔试的路上，就是去参加面试的途中。

白鹦原本并没有报名，想安稳坐在教室里学习的。以她的成绩，考上C大绰绰有余了。按照萧铮虞现在的成绩，再加把劲，也能上C大的分数线。对她来说，这就是万事大吉的事情。

但是学校领导知道白鹦这种"不思进取"的想法急了。作为全校拔尖的学生，不强求考清华北大，但是总得考上比C大更好的学校吧。

班主任和副校长轮番做思想工作，白鹦都嫌麻烦。劝说不成，校领导将白哲和王莉莉女士叫来了学校，先跟家长沟通，再做学生的思想工作。

这件事情，全班都知道了，马可作为上学期参加了清华保送生考试却落选的学霸，对白鹦的想法很不理解："试一试好一点的学校不好吗？"

白鹦不知道该怎么解释，挠了挠脸："考那么好也没意思啊……C大的小语种专业很不错……我想学小语种。而且C大住宿特别好。"

她的理由真的很实在了。马可都说不出话来。

何向军在一旁调侃："马可你就别问了，人家白鹦有自己的考量，你问多了会招人烦的。"白鹦："就你话多。"

何向军比马可高了几厘米，冲白鹦挑了挑眉，眼里满是调笑。

兴师动众的劝说，最后的结果是，白鹦被硬塞了B大的推荐免试名额，直接去B大面试，通过面试，只要分数线达到一本线就保送B大，专业限制在几个大类里面挑选。

从分数以及排名来说，B大在全国前五，自然比C大好，而且还在浮城本地，上学也方便。但是对萧铮虞来说，自然更难考上了。

白鹦被摁着头皮填上报名表的当晚，窝在出租房的床上，缩在被子里，红着双眼给萧铮虞打了个电话。

萧铮虞心里虽然无奈又有些绝望，但是他所有的耐心都用在白鹦身上了，好声劝道："没事，学校更好不是挺好的吗，而且你只是推荐面试而已。别有那么大压力。不要为了我，放弃更好的未来。"

白鹦鼻子一酸，潮闷的被窝里，她吸了吸鼻子，眼眶泛热。声音被捂在被子里，掩盖住了动静，但掩盖不住情绪。

"可是我跟你说好了的……"白鹦很不喜欢不遵守承诺的行为。更何况，萧铮虞肯定考不上B大。她对于一起考C大这个承诺已经认真了。

萧铮虞明知自己考B大的难度，却满怀信心地说道："我比你还多一年的时间，你之前说我再努力一下就可以达到C大的分数线了。没准我努力两下，就可以达到B大的分数线了呢？"

明知道这人是在安慰自己，可是白鹦却被治愈了。她抽噎着摇了摇脑袋，没有说一个字。

萧铮虞无奈地苦笑，声音低沉微哑，在黑暗中，像有个温暖的怀抱紧紧搂住她一样。

"你从现在开始,将我剔除出你的未来计划里,全心全意考虑自己的未来。"

萧铮虞顿了顿,一字一句严肃认真地承诺道:"白鹦,无论你做什么样的决定,有什么样的未来,我都会努力迎头赶上的。"

"请你相信我。"

为了你,我什么都能做到。

他吞下后面一句话,听见白鹦低哑着声音轻轻应道:"嗯。我等你。"

得到这三个字,他便什么都无所畏惧了。

毫无怨言,无论什么艰难险阻,他都会努力跟上白鹦的脚步。

白鹦像一盏明灯,远远便照亮了前方的道路,虽然很远,但是看得见。

既然看得见,就早晚能够触及得到。

Chapter 12
你站在时光中央，身披芳华璀璨

B大，距离白鹦家大约四十分钟的车程，位于浮城偏远的大学城，车子一路往南行驶，几乎都快抵达方山了。

白鹦毫无悬念地进入了B大，学习她之前一直想学的意大利语。B大的小语种也很出名，她想，自己至少在家门口读书，她每周还能去看萧铮虞，辅导他学习。

没错，他们现在，差了一个大台阶了。

何向军考进了军校，他开学比白鹦晚，于是白鹦开学那天，还屁颠屁颠一块儿坐白哲的车子来送白鹦。

王莉莉女士对何向军印象深刻，也经常见到这个白鹦的男闺蜜，眼看着他从一米六的小个子长到一米八，她感慨不已："真是时光荏苒，光阴如梭，一眨眼，阿军都长高了。"

何向军和白鹦坐在后排座位上，何向军凑到白鹦边上小声问："你妈妈挺有文化的，但是光阴如梭和我长高有一毛钱关系吗？"

白鹦摇摇头，也同样小声回答："没关系。因为她原本以为，就算光阴飞快，你也不会长高。"

就如同对很多人而言，萧铮虞是不可能考上B大的一样，在不少人眼里，何向军是不可能长到一米八的。

事实证明他们都错了，何向军不仅长到了一米八，而且还在长高，如今虽然细胳膊细腿，力气却比白哲还大，硬是扛着白鹦30寸重达20公斤的行李箱，上了女生寝室四楼。

白鹦的寝室已经有两个室友到了，看到四人进来，原本想打招呼，结果迎面而来一个瘦高个子、长相可爱白净的男生，都愣了愣。

白鹦从何向军身后走过来冲她们打招呼："你们好，我是白鹦。"

两个女生怔了怔，随即露出笑脸跟她打招呼。

安排好一切，白鹦的父母以及何向军都离开后，白鹦跟两室友一块儿去办宽带，才得知第四位室友因为有省竞赛奖项，特别对待，调到精英班去了。

所谓的精英班，就是可以选择全校所有的专业，给予各种政策和资源上的优待。

白鹦寝室一共就三个女生。其中一个叫宋漾，问及何向军："那是你弟弟？"白鹦摇摇头："我高中同学，男闺蜜。"

宋漾立刻暧昧笑道："哦，不是男朋友吗？"

白鹦摇头，想了想，脸突然红了，她轻声回答："我男朋友不是他。"

她还没有男朋友，不过候选人还在水深火热中备考。

离正式开始军训还有两天，白鹦安排好事情，上完班会就回家找同学玩去了。

徐依依考上了外省一所不错的财经大学读会计，这跟她的性格完全不相符合，徐依依似乎自己也一点都不想读会计，但是她父母觉得，这专业比较好找工作。

江眉影考上了首都传媒大学，学习编导。但是高中同学中，或许只有白鹦知道，她父母都在北京，她一回北京就进了医院，她在高考时就已经得了很严重的抑郁症和厌食症。

高考结束的这个暑假，白鹦也参加过初中同学会，跟过往的老同学们见面，尴尬和怀念总是交织在一起，让人说不出的心情复杂。

往日那或阳光灿烂，或大雨倾盆，在校园里打打闹闹的日子，不知不觉已经过去了三年之久，却仿佛还在昨天，又似乎很遥远，遥远到再见到故人的时候，总是恍惚半晌。

李慕白高中毕业就直接去帮家里开面馆了。他变化不大，个子没长高，牙齿整过之后，看着整齐不少，人胖了一点。

用他自己的话说，这是"不发胖的厨师都不是好吃货"。

白鹭吃过一次李慕白家面馆的面，李慕白亲自下厨的，说是为了感谢当年的抄作业之恩。白鹭觉得有点太咸了。她还是放弃了这恩情比较好。

张丽莎考上了省内一所普通师范学校，学习学前教育。她长着圆圆脸，很可爱，脾气也好，应该是个出色的幼儿园老师。

三年多没有接触，当年初中最好的朋友再次相见，不免有些尴尬。

两人吃饭间隙一前一后出来到卫生间，在洗手台相遇的时候，视线在镜子里相撞，都愣了一秒。白鹭咧嘴微笑："你好。"

客套又生疏，耳边是卫生间内传来的酒店播放的轻音乐声，空气里凝固着尴尬的气氛。

白鹭一瞬间有些晃神。她跟张丽莎，以前是怎么相处的呢？她记得她们曾经那样亲密无间，手挽着手，讲着少女心事，可是这个时候，却只有不尴不尬的一句"你好"了吗？

张丽莎看到白鹭的笑，以及干净澄澈的双眼，怔了怔，随即也回以一个微笑："你好。"白鹭突然释然了。

中考前，两人看似和好了，但是却再没有联系过。时隔多年，再次相遇，其实没有深仇大恨，只是一些小事情积累起来的不忿和别扭，因为幼稚和任性，让诚挚的友情土崩瓦解。

而现在的一个微笑和一声"你好"，大概是真的泯然了。

两人肩并着肩往包厢走去。张丽莎轻声说道："你还是一样，很优秀。"

白鹭笑着摇摇头："我高中很无趣的，还是初中有趣多了。"

"哪里啊，你在哪里都跟发着光一样，自信优秀的女生，会让所有人都看见你的出色的。"张丽莎由衷感慨道。

白鹭不知道她为什么这样说，但是她感受到了张丽莎夸张的真情实感。

张丽莎顿了顿，突然提到："萧铮虞现在还在读高三。"

白鹭抿着唇点头，想了想，还是紧张地回答："嗯，我知道。"

这厮还是为了她留级的。

张丽莎敏锐地看了眼白鹭，眼神里带着了然，她突然"扑哧"一声笑道："你不要紧张，我知道的。"白鹭疑惑地看她。

"高一领成绩单的时候，知道他要留级，我跟他表白了。"张丽莎瞟了眼白鹦，眼角余光捕捉到了白鹦嘴角微不可察的僵硬，继续说道，"他说，他已经有喜欢的女孩子了，所以为了那个女孩子，他要留级，从头再来，努力进步成为能配得上那个女孩子的男人。"

白鹦喉间微哽，说不出话来。两人站在包厢门口，白鹦停住了脚步，看着张丽莎双手握住门把手。

张丽莎笑看着白鹦，轻声道："我想，只有你的优秀，才让他不顾一切地努力吧？"说罢，张丽莎双手微微用力，推开了门，包厢内的热闹和菜的香气顿时从门缝中涌出，扑面而来。

白鹦怔在原地，门缓缓在她面前合上。张丽莎说错了。她不优秀。她也不知道她哪里优秀了，能让萧铮虞对她这么好。或许换个说法，只有她的优秀，才配得上萧铮虞不顾一切的努力。

周日，白鹦在家整理了高三应考的所有学习资料，扛着重重的书包，骑着白哲平时通勤用的小电驴往南城高中驶去。

南高的高三在八月中旬就开学了，周末只放一天假。白鹦趁着今天萧铮虞放假，带着学习资料和学习计划去慰问他。

萧铮虞一早就眼巴巴等在了校门口。白鹦还是第一次见到萧铮虞穿南高的校服，比起浮高蓝白色的运动服式校服，南高的黑色制服不丑，但也绝对好看不到哪里去，要是姿势佝偻一点，就跟早晨满公园散步的老大爷一样。

偏偏萧铮虞个子高，人也挺拔精神，站在南高大门口，一身黑色制服，看着居然很好看，衬得他的肤色更加苍白冷艳，颇有一点日系美少年的感觉，只不过是《热血高校》里的那种。

白鹦骑着小电驴停到他面前，还没等萧铮虞说话，她就拧眉问："你夏天都没晒黑吗？"

萧铮虞原先在校田径队的时候可比现在黑不少，但是他似乎就不太容易晒黑。

"整天窝在家里和教室里学习，都不知道外面白天黑夜了，怎么会晒黑。"萧铮虞苦笑，伸手去提白鹦的背包。

白鹭脱下肩带,萧铮虞一提,满手沉甸甸的,他不免有些头皮发麻,小心翼翼地问:"没了吧?"白鹭一愣,随即反应过来,笑道:"你当我神仙吗?一个高三整理这么多资料够多了,你还想要多少。"

萧铮虞立刻松了口气,心道,白鹭做笔记的仔细程度他了如指掌,复读高一到现在,他可是靠着白鹭整理的学习资料才能闯进年级前五十的。他毫不怀疑,再给白鹭一个月,她能再整理出一书包的资料来。

"你等我一下,我去把书放教室去,等会儿我带你去吃饭。"萧铮虞见到白鹭心情如同拨开云雾见天晴一样敞亮,脸带着无法抑制的笑说道。

白鹭想了想,问:"电动车可以开校园里去吗?我跟你一块儿去吧?"

她想看看萧铮虞的教室是怎么样的。

南高管理比浮高要严,但是既然是周末,就没那么多规矩。

白鹭不给萧铮虞掌控车把手的资格,一定要自己载着萧铮虞骑着小电驴进校园。萧铮虞争不过她,只得将脸埋进书包里,脑门抵在白鹭背上,生怕被同学和门卫看到自己。太丢人了,他一米八二的大男人,被一个一米六多点的女孩子骑着小巧的电驴载着。

白鹭笑得灿烂,在疾风中放大声音笑他:"你就把我当你姐姐,就不觉得丢人了!"萧铮虞头也不抬,低声回答:"那就更丢人了!"

把自己喜欢的女孩儿当成自己姐姐,他怕不是有病吧。

南高和浮高的学习氛围很不一样。浮高管理很松,生源好,师资力量好,全靠学生自控能力和学习方法。南高生源一般,只能靠严抓纪律,多补课。

因此,南高每个班级的教室里面都有三只监控,还没有空调。

天气正当炎热,教学楼更是跟火炉一样,酷热难当。

萧铮虞一手提着白鹭的书包,另一手握成拳,拳边便是白鹭垂着的右手。白鹭好奇地左顾右盼,一边跟着萧铮虞往他教室走去,一边打量着南高的布局装潢,不知道萧铮虞的纠结。

他的左手,三番五次张开五指想要扣住白鹭的手指,但是却都因为时不时走过来的同学和走廊设置的监控而作罢。最后,他只能用力捏成拳,心里咬牙切齿萧铮虞的教室在五楼顶楼，楼顶是天台，没有瓦片也没有绿化，盛夏的阳光洒在顶楼天花板顶上，他们的教室就跟蒸炉一样，能将人蒸熟。

白鹦一进萧铮虞的教室就觉得热得快昏过去了。他们教室里还有别的同学在做作业，白鹦刚喊了一声"热"，就看到了陌生人，立刻闭上了嘴。

萧铮虞知道她面对陌生人不怎么爱说话，低声让她跟着自己，领着她到最后排自己的位子上，把重重的书包放到了桌子上。

白鹦打量了一遍教室内的布局，靠近萧铮虞小声问："你们怎么空调都没有呀……还有这么多监控？"

"那个，老师晚自习监视我们的，这个，有录音和夜视功能，那个，你们学校应该也有，高考时候用的。"萧铮虞指着四面八方的监控回答，"我们校长说，有空调太舒服，大家容易打瞌睡。"

"可是这么热，哪学得进去啊。"白鹦有些担忧，抬眼盯着萧铮虞的脸，见他额上出了一层薄汗，轻声嘟囔，"很容易中暑的，你多备着药，小心点。"

白鹦的手臂几乎挨着自己，她身上微甜的沐浴乳的香气隐隐约约拂过自己的鼻尖。她离自己就这么近，声音低低的，很小声，软软糯糯，让他想起了她读高三的时候，晚上跟自己通电话，倾诉自己的学习压力时的声音，也是这样软糯，带着点撒娇和小任性，让人心里软成一摊甜水。

萧铮虞原本燥热的身体瞬间变得通身舒适，甚至都凉爽起来，他心情极好地笑道："嗯，放心，我已经锻炼出来了。这可是我在这个学校待的第四年。"

他不说还好，一说白鹦就又心疼又愧疚，急忙打开书包把书拿出来，一本一本给他介绍："来，我给你说说，这个是数学的笔记，这本是我的错题集，里面有一些经典的题目，这本是一些公式的拆解整理，你多背背，很有用的……"

"唉，老萧，这位同学我怎么没见过呀？"教室里其中一位留校学习的学生转过身，突然对萧铮虞喊道，脸上带着调皮暧昧的笑意。

白鹦的声音戛然而止，她看了看那个人，又扭头瞄了眼萧铮虞，见他脸上带了点犹豫和为难，随即清亮的声音响彻整个教室："我是他姐。"

"……"萧铮虞瞪向白鹦，气得说不出话来。

他刚才只是在想，怎么表达能让人理解，白鹦是他预定了的恋人，不要被人盯上。她倒好，张口就瞎说。

隔了几秒，白鹦又补充道："谢谢你们平时照顾我弟弟啦。"

萧铮虞脸一阵青一阵白，低头，咬牙切齿低声说道："你别说话了！"

萧铮虞不高兴了。

整理完书，他一直都板着张脸，脸色阴沉沉的，带着白鹦去校门口的美食街觅食的时候，话都不愿意说一句。

白鹦哭笑不得，探头探脑打量他的脸色，笑问："有什么好生气的啊？"

萧铮虞瞥了她一眼，低声回答："你还比我小了半岁呢，也好意思自称我姐。"

白鹦抿唇调笑他："可是，以后我是你学姐啊。"

萧铮虞一怔，随即反应过来，看着她，嘴角忍不住上扬。

这是对未来多么美好的憧憬和设想。他考入白鹦所在的B大，成为白鹦低一届的学弟，牵着白鹦的手在校园里光明正大地散步、谈心。

他们认识六年了，却没有牵过手。这样的未来对他们来说，美好无比。

萧铮虞抑制不住的笑让白鹦看着忍不住偷笑。他带着白鹦拐了个弯，进入美食街的一条巷子里。

"里面有一家烤肉很好吃。你喜欢吃烤肉吧？"萧铮虞扭头问。

现在是周末，大部分学生都回家了，此时此刻巷子里空荡荡的，没有人，只有开着的几家小餐馆，都门可罗雀。

萧铮虞回头等着白鹦回答，就看见白鹦抿着唇，嘴角带上了一个好看的弧度，眼睛微微弯起，溢满笑意。

闷热的夏末，微凉的小巷子里，少女的气息忽然扑来，他垂落的右手手心一暖，一只轻柔的小手抓住了他的手掌。

萧铮虞瞳孔一缩，紧紧盯着白鹦的脸，眼神里带着难以置信，一时间没有反应过来。

白鹦轻笑："我挺喜欢吃烤肉的，带我去吧。"

萧铮虞眨眨眼，感觉自己手都有些发颤。他忽然紧张了起来。

但是握住自己手掌的柔荑，手指尖冰凉，也在微微颤抖。萧铮虞突然就冷静了下来。

两人的心情是如此的相似，没有任何言语的沟通，但是却保持着同样的步调。

他随即反手握住了白鹦的手，十指紧扣，在这条没有路人的小巷子里，短短几十步的路程，短暂而亲昵地牵手。

白鹦的左顾右盼都是故作镇定。她也想跟萧铮虞能手拉着手，也想在萧铮虞的同学面前，正大光明地介绍自己是他的女朋友。

只是现在不适合。但是没有关系，不急，他们都可以等。

认识六年，三年的陌生人，三年的朋友以上，还缺这一年的恋人未满吗？

她能等，他当然也能等。

两人做了约定，等萧铮虞高考结束，读了大学，两人才正式在一起。

何向军在遥远的首都发来了鄙夷："矫情。"

几个月的军校磨砺，足够让原先嘴毒话不少的何向军变得沉默又精练，当然，皮肤也变黑了。

白鹦军训结束的时候，何向军还没开学，因此军训期间经常带着萧铮虞的嘱托买水果茶和冰激凌来探望。

每次探望都会嘲讽白鹦晒黑了。

他自己晒黑了，但是没人看得见，只会用精练的语言批判白鹦矫情。

"想爱就爱咯，神神道道，磨磨唧唧。"

白鹦古板又爱计划："不能影响他考试，你瞎指导什么呢。"

"我好不容易有空打电话，不给我爸妈打，跟你通话，你就这样说我？"何向军气道。

"我是关心一下你啦，你细胳膊细腿的，怕你受不住训练。"白鹦明里暗里笑他。

何向军生气，咬牙切齿："你等着。"

说完，他"啪"地挂了电话，留下几声忙音，让白鹦莫名其妙。正当白鹦无所适从的时候，突然收到何向军发来的微信。

白鹦打开一看，赫然是何向军对着镜子自拍的一张肌肉照，角度极其清奇，虽然黑了不少,但依旧可爱漂亮的娃娃脸一脸不可一世的表情,脖子以下却一身腱子肉,又黑又壮,而且个子高大。

紧接着,何向军又发来一条微信:"我现在一米九了。"

白鹦庆幸自己没在喝水,不然她会笑喷出来。

她立刻将何向军的照片和聊天记录截图发给萧铮虞、徐依依和马可。

"金刚芭比——阿军。"

萧铮虞觉得,梧岳寺的算命先生真的很灵。老先生当初给何向军算命,说他以后能长到一米九,健壮高大,结果当时娘分分的小矮子何向军以为自己受到了嘲讽,气呼呼地回家骂了老先生半天。

现在,娘分分的小矮子励志成为军人,居然真将自己练成了健壮高大的金刚,只是配上他可爱的娃娃脸,白鹦的形容词一点儿都没错——金刚芭比。

他晚上睡前跟白鹦打电话,就问:"那……当时那老先生还说我高中状元,考名牌大学呢。"

白鹦认真想了想说:"按照南高往年的成绩来看,要考B大,的确是南高的状元了。"

萧铮虞感觉脑袋上一下子顶了如山重的无形压力,有些沮丧:"太难了……"

白鹦在寝室里跷着脚看意大利语教材,听他那么沮丧的声音,立刻坐直身子,安慰他:"不难啦,你现在离第一名也就差个二三十名,就算考不上B大,也绝对不会差的。浮城还有其他几所不错的学校啦,我们离得不会很远的。"

白鹦很显然不是个会安慰人的人。但是她的话对萧铮虞来说,却有极强的抚慰力量。

当初白鹦高考压力大,经常给萧铮虞打电话倾诉。现如今,轮到萧铮虞高考,两人的角色换了过来。萧铮虞终于明白了一件事情,白鹦当初并不一定是真的想要求安慰、求开解才会找自己。她只是单纯想要跟自己聊天,听自己的声音。

就跟现在的自己一样,他一听见白鹦清脆软糯的声音,就感觉一天的疲惫和压力都一扫而空,比放假还有效。

白鹦的大学生活过得不算轻松。意大利语很难学，对她来说，一门完全没有接触过的语言，而且语言体系完全不同，入门就极其困难了。

　　白鹦对自己的要求挺高，依旧认真学习，经常去阅览室自习，但是进入大学，她也学会了与人交往，毕竟她跟室友得一起生活四年。

　　白鹦的两个室友也是学霸级的人物，三个人性格迥异，但是相处得意外很和谐，一样都在意大利语的摧残下苦不堪言，可是三人互帮互助，痛并快乐着。

　　室友宋漾性格比较随性，讲话也有趣，会让白鹦想到徐依依那厮。

　　鉴于白鹦经常跟萧铮虞夜聊，聊天也不避着她们，宋漾大概也知道了跟白鹦通电话的男生是什么情况，一番追问下，也知道了他们之间有什么样的故事。

　　宋漾夸张地号道："不给我们看照片就孤立你！"

　　白鹦被她逗得花枝乱颤，顺手将手机相册打开递给她。

　　她手机里没有几张萧铮虞的照片，她自己本人就不喜欢自拍，但是萧铮虞却挺自恋的，拿着白鹦的手机自拍了几张，其中有一张还是两人的合影。白鹦侧着脸避开镜头，用手挡着脸，手却被萧铮虞捉下来抓拍到的一张合影。

　　萧铮虞自恋归自恋，自拍的角度跟何向军一样清奇。只是有颜任性，角度清奇，但是脸还是英俊的。

　　宋漾一边翻一边哀号："你还有认识这样的帅哥吗？我也要！"

　　另一个室友左荔凑在她旁边看着，也跟着叫。

　　宋漾手指一划，正好划出了何向军对着镜子自恋的那张"金刚芭比"自拍照，她一怔，随即满脸通红。

　　白鹦见她突然没了声音，扭头看她，就见宋漾把手机屏幕转向她，一脸羞涩地问："这位壮士……能介绍给我吗？"

　　白鹦拧眉，一脸疑惑："你见过他啊……开学那时候，他帮我搬行李，你还问是不是我弟弟呢。"

　　宋漾和左荔都一脸茫然，思忖片刻才恍然大悟。

　　"天哪！"宋漾拍掌喊道，"那时候是'白斩鸡'，没想到现在会变成一个'金刚芭比'啊。"

　　白鹦抽了抽嘴角。她不知道，宋漾喜欢这类型的。

白鹦的大学生活按部就班地过着，她一直很淡然，也没有怎么参加社团活动。她冥冥之中总有一种在等待着什么的感受。

或许对她自己来说，萧铮虞来，大学生活才正式开始吧。

这一年以来，也有男生追求过白鹦，白鹦毫不分心，都一一拒绝。

秋去春来，萧铮虞迎来高中最后一学期。

周五，白鹦整理着轻便的行李，准备周末回家，突然接到萧铮虞打来的一个电话。

她一接起来，就听到萧铮虞在电话另一头强压着欣喜若狂的声音："鹦鹉，我能参加B大的自主招生了。"

白鹦一怔，随即紧紧握着手机惊喜道："真的假的？"

萧铮虞似乎在赶路，声音微喘，带着颤音，却掩盖不住喜悦："学校拿到两个推荐名额，加上我是二级运动员，参加过省赛，所以学校把名额给我了。"

白鹦像是比自己拿到推荐资格还要高兴一样，几乎开心地想要跳起来，在寝室里转了好几圈不知道自己该往哪里走，最后冷静下来坐到椅子上，说道："你周末快回家，我教你面试。"

萧铮虞轻笑一声："我正在回家的公交车上呢。"

白鹦拎起行李包，跟室友挥了挥手，往门外走去："嗯，我现在也要去地铁站，马上回家。"

埋头努力，忐忑不安地等待自己的进步和结果，都不如一个出人意料的惊喜来得让人欣喜若狂。像是看到了希望，两人都同时向着一起努力的未来狂奔。

萧铮虞有多努力，身边所有人都看得出来。

白鹦特地跑到萧铮虞家，给他特训面试，但是两人都没想到的是，白鹦前脚刚进萧家的门，后脚，萧爸爸就回家了。场面一度很尴尬。

三人在客厅面面相觑着，说不出一句话来。

最后萧铮虞轻声问："爸……你怎么这个时候回来……"

萧父定定地盯着白鹦看了几秒，随即移开视线，弯下腰换鞋子，轻咳一声回答："回家拿点东西，在家住两晚，忘记跟你说了。"

"哦……"

客厅里一时间又沉默了。

白鹦和萧铮虞站在沙发边上，小心地盯着萧父踩着地板走进来，一边在客厅柜子里翻找东西，一边问："你女朋友啊？"两人对视一眼，随即红透了脸。

萧铮虞急忙否认："不是……她是我……初中同学，叫白鹦，高中跟阿军同班的，在B大读书，来教我面试的。"

萧铮虞刚跟萧父提过自主招生的事情，听到这，萧父动作一顿，随即回头看白鹦，眼里带着赞赏："B大，才女啊，你怎么不多学着点？"

"我现在就在学啊。"萧铮虞说着。

萧父点点头，不尴不尬地跟白鹦互相打了招呼客套了几句，随即往主卧里走去找东西，过了片刻出来，一边往屋外走一边说道："我给你卡里打了点钱，最近多吃点补补身子，晚上也带你朋友出去吃顿大餐。人家帮你也是需要时间和精力的。"

萧铮虞没料到父亲突然给自己打钱，应了声，拿过手机看自己的账户。

随后萧父又对白鹦感谢道："白鹦，谢谢你。这臭小子现在能有这么大进步，你一定功不可没。"

明明是一位正经严肃的父亲对自己的感谢，白鹦却立刻听懂了他话里的暗示，脸瞬间红透了，耳根子都红得透明。她摇了摇头："呃……没有……"

萧父一边换鞋子一边说道："小虞这个孩子，敏感又缺爱，你多包容一点。叔叔今天还有事没法招待你，见谅啊，下次再好好招待。"

白鹦挠了挠脸，僵硬地点头："……好。"

门轻轻合上，屋内只剩下萧铮虞和白鹦两人。

两人对视一眼，皆从对方眼里看到了哭笑不得的无奈。

"敏感又缺爱。"白鹦说着，"扑哧"一声笑出来。

萧铮虞嘟囔道："那你要多多包容我啊。"

白鹦红着耳根剜了他一眼，拍拍桌子："快点，把我给你的题目看一遍，想想怎么回答我。"

萧铮虞偷笑看着她通红的耳朵，嘴上念着题目，心里不知道在想什么。

两人练习面试休息的时候，白鹦征得萧铮虞的允许，就在他家里稍微参观了一下。他毫不介意白鹦进他的房间，甚至还拉着白鹦进房间，给她展示自己收藏的漫画和手办。

白鹦虽然看漫画不多，但是挺感兴趣的，稍微翻了翻，结果一眼瞥到书架上放着的一本粉红色封皮的硬壳手账本——特别眼熟。

手账本外面还套了个透明PVC壳子保护，白鹦伸手想抽出来看看是不是自己印象里的那本，手腕突然就被萧铮虞捉住了。

白鹦抬起眼看他，萧铮虞红着脸支支吾吾道："呃……你要吃水果吗？"

"可以啊。"她应了声，然后问，"这本是我的吗？"

萧铮虞干咳一声，顾左右而言他："我们去外面吃水果吧。"

白鹦点点头，萧铮虞松了口气，急忙带着她转身去卧室外，却不想白鹦趁他转身，突然回头将本子抽出来。果然，那是她的那本本子，与此同时，本子里还掉出了一封满是皱褶的蓝色信封。

听见动静，萧铮虞急忙回过头阻止，但已经晚了，他哀号了一声。

白鹦抬眼看他："……什么东西……"

本子是萧铮虞高价跟别人买的。信是当初转学前想给白鹦的。不是什么情书，只写了一行字："谢谢你出现过。"连个署名都没有。又傻，又矫情。

白鹦笑了萧铮虞一天。

萧铮虞气得不停强调："今天是来辅导面试的！白老师！"

白鹦擦着眼角笑出来的泪水点头："好的，唉，怪不得你不喜欢李慕白。"

被那家伙从中作梗了那么多事，能喜欢得起来吗？

萧铮虞最后的面试挺顺利的，只是他的成绩和学校资历不够，最后B大给了萧铮虞一个加分优惠，报考B大，高考分数加15分。

虽然不如白鹦当时的保送，却也是莫大的优惠了。这相当于送了三道选择题的分数了。

萧铮虞信心百倍，心态良好地参加了高考。

事实证明，心态好、考试状态好极大地影响了最后的成绩。

等高考成绩的那个晚上，白鹦跑到了那家"老地方"烧烤摊，跟何向军一起陪着萧铮虞等成绩。

手机"叮"一声收入短信的时候，三个人都浑身一震。

萧铮虞舔了舔干涩的嘴唇，问："鹦鹉，你帮我查分？"

白鹦查自己分数的时候没有丝毫紧张感，但是到了萧铮虞这里，却比本人还紧张。

她急忙把手机丢给何向军："阿军你来。"

何向军经历一年的磨砺，健硕得有三个白鹦那么高大威武，胆子和底气也足了，他翻了个白眼，接过手机说道："看你们这胆子，我来！"

他嘴上这样漫不经心喊着，手心却也有些微微冒冷汗，但手指尖却冰凉。

白鹦和萧铮虞紧张地看着他手指在屏幕上轻点，蓝色的屏幕光照着他的脸晦暗不明，神色有些古怪。

白鹦轻声问："怎么样……"何向军沉着脸不说话。

白鹦心里"咯噔"一声，匆忙瞥了眼萧铮虞，就见他绷着脸，看着也知道大事不好了。

白鹦扯开一个僵硬的笑，安慰道："好不好你说一声嘛……至少上了一本线吧……上了一本就行啦，对吧。"

萧铮虞喉结微动，看着白鹦，冲她勾了勾嘴角，没说话。白鹦却看出他神色里的失落。

白鹦有些难受，抓住何向军硬邦邦的胳膊问："阿军，说话呀，到底怎么样？"

见他不说话，白鹦干脆站起来凑过去看手机屏幕，哪知道何向军突然站起来背过身去，高大的个子跟座山一样挡住白鹦的视线，急得白鹦上蹿下跳想要去勾何向军的胳膊。

萧铮虞捉住白鹦的胳膊，轻轻拍了拍小声安抚她，随后拍拍何向军的肩膀："手机还我。"

何向军转身，露出一个狡黠的笑，问："你B大加几分来着？"

白鹦脸色一变，瞪大双眼抢答："15分……你问这做什么？"

何向军将手机丢给萧铮虞，长腿一伸，勾住塑料凳子到自己屁股下面，坐了下来，笑道："15分，可能可以上线呢。"说着，他拿起一听啤酒猛灌一口。

白鹦看向萧铮虞，就见他一脸呆滞地看着自己的手机屏幕，半张着嘴，脸上的表情前所未有的痴傻，看着像是被惊呆了。

"你……怎么样？"白鹦抿了抿唇，轻声问。

萧铮虞突然往前走了几步，一把将白鹦按进自己怀里，力道大得白鹦差点喘不上气来。

他贴着白鹦的耳根，低声说道："我现在，大概可以叫你学姐了。"

白鹦愣了愣，反应了过来，双眼泛红，笑道："等你收到录取通知书再说吧。"

"那……你答应成为我女朋友吧。"萧铮虞换了个说法。

白鹦低低应了一声，脸埋进萧铮虞的胸口，耳根通红，在萧铮虞怀里感觉自己快要冒烟了。

何向军吃了口羊肉串，灌了口啤酒，翻了个白眼，大声嚷道："现在虽然就我们一桌客人，但也不是你们演偶像剧的地方啊。对吧，老板？"

坐在一旁用手机看电视剧的老板突然被叫，一脸茫然地抬头看过来，傻乎乎地笑了笑。

何向军抬头看着黑沉沉的夜空，轻叹："青春，真美好呢。爱情，真有点该死地向往。"

他这个线人加媒人，可以功成身退了吧？

Chapter 13
我认识你，一直记着你

　　白鹦大一的暑假，是萧铮虞最清闲的一个夏天。确认能上 B 大之后，他的一帮狐朋狗友给他开了个庆功宴。

　　梧岳寺的算命先生真乃神人也，算准了何向军可以长到一米九不说，也算准了萧铮虞能成为状元——加上 15 分，萧铮虞果真成了南高的理科高考状元。

　　徐依依在餐桌上，提高声音喊道："祝贺老萧金榜题名！"

　　马可有点吃味，咋舌："真没想到昔日'吊车尾'的老萧居然能考入 B 大。"

　　徐依依斜了他一眼："也不看看是谁调教出来的。"说罢，一桌人暧昧地看着白鹦，似笑非笑。

　　白鹦红着脸，不知道该回答什么，萧铮虞举起酒杯轻笑一声："我大概是白鹦最听话的学生了吧。""拉倒吧，我可没当过老师。"白鹦斜眼睨他。

　　萧铮虞有几个同班同学也在座，看见白鹦的时候倒没有别的想法，思想单纯得很，见知情人士们对着白鹦这样暧昧，悄声问离得最近的马可："这位叫白鹦的女孩子，跟老萧是不是有什么我们不知道的事情啊？"

　　马可一头雾水："什么？"

　　"那个女孩子，跟老萧不是亲姐弟啊，姓白？"一个同学疑惑。

　　萧铮虞拿了罐椰汁给白鹦，轻声说道："你别喝酒了，酒量又不好。别人哄你喝你别理，或者喊我一声。"

　　白鹦点点头："你也别喝太多，等会儿耍酒疯我可送不回去。让阿军帮你喝，他海量。"

自从萧铮虞金榜题名，萧父扬眉吐气，对萧铮虞是有求必应，又是在B大旁边买了套公寓，又是给他买了辆保时捷代步。然而萧铮虞还在考驾照，倒是白鹦偶尔还开了几次练手。用徐依依的话来说："拿保时捷练手，腿都软了。"

白鹦觉得，腿软不软不知道，萧铮虞没考出驾照，坐副驾驶话还挺多的，总喜欢指指点点。喝了酒估计更加粘人，她生怕影响自己开车，叮嘱好几遍。

两人还在小声说着话，就听见对面马可那爆发一声大笑："哈哈哈，你说啥？姐弟？他俩哪里像姐弟了？"

一桌人都奇怪地看过去，马可一边捂着肚子笑，眼泪都快笑出来了，一边对着萧铮虞跟白鹦说道："老萧，你同学说白鹦是你姐姐？你们还喜欢角色扮演啊？"

白鹦一怔，随即抿着唇满脸通红，迎面就看到萧铮虞投过来的憋屈又无奈的眼神。她哪知道这家伙都没有跟同学解释的……闹了误会可跟她无关。

萧铮虞的父亲难得有了空闲时间，十几年来第一次带着萧铮虞出门旅游，父子俩一块儿去欧洲玩了一圈。萧铮虞原本还想带着白鹦一块儿去，但因为自己父亲也在，想想也就作罢了。

英国伦敦拥有世界上最古老的地铁，错综复杂，如同迷宫一样，地铁的墙面甚至都画满各种涂鸦。发色肤色迥异的人们来来往往，繁忙不堪。萧铮虞跟着萧父随着人群走出地铁，一抬头就看见了漂亮古老的大本钟。

泰晤士河上，川流不息的水上巴士贯通整个伦敦市区，从最繁华的大本钟到站尾的格林尼治大学。

萧铮虞站在岸边，港口的风吹过，他手上握着一杯星巴克的咖啡，海鸥在天空翱翔着，河岸旁的小公园有鸽子"咕咕咕"地撒娇求食，飞舞蹦跳着争抢面包屑。

盛夏，这个纬度比浮城高的岛国空气清新，气候湿润凉爽，当太阳拨开云雾洒下阳光的时候，心扉都似乎被打开一样，神清气爽，温暖舒适。

很美，也很惬意，特别是在这样一个没有任何升学压力和烦恼的特殊阶段。

只是越是美好，萧铮虞就越想念白鹦。在这种美丽的时刻，站在他身边，跟自己手牵手喂着鸽子的，难道不应该是她吗？

港口水上巴士站里，萧父匆匆推开门走出来，手上捏着两张一日船票，冲萧铮虞挥了挥手，走过来。

"最近一班船在五分钟后，我们先去格林尼治天文台，然后从上面往下玩回来，晚上去坐伦敦眼。"萧父说着，一抬眼，就见萧铮虞在出神，"你在听吗？"

萧铮虞摇摇头："没有。"萧父正带着不满想说话，手里突然被塞进一只咖啡杯，就见萧铮虞丢下一句："等会儿。"扭头匆匆往十几米开外的小商店走去。

商店有一个橱窗，挂着漂亮的伦敦特色明信片，萧铮虞方才出神，左顾右盼的时候突然发现了那些漂亮的明信片。

他抿着唇没说话，挑了几张，顺便买了邮票，揣着这几张纸质物件就跑回了水上巴士站。

"买这些东西做什么？"萧父分明知道什么，却装傻问。

轮船正好靠岸，船上风挺大，萧铮虞裹紧了身上的连帽卫衣，双手插在口袋里，面无表情地丢下一句："寄。"说罢就钻进船舱，找了个靠窗的座位坐了下来。

萧父跟着坐在了他的身旁，又问："寄给谁？"

他似笑非笑地盯着萧铮虞的耳根渐渐泛红，眼里带笑。

萧铮虞一手正在窗台边上，眼睛一瞬不瞬地望着窗外缓缓划过的伦敦街景，伦敦大桥细长的桥身缓缓划过。"同学。"他低声念道。

萧父瞥了他一眼，也不点破，递给他自己随身携带的钢笔："现在有空就写点东西，过会儿找到邮筒就寄了。回头拍点漂亮的照片，买点好吃的零食带回去送她。"

萧铮虞看到出现在眼前的黑色雕花万宝龙钢笔，愣了愣，随即听见自己父亲话里的深意，心里对白鹦的想念突然再也遏制不住地涌上心头。

他接过钢笔，将明信片放在膝盖上，埋头整整齐齐地写字，眼眶却渐渐泛热。

从英国辗转法国、德国，再北上去往北欧，萧铮虞养成了一个习惯，每到一座城市，就会给白鹦寄一张印有那座城市标志性建筑图案的明信片。

也不知道白鹦最终能收到几张明信片，来得及看见几句他写下之后就后悔的矫情句子。但是对萧铮虞来说，每寄出一张，就像是传达了一次想念，他的心也能平静一瞬。

在巴黎的一家咖啡店喝下午茶休息的时候，趁着萧父去买东西，萧铮虞给白鹦打了个电话。

他算了算时间，这个时候国内正好晚上九点，白鹦不会睡觉。

白鹦正好跟徐依依在街上逛街，徐依依把东西交给她，自己跑去上厕所。白鹦拎着大袋小袋的东西，满手沉甸甸的，手机在包里响起来的时候，她费了好大劲才腾出手将手机取出来。等一看见手机屏幕上亮起的号码奇怪的手机号，地区显示国际来电，她第一时间就反应过来，是萧铮虞。

白鹦突然惊醒一般，匆匆将购物袋往墙边一靠，人站在墙角，接起电话。

她舔了舔干涩的嘴唇，紧张地说道："喂，哪位？"

跨越两个大洲，翻山越岭的信号伴随嘈杂的电流声，滋滋啦啦的，混杂着对方忽然凌乱的呼吸声，白鹦感觉自己心脏都停跳了。

"鹦鹉，是我。"听筒里传来熟悉的清冽又微微低沉的声音，似乎还有点沙哑。

白鹦鼻子一酸，紧咬着牙关才没让自己突然颤抖的呼吸声泄露自己的情绪。

"嗯……我猜就是你。"她笑道。

萧铮虞轻笑一声，然后问："我给你带了很多巧克力，都是你爱吃的口味。"

白鹦本来尚能克制自己想他的情绪，突然听见这句话，心忽然软成一摊，再也抑制不住情绪，眼眶红了，瘪着嘴，眼泪夺眶而出。

这个傻子，在那么远的地球另一端跟自己的父亲旅游，还想着给自己买巧克力就算了，哪有难得给自己打一次电话，就报告自己买了巧克力的啊。

他真是个傻子。可是傻得那么可爱。

萧铮虞分明听见了白鹦哽咽的声音，一下子慌了，问了好几声："鹦鹉，你怎么了？是不是哭了？我是不是说错话了？别哭呀，鹦鹉，我跟你道歉。"

白鹦吸了吸鼻子，轻声念叨："笨蛋，我是想你了……"

电话那头蓦地没了声响，只听见萧铮虞乱了的呼吸带着显而易见的紧张微颤。

徐依依从卫生间出来，手上还带着微湿的水汽，低头找纸巾擦手，一抬眼就看见白鹦站在墙根，红着眼睛提着几只购物袋，另外几只凌乱地摆在脚边，她一边抽泣一边打电话。

192

徐依依大惊失色，冲过来喊道："鹦鹉！你怎么了？！哪个人欺负你了？！"

萧铮虞的声音从听筒贴着白鹦耳朵传过来："我也想你，我……"

接下来的话，被徐依依夸张的喊叫声都掩盖住了。

白鹦无奈地翻了个白眼，哭笑不得。人也真是奇怪的动物。

过去七年的时光，从没有过多接触，也极少交心，聚少离多。可是眼下，不过短短一个月的分离，却挖空了两人的心，思念可劲地折磨着两人。

他们什么时候，在这样不知不觉间，竟然变得如此密不可分了？

萧铮虞在欧洲玩了一个多月才回家。

接到萧铮虞打来的电话，彼时的白鹦正从家教的学生家里出来，刚走进地铁站，就看到那个眼熟的移动电话号码久违地在屏幕上跳动。

白鹦背脊挺直，站在了原地，随即急急忙忙接起电话，明明焦急得不得了，声音却极力压制着急切，显示出自己的淡定："喂。"

"鹦鹉，我回来了！你在哪里？"萧铮虞激动的声音在电话另一头喊道。

白鹦站在地铁站口，眼泪一下就堵在了眼眶里，她鼻子酸疼，低声埋怨问："你在哪里？回来为什么不提前告诉我，我好去接你！"

萧铮虞慌了神："你生气了吗？我是想给你个惊喜，我爸的司机来接我们了，我先去找你？"

白鹦应了声，匆匆往家里赶，想将自己装着高中补习资料的课本放回家再去见萧铮虞。

她也不知道自己怎么会突然情绪失控，这么脆弱。明明以前极少哭，可是现在跟萧铮虞在一起之后，她却更加容易哭闹，像是讨要糖吃、被宠坏的小女孩，一遇到委屈的、生气的、难过的事情，就激动得掉眼泪、撒娇，等着萧铮虞来安慰自己。

她知道自己这样不好，可是她控制不了自己想要撒娇的想法。

白鹦早早到了家把包一放，从冰箱里拿了两罐可乐，下了楼，站在楼下等了一会儿。

闷热的空气卷席着热浪，知了声在叫嚣着最后一点余晖，临近傍晚，太阳西斜,热辣的阳光直接照在地面,白鹦感觉地面像在冒烟一样滚烫。

她等了一会儿,无聊地跑去收件箱处,打开自己家的那一格,顿时愣在了原地。

收件箱格子里,凌乱地摆了四五张明信片,颜色各异,混杂在一堆广告单里,异常显眼。也不知道它们在脏兮兮的收件箱里委屈地待了多久。

白鹦把手里的冰可乐放在一旁,手心里还有冰凉的水珠,她干脆擦在衣服上,伸手小心地将明信片抽出来。

明信片很脏,手指一触及明信片,就感觉粘上了一层薄灰。白鹦轻轻吹干净那一张张漂洋过海的明信片,每张明信片背面都印着一座座熟悉的欧洲国家的标志性建筑,另一面则是那眼熟漂亮的钢笔字,以及一个个形状各异、颜色不同的邮戳,时间间隔得很短。

7月25日,7月28日,7月29日……

最后一张是8月3日。

萧铮虞英语不好,但写了一手漂亮的花体字。简单的"China"这一个单词都被他写出了花来,可写到她的地址、名字的时候,却工整认真,像在誊写钢笔字帖一般严谨。每张的空白处都写了一句话。

7月25日。

我在泰晤士河上,写你的名字的时候手在抖,白鹦,我多希望坐我身边的是你。

7月28日。

白鹦,我给你买了巧克力,你一定会喜欢的。

7月29日。

我很想你。

7月31日。

今天在巴黎,刚才给你打了个电话,你也想我,我很开心。

8月3日。

Je vous connais, depuis toujours.

白鹦主修意大利语,但也辅修了法语来提高自己的语言知识面。

一看见这行字,她的双眼立刻就红了。

杜拉斯的《情人》里，一眼万年的这句情话："我认识你，一直记着你。"

她怎么不知道，老萧是个这么有学问又浪漫的人呢？她还以为，这家伙只会说"我给你买了巧克力"呢。

她眼眶含泪，捏着这几张翻山越岭、漂洋过海的明信片，站在大太阳底下。

漂亮的黑色奔驰拐了个弯，正好停在白鹦家楼下。车门打开，一个高个子男生下了车，看见背对着他站在收件箱旁发呆的女孩背影，惊喜地呼唤一声："鹦鹉！"白鹦浑身一震，回头看他，瘪着嘴眼里噙着泪，眼神带着怨怼。

萧铮虞一怔，随即视线下移看见她手里的明信片，眨眨眼，顿时红透了脸。

他写的时候不觉得羞耻，但不代表看见白鹦亲手打开信箱，阅读明信片的时候，他不会感到羞耻。

萧铮虞说："我在巴黎一家旧书店的墙上发现印了这句话的，店主会中文，告诉我是这个意思。"

白鹦问："那为什么要写给我？"

萧铮虞挠挠脸颊，有些不好意思："因为，这句话就好像在说我对你的感觉一样。"他没有多说一句，白鹦却明白他话里的意思。

一眼万年，第一眼对视就确认是这个人，从此以后，眼里，心里，都装进了这个人，一直忘不掉。

他第一次看自己的时候，眼里带着的微微笑意，嘴角微微勾起的弧度，白鹦甚至能精确还原那勾起的角度，分毫不差。

我认识你，我一直记着你。我看见你，我一直爱着你。

萧铮虞没有告诉白鹦，他第一次见白鹦，比白鹦认识自己更早。早到他甚至都不知道白鹦是谁，叫什么名字。

只是那一个灿烂的笑脸，阳光正好透过树梢，洒在她笑脸上的时机正正好，然后就这样，正正好好撞进了他的心里。

一撞，就装了七年之久，他想，还会有第二个七年，第三个七年……直到再没有时间。

萧铮虞不肯回顾自己写的幼稚矫情的话，拿着自己买了一行李箱的礼物来转移话题。

他一将行李箱搬下车，萧父就催促司机开车离开了。

白鹦看萧铮虞眼底一圈乌青，知道他现在还没倒时差，肯定困得很，却偏偏还第一时间赶来见自己。

她接过行李箱手柄，心疼道："你快回家休息吧，我自己能带上去。"

萧铮虞不肯走，问："你家里有人吗？"

白鹦一怔，她家现在的确没人，正巧白哲和王莉莉去参加朋友女儿的婚礼去了，不到九点半以后是回不来的。

她知道萧铮虞是什么想法，本想矜持拒绝，可是见他满脸疲惫，眼神可怜兮兮带着央求，又是不忍，只好无奈地笑道："走吧。"

她转身往电梯口走，听见身后萧铮虞发出一声轻轻的欢呼，忍不住勾起了嘴角。

男生无论长到什么岁数，成长进步有多大，在自己爱的人面前，有时还是像个孩子一样。

萧铮虞家经常就他一个人，白鹦去过他家次数不少，他家的装潢摆设白鹦甚至都熟悉了，但是白鹦家，萧铮虞却是第一次来。

他握着行李箱的手柄呆呆地站在玄关，竟有些局促，不知道该不该进门。

白鹦换上自己的粉色拖鞋，蹲在进门的鞋柜旁，找出一双客人用的拖鞋出来放到他脚边："换上吧。"

说着，她拎过箱子，推到客厅里，回身拿了两只杯子，把冰可乐打开倒进杯子里。

这里是她家。

萧铮虞满脑子都是这个念头，他全身僵硬地坐到沙发上，结果白鹦递过来的可乐他猛灌了一口，差点呛到。

白鹦拍拍他的后背，嘟囔着："又没人跟你争，慢点喝，要看电视吗？"

萧铮虞摇摇头，背靠在柔软的沙发背上，缓缓呼出一口气，叹道："你家真温馨！"

白鹦一家是典型的美满幸福的公务人员三口之家，稳定，温馨，连家里的装修都简单又知性。

这跟萧铮虞家有很明显的不同。虽然他家面积更大，装修更加豪华，可是相对的，也更加冷清，没有人气。空荡荡的房间，金碧辉煌的装潢，但是人身处其中，心脏却仿佛破了洞，凉风嗖嗖地刮进来，让人不寒而栗。

萧铮虞坐在柔软的长沙发上，顿觉身心放松，抱过一只靠枕，靠在沙发上，眼里和嘴角带笑看着白鹨蹲在地上，好奇地一件件打量着行李箱里的礼物。他眼里的温柔像水上升起一牙弯月，浸透了温润的水，湿漉漉的，又亮晶晶的。

白鹨蹲着有些累，干脆盘坐在地毯上，小声念叨，一件件看礼物。

萧铮虞这家伙也是不节约的人，给她带了一箱的礼物，都不知道该怎么处理。以她对老萧这个人的了解，她拒绝也是不太可能的，只能是收下来了。

他很诚实，一整箱，果然有一大半都是巧克力和各种好吃的零食，还都是白鹨喜欢的口味。

漂亮的首饰、包包占了剩下的位置，以及她要他带的几件护肤品和化妆品，萧铮虞都买齐全了。白鹨暗暗咋舌，他是想把全欧洲都搬回来给自己吗？

"老萧，你东西带太多了，带一些回去……"白鹨抬头对萧铮虞说话，声音戛然而止，只见萧铮虞靠着沙发背，垂着脸，紧闭着双眼，怀中的靠枕掉在了手边，俨然已经睡熟了。

白鹨无奈地长叹一声气，知道他是真的累了。现在在他生物钟里，估计是最累最困的时候。

白鹨脱掉拖鞋，光着脚无声地踩在地毯上，小心翼翼地将他扶躺在长沙发上，拿靠枕垫在他脑后，然后蹑手蹑脚地去自己卧室抱来被子，给他盖好。

他睡得很香。白鹨还是第一次见萧铮虞熟睡的样子。

紧闭的双眼，长而浓密的黑色睫毛耷拉在眼睑下方，随着平稳的呼吸微微颤动。他连睡觉的时候，紧抿的嘴角都微微勾出一个弧度，菱形嘴漂亮又带了份执拗。

萧铮虞的双眼下方有一抹乌青，大概在旅游期间睡得一直不太好，头发微微凌乱。他呼吸微沉，脸上带着疲惫，眉间微蹙。虽然睡觉的样子很无害，跟平时对外人冷淡不可一世的桀骜天差地别，但是白鹨却能明显感受到他睡梦中的不安。

白鹨蹲在沙发旁，跟他挨得很近，仔细看着他。伸出一根食指，轻轻去抚平萧铮虞眉心的褶皱，另一手伸入他柔软的黑色短发中，温柔小心地用指缝梳理他凌乱的头发。

食指轻轻顺着眉心，沿着笔挺的鼻梁往下，在他鼻尖逗留，轻点，然后往下触到尖尖的唇珠。

萧铮虞睡得不安稳，唇瓣翕动，抬手突然捉住白鹨的手掌，十指紧扣然后紧紧压在自己胸口。

白鹨甚至都没来得及反应，就见他的呼吸忽然平顺轻柔了，像是蓦然安心了下来。不知道他到底在做什么梦，但希望他从此以后都有好梦。

萧铮虞做了个长而甜美的梦，飞机上睡得一直不安稳，等到醒来的时候，他睁开眼，恍惚间还以为自己在家。

可一抬眼就看见趴在自己手边的白鹨的脸，他忽然回忆了起来。

他在白鹨家客厅沙发上睡着了。

时钟指向晚上七点半，他大概睡了快两个小时，这一觉不算绵长，却足够养神。

他的手紧紧扣着白鹨的手，握在自己胸前，白鹨似乎怕打扰自己，就地坐在地上吃着零食，结果就趴在自己胸口睡着了。她另一手垂在地毯上，手上还拿着一枚瑞士莲的糖纸。

客厅里的空调吹着冷风，他身上盖着白鹨的空调被，被子上印着一朵大大的灿烂的向日葵，带着白鹨甜甜的香气。茶几上的可乐已经没有气泡了，一盒刚打开的巧克力糖摆在一旁。

窗外的夕阳刚刚落下，月亮还没升起，天色呈现半明半暗的暧昧灰色。

无所事事的仲夏夜，一切都这样刚刚好。

而他的手，正握着恋人的手，恋人就躺在手边小睡。

萧铮虞的心脏胀满了幸福，几乎要撑裂开一般。

他没有享受过多少温暖和幸福的家庭，因此一直很缺爱。对于关爱，他的要求更是低到尘埃里。

可是白鹨却一声不吭将她的爱捧到了他面前。她什么都不说，但是他知道，她也爱自己。

萧铮虞低笑一声,抬起左手,撩开白鹦遮住双眼的刘海。

他弯下腰,垂下头,侧着脸,在白鹦的唇上落下一个吻。

微烫的气息交织着,白鹦微微蹙眉,缓缓睁开眼,跟萧铮虞的视线相撞。

他们紧紧贴着,眼神一瞬不瞬地相融。然后,微微一笑。

萧铮虞轻啄她微颤紧张的唇瓣,紧了紧手心,勾着嘴角问:"出去吃晚饭吗?"

白鹦感觉他手心几乎滚烫,像要烫坏了她的指腹。

红着脸,白鹦直起身子,点了点头。

萧铮虞的明信片足足有二十张,在他回来后,陆陆续续又寄来了七八张。每张白鹦都拍下来,发给萧铮虞,虽然心里很感动,但嘴上还是要取笑一番。

萧铮虞一开始还会面红耳赤地嚷嚷着"早知道就不寄明信片了,不要让我自己看见"之类的话。

但是实际上,他却很在意白鹦到底有没有收到明信片,以及她的想法。

最后白鹦一共收到了十五张越洋明信片,丢了五张,丢失率不算太高。白鹦将每张明信片都存在了明信片夹里,珍藏了起来。

她美其名曰:"等以后老了再翻回来看看'萧言萧语'。"

萧铮虞生着闷气,却又对她无可奈何,最后角度清奇地钻字眼问:"那,那个时候我跟你一块儿看。"

白鹦抬头看他,眨了眨眼睛,萧铮虞有丝丝紧张,抿着唇盯着白鹦澄澈的双眼。

半响,白鹦笑道:"估计那个时候你会钻进房间里,害臊得不肯出来呢。我一定会用尽全力大声对着房间念这些话的。"

萧铮虞一怔,随即笑了。

她一声不吭就将自己纳入了她的未来里。那他为她做了这些努力,再辛苦也值得了。

白鹦进入大二的夏天,萧铮虞进入了B大,成了白鹦的学弟。

萧铮虞就读法学院,身为南高理科状元,读了法学,原因无他,他加上15分优惠之后，能报的专业也只有那几个，其中法学算是最好的了。

他比白鹦提前一周开学，先参加军训，白鹦学业紧张，但是却乐此不疲地去看萧铮虞军训。用她自己的话说："看别人受苦受难，总有一种愉悦的感觉。"

就算对方是萧铮虞。

宋漾和左荔得知久闻大名的萧铮虞终于顺利进入了B大学习，立刻磨着白鹦，要她带着她们去见一见老萧其人。

白鹦不胜其扰，下了课，带着柠檬水去萧铮虞军训的场地找他，顺便一块儿吃午饭。宋漾和左荔紧随其后，一脸暧昧期待地跟着。

正中午，大太阳暴晒在操场上，虽然是九月初，但是阳光却更加热辣，晒得人面红耳赤。

白鹦一走进操场，就看见法学院大一训练的队伍已经解散了，她加快速度走过去，与四散的迷彩服队伍正面相对，逆流而上。

左看右看没找到萧铮虞，白鹦正疑惑着他人在哪，就听见宋漾突然问："欸，那个是不是你家老萧？"

白鹦顺着她手指的方向往操场角落一看，眉角一跳。

就见萧铮虞跟一个个子高挑的女生面对着站在角落，两人都穿着迷彩服。萧铮虞戴着迷彩帽，低头看着女生，看不清他的脸。

他面前的女生，一脸娇羞地微垂着下巴，对他说着什么，手上握着瓶矿泉水递给他。

萧铮虞抬起了手，白鹦拧紧眉毛，总觉得这场面有些不合适。

他正要接过的时候，白鹦忽然听见耳边传来震耳欲聋的一个呼喊声："鹦鹉！"

白鹦被宋漾突如其来的呐喊声吓得往后一退，惊得瞪她："你神经病啊！"

她恰好错过了萧铮虞条件反射似的抬头寻找声音的动作，脸上的表情一脸的期盼，跟听到主人呼唤的大狗一样有趣。

白鹦没看见，宋漾和左荔倒是看得一清二楚，两人跟对方交换了一个暧昧又羡慕的眼神，点点头。

"宋漾，你做什么啦？"白鹦还在纠结，摸着耳朵不高兴地念叨。

宋漾耸耸肩："我在帮你调教呢。""调教什么？"白鹦疑惑地问。

"鹦鹉。"萧铮虞的声音突然在她身后响起。

白鹦像是有一股电流突然从尾椎直冲到后脑勺,她屏住了呼吸,随即长长吐出。萧铮虞怎么突然就跑到她这边来了?

她转过身,往原先他所在的那个角落瞅了眼,问:"你很渴哦?"

萧铮虞一怔,也回头看过去,那个女生正看向这边,一见到白鹦,她像是明白了什么,急忙低下头离开了。

"是有点渴,我在等你给我买饮料呢。"萧铮虞笑嘻嘻地说着,盯着她手里的柠檬水,眼神里带着渴望。

白鹦噘嘴道:"你都有别人送你矿泉水咯,还需要我的饮料哦?"

难得白鹦会使小性子吃醋,萧铮虞不觉得不耐烦,心里反倒开心得不行,伸手拉住白鹦的手暗示性地捏了捏示好,小声道:"回头跟你道歉,你朋友们都在,我可不好意思呢。"

白鹦把柠檬水递给他,开玩笑说道:"你晒这么黑,也有女生眼巴巴盯着你,真是万人迷。"

萧铮虞渴得要命,猛喝了两口柠檬水,缓了过来才咧嘴笑道:"我也就这张脸是优点了,不然你也不会看上我,对吧。"

说着,他冲宋漾和左荔笑问:"两位小姐姐,我至少长得还行吧?"

他对不熟悉的人一向比较冷淡,但是他知道这两位是白鹦的室友,于是使出浑身解数想要讨好一番。

左荔比较怕生,只是微微一笑就避开了萧铮虞的视线,宋漾倒是自来熟,嚷道:"我们鹦鹉,长得可爱又乖巧,聪明勤奋,前途无量,学弟你要是不在别的地方努力一下可不行哦,毕竟再帅的人也会年老色衰的。"

宋漾见过萧铮虞的照片,自然知道白鹦的男友长着一张迷惑人的好看的脸。现在尽管军训晒黑了,看着也更加有男人味了。他个子高挑,眉眼如星,小麦色的皮肤看着更加少年精神气。虽然也算是个学霸了,但是通身的气质依旧有些桀骜不羁。跟戴着副金丝框眼镜,清秀乖巧的白鹦站一块儿,明明不是一个风格,却意外和谐。

萧铮虞连连应声,一副受教了的模样,跟宋漾和左荔一来二往做了个自我介绍,熟悉了一下。他下午午休后还要军训，拉着白鹦往美食街去，说是要请白鹦的室友们吃饭。

路上，萧铮虞凑到白鹦耳边悄声问："你这个室友，跟徐依依太像了点吧，性格不说，长相也有点神似。"

萧铮虞跟宋漾是第一次见面，但是对徐依依的性格可是了如指掌的。这位女魔头，戏多话密，想一出是一出，而且见谁都不怵。萧铮虞跟她关系好，但也怕她那张嘴。

白鹦斜了他一眼，暗示道："所以，你可别进了大学就膨胀了，我这边可是有徐依依二号来审判你的。"

萧铮虞用冰凉的柠檬水杯子去贴白鹦的脸逗她，白鹦往后一躲，嘟囔着责备他。

宋漾和左荔走在前边，往后偷偷望了一眼，交谈道："我可没见鹦鹉这么开心过。"

左荔点点头："她平时都苦行僧一样学习，虽然看着笑眯眯的，但都是假笑。"

宋漾露出一个嫌弃的表情："看看她现在，啧啧啧。"

白鹦笑得灿烂无比，双眼亮晶晶的，活泼了不是一星半点。

宋漾想，她是真的喜欢萧铮虞的，只有如此喜欢，才会一见到对方就抑制不住满眼的笑意。而萧铮虞又何尝不是呢？

爱情让人成为更好的自己，以去拥抱更美好的爱人。

Chapter 14 你的一切是星尘

萧铮虞这个人，本性还是比较贪玩的，进入大学后，一下子得到了大量可支配的自由时间，一时间膨胀了，熟悉了任课老师的习惯之后，开始各种翘课，回寝室打游戏，或者去球场打篮球。

有时候遇到白鹦没课的情况，他甚至会翘课出来陪白鹦去阅览室自习。

白鹦见他闲得不像大一学生，奇怪地问："你没课吗？整天在外面溜达。"

萧铮虞脸色有些古怪，犹疑了一会儿，不想骗白鹦，才臊着脸说道："我翘课了……"

白鹦放下书，面色不虞地瞪他，整理好书包拉着他出了阅览室。

萧铮虞生怕白鹦气自己故态复萌，小心翼翼地看她的脸色，见她一副赌气的模样，心里"咯噔"一声，暗道，坏了。白鹦拽着萧铮虞的胳膊就往校门口走。

萧铮虞一看他们行进的方向不对，忙问："我们去哪？不去上课吗？"

白鹦恨铁不成钢地瞪他："去逛街。你傻不傻？课都翘了，来阅览室陪我自习，我看你是脑壳有洞。"

萧铮虞迟疑了一下，才小心翼翼问："呃……你不怪我翘课？"

"怪啊！"白鹦气呼呼地说道，"我说你大一那么多基础课，你整天游手好闲的，还以为你真的空闲呢。可是我更气你都狂野不羁地翘课了，居然陪着我自习。也不知道你是笨蛋还是好学了。"

萧铮虞觍着脸卖乖："我是笨蛋啦，就想跟你待在一块嘛。"

白鹦斜睨他一眼，知道他是怕自己生气才说好听的话。这家伙，分明更多次的翘课是为了玩游戏和打篮球，可不见得他就是为了自己翘课的，不然她心理压力也太大了。

两人一前一后进了地铁站，往市中心购物广场的方向行去。按白鹦的话来说，既然都翘课了，那就做些跟翘课相符合的行径，逛街，吃美食，买东西，有点真正约会的样子。

萧铮虞觉得怎么样都行，反正都是陪着白鹦，就是逛街他体力也吃得消。

一上地铁，白鹦坐下来就拿出手机打开课程表，冲萧铮虞说道："把你的课表发给我。"

萧铮虞脸色一变："为……为什么……"

白鹦："监督你呀，B大很严格的，一学期挂四门课以上就要留级，超过六门就要退学。你很危险呀。"

B大不愧是B大，全国知名院校，校风严谨，学术实力强劲。白鹦身上带着典型的B大学霸的风采。萧铮虞就不同了，他自小吊儿郎当惯了，高中虽然四年成绩都不算差，也一点一点进步成为南高状元考进B大，但是他骨子里仍旧不属于热爱学习的人。

但是他也知道这个时候为了未来努力打拼的重要性，特别是，当白鹦就在他身边的时候。

就算再怎么不情愿，萧铮虞还是及时地转变了自己的想法，叹道："你一定要多管管我，不然一不留神，我就变回原来的学渣了。"

白鹦捏了捏他的胳膊笑道："在我眼里你一直都是学渣。"

萧铮虞无奈地看她，苦笑着摇摇头。

"不过，你也要想想未来的目标了。有什么喜欢的，想要去做的事情，从现在开始努力，打好基础，受益终身的。"

身为从小就有明确目标的学霸，白鹦的话语重心长，也发自肺腑。

换成别人，估计会觉得白鹦造作虚伪，可是萧铮虞知道，他的白鹦就是这样，对什么事情都认真负责，很有主见和想法。他就喜欢她的这点小认真。

白鹦问："所以你喜欢什么呢？想要做什么？"

萧铮虞想了想，捏了捏白鹦的手心，轻笑一声说道："我喜欢你，未来想当你的丈夫。"

白鹦轻咳一声，将脑袋扭向了一边。

从萧铮虞的角度看过去，她的耳朵几乎红到透明。

萧铮虞对法学没有什么兴趣，但是为了在未来能独当一面，他老老实实地开始学习，居然对法学真切地产生了兴趣，如饥似渴地开始研读法典。除这之外，他还喜欢看一些法学历史以及世界野史。

这一次，他和白鹦的步调终于史无前例地保持一致了。

两人空闲的时候，一块儿去自习，或者到图书馆找书看，周末去市中心约会，吃吃饭，看看电影。

偶尔小吵一架，不一会儿就和好了。白鹦本身就不是小心眼的人，萧铮虞更是大大咧咧、没心没肺的主。

他们跟别的情侣一样，没有什么区别，但却多了时间沉淀下来的契合。

看完电影回学校，时间有一些迟了，近十一点，寝室楼已经熄灯，停热水了。

白鹦有些发愁："我还想洗澡的……"

萧铮虞一指地铁站对面的公寓楼，双眼亮亮的，带着暗示问："那去我公寓洗。"

萧父给萧铮虞在B大对面买了套两室一厅的公寓，还买了辆代步的保时捷。但B大大一不允许外宿，萧铮虞依旧住在寝室。另一方面，他的驾照还卡在科目三，因此车子还停在家里车库落灰。

黄澄澄的路灯下，白鹦脸上微赧的红晕看得并不明显，她抿了抿唇，还没有说话，萧铮虞又补充道："我可以睡书房。"

白鹦被他的识趣逗笑了，嗤笑一声，脑袋抵着他的胳膊轻声抱怨："你呀，快点把驾照考出来吧，以后出门玩就不需要这么麻烦了。"

夜晚寒风呼啸，地铁口正对着风口，寒风从大衣间隙中钻入。萧铮虞双手搂住白鹦，理了理她的围巾，将白鹦裹得严严实实的。

他低低笑道："知道了，我明天就开始练车。回家吧。"白鹦没回答，任由他牵着自己往公寓楼走去。

"回家"，好像那真的是他们的家一样。白鹦心脏滚烫，像要裂开一般，淌出岩浆一般的热忱，眼眶微热，雾气氤氲在眼眶中。多么美好的词。

从见他的第一眼开始，她从没想过以后会有现在这一天。

而这一天，她却在幻想，未来他们能够手拉着手，有属于他们俩自己的家庭。

因为爱得漫长而悄无声息，那爱更如病毒一样深入骨髓，流淌在血液里。眉眼间，呼吸间，都传递着爱他的信号。她却不知道该如何表达。

相识八载有余，生活似乎平淡无奇，可是内心却如同乘风破浪，波澜壮阔。从第一眼的惊艳到好感，再到喜欢，最后勇敢地和他在一起，到底经历了什么样的心路历程，白鹦居然有些记不清了。

萧铮虞生日在5月20日，白鹦早早定好了蛋糕，买了副耳机和键盘，方便他打游戏用。

在即将去取蛋糕的路上，她接到导师打来的电话，登时愣在了原地。

外语学院每年都有一些优秀学生出国公费交流学习的名额，白鹦所在的意大利语系也不例外。她上学期参加了雅思考试，考了7分，正巧这学期有报名，导师跟她沟通了一下，白鹦就顺手整理了简历报了过去。

因为白鹦所学的是意大利语，学校得到名额少，报名的人也不多。白鹦也只当是试试看，没想到导师突然打来电话，通知她去参加面试。

"就是走个过场，你专业成绩在前百分之五，雅思成绩也够，没问题的。是博洛尼亚大学，很不错的学校。"

白鹦应了声，手上还拎着个半磅重的生日蛋糕，捏着手机站在原地发愣。

这是她第一次给萧铮虞过生日。之前学业繁忙，他似乎也没有过生日的习惯，光给自己庆祝生日，他却从没有过什么要求。

眼下，她难得第一次给他庆贺生日，却被突如其来的消息打了个措手不及。到了萧铮虞的公寓，他已经在家里对着网上的网红菜谱磕磕绊绊烧了一桌菜了。

一打开玄关门，就闻到扑面而来、香气四溢的菜香，让人口舌生津。

萧铮虞穿着件粉色的围裙，手上还拿着把锅铲出来迎接，看见白鹦提着蛋糕和礼物袋子，眼里亮亮的，像个孩子一样高兴地说道："来啦，我做好菜了。"

白鹦看了眼餐桌上满满当当的四菜一汤，热气蒸腾，氤氲一片，菜色看着很不错，也没有她想象中的炒煳了的情况存在。

"你练了多久了？"白鹦轻笑一声，将手上的东西交给他，自己弯下腰换鞋子。

"没练习多久，我大概不适合读书，适合当厨师，有天赋。"他吹着牛。

白鹦斜睨他一眼，心里藏着事，也有些疲惫。

萧铮虞却很敏锐地察觉到了她情绪上的不对，把东西放好，解开围裙，拉过白鹦的手，低头去打量她，轻声问："你怎么了？不开心？"

他对自己的事情太敏锐了，她举手投足，一个眼神的变化，他似乎都能知道自己情绪上的波动。他对自己这么好，她却还想着为自己的未来远游。

白鹦摇摇头，鼻子却泛酸。

"有人欺负你了？"萧铮虞搂过白鹦的腰，柔声问。

白鹦又摇了摇头，咬咬牙，问："如果我出国留学……怎么办？"

萧铮虞表情一僵，白鹦一见他突然放空的眼神就知道自己又让他失望了。

她正想解释，就听见萧铮虞突然一凝眉，张口说道："可是我大学成绩不够好，英语不好，也不会意大利语，申请不上你的大学怎么办？"

白鹦心尖上蓦地一酸，被他傻乎乎的话逗得有些想发笑，嘴巴却怎么也无法上扬，一瘪嘴，眼泪忽然就流了下来。

"萧铮虞你是不是傻子！"白鹦大声号道，扑进他怀里搂住他的腰抽泣。

白鹦平时有多端着，哭的时候就有多自暴自弃，而且有一大半的次数都是在萧铮虞面前。

但面对白鹦的眼泪，熟能生巧这句话都是摆设。萧铮虞还是慌了手脚，不知道她为什么哭，抓耳挠腮半天，想用手替她抹眼泪又发觉自己满手的油，只好将手伸进袖子里，隔着袖子轻柔地拍拍她的脑袋，轻声问："鹦鹉，别哭啦，我是不是说错话啦？"

白鹦吸了吸鼻子，脸埋在萧铮虞的胸口。他有一层薄薄的胸肌，不是健壮的类型，却让人很有安全感，身上还带着厨房里的油烟味，但意外地充满人间烟火气息，踏实又让人心安。

她想，也难怪阿军说老萧这人吊儿郎当，情商不算低，也很聪明，可是碰到一些事情的时候就又傻又直，根本不理解自己到底说了什么。

他大概理解不了自己为什么哭。

她在愧疚自己可能又要远离他，去遥远的国度度过一年时间，让他在原地遥遥相望等待。

这个笨蛋却第一时间想的是，他还能不能像考大学一样，努力去抵达她所在的世界。"你太努力了。"白鹦低声说道,"不要再努力啦。"

萧铮虞没听清,低头问:"什么?"

白鹦叹了声气:"没什么。我是想说,我爱你。"

所以不需要再努力迁就她了。她也要去为他努力。

萧铮虞脸上露出了个前所未有的表情,似乎蒙了,又似乎呆傻了。

半响,他颤了颤唇,声音带着不确定和难以置信,小心翼翼地用颤音试探:"鹦鹉……你刚才说了什么,我是不是幻听?"

白鹦被他奇怪的表现逗笑了,她抹了抹眼角的泪,将他脑袋勾下来,自己踮起脚尖,贴着他的耳郭,用气音轻声念着。

她亲眼看见他的耳郭,随着自己的气息缓缓喷吐,皮肤渐渐泛红到几乎滴血,他脸上笑却渐渐放大。

他拥住她,在她唇上温柔落下一吻,低低念叨:"我觉得我这么多年都值了。"

白鹦心说,老萧这个人,总是在特别的地方显得尤为执着。她大概就是他的执着。嘴上她却嗔怪:"傻子。"

热恋中,谁都是傻子。但是他们似乎特别傻,仿佛想将过往一切的遗憾和等待都弥补回来,于是异常努力执着。

白鹦将自己的情况跟萧铮虞解释了一遍,萧铮虞知道白鹦之前报过公费出国的竞争,也鼓励她报名,以他的想法来说:"这是多么有面子的事情啊,我家鹦鹉可是拿着国家的钱出国学习的高才生呢。"

白鹦压根没有当回事,因此跟他解释完后,随口说道:"我跟导师回绝了吧,也没有什么意思……"

萧铮虞一把摁住她要打电话的手,肃着脸说:"鹦鹉,你不要因为我就放弃这么好的机会。这是你的人生,不只有我,更多的是你自己的未来。我不要你因为考虑我的感受而放弃自己的前途。"白鹦微微拧眉,脸上带着犹豫。

萧铮虞问:"你真心回答我,你想去吗?"

白鹦默了半响,没有欺骗地点了点头。

她当然想去了。公费去欧洲交流一年,增加阅历的同时还能让自己的语言能力得到极大提高,可能因此跟国际名校的导师熟识,增加资源,说不定为未来申请研究生也铺好了道路。这是多么大的诱惑，白鹦心里痒痒。

她又说："但是我要去两个学期，最短也需要一年，过年还回不来……你大二好不容易课没那么多了，我却不在国内。等我回来就是大四了，又要忙着找工作，没空陪你……"

"你的人生又不是陪着我。"萧铮虞打断了她的话，眼神似乎带着十足的分量。白鹦怔怔望着他。

"我爱的是认真规划自己未来的白鹦，对什么事情都认真严谨，就算是谈恋爱，也要一脸严肃地写好计划流程的白鹦。"萧铮虞捏了捏她的脸颊，指腹间是白鹦软乎乎的脸蛋，带着她温暖的温度。白鹦看着他，一时间说不出话来。

萧铮虞见她痴傻似的盯着自己，轻笑一声，说道："轮到我喊你一声傻瓜了。不要为任何人轻易改变自己，我也不行。你只要做自己就行了，其他的，都由我来。"

"那一直都是委屈你……"白鹦小声嘟囔着还想反驳。

萧铮虞再一次打断了她："我不委屈啊。"

白鹦瘪着嘴，有些难过地看着他。在她关于他的记忆里，她没见自己为萧铮虞付出过什么，只付诸一段少女心事，但是萧铮虞却为自己努力了太多太多。

她都替他委屈了。

"我原本就在谷底泥淖里，自暴自弃，放弃挣扎。但是我认识你以后，就想向你靠近，无论怎么努力都是比原来的自己更好，我为什么委屈。"萧铮虞说得坦荡，眼里亮晶晶的，仿佛带着星光。白鹦别开脸，觉得自己又想哭了。

她不知道的是，在萧铮虞心里，她到底有着怎样的重量。

少年曾在贫瘠干涸的世界里，带着一颗缺爱的心，漠然看着周遭的一切。而她带着灿烂澄澈的笑脸忽然就闯进了他的视线里。

那个少女带着光而来，让他心房里透进了温暖。从此以后，他再也无法忍受寂寞和寒冷，不断向阳生长。

白鹦最后还是参加了面试，正如导师所说，面试只是走过场，意大利语本身就是小语种，没有几个竞争对手，白鹦又是其中睥睨全场的王者。她毫无悬念地拿到了意大利语系唯一的名额。

这也意味着，她将要一个人在意大利博洛尼亚度过十几个月。没有熟悉的朋友，没有亲人，对那个城市一无所知。白鹦还没出过国，一想到将要孤独无依在异国他乡生活学习小一年，突然慌了起来。

白哲和王莉莉女士极少管教白鹦，因为她从小就很听话。得知她拿到公费出国交流的名额的时候，都愣了好一会儿。白鹦家条件只能算中上，出国留学是从没有考虑过的。如今突然有了这样一个机会，他们自然高兴。

可是听白鹦头一次有些慌乱的声音讲述她心里的忧虑，两位家长沉默了。

等白鹦嘟囔完自己的小担心，王莉莉才说道："白鹦，你如果怕，那就什么都做不了。你想要成长，就得去突破。"

"别老想着依靠父母，埋头死读书。也别老想着躲在你男朋友身后，不知道怎么保护自己。"白鹦一听，脸腾地红了。

王莉莉女士看不到电话那头白鹦的脸，但知女莫若母，想也知道她现在的窘迫，无知无觉一般说道："你以为我们不知道啊，高中我看到过那男生夜自习下课送你回家呢。我们相信你才没跟你说呢，你看我们多开明。"

姜还是老的辣。白鹦捂着嘴巴，耳朵滚烫，说不出话来。

"什么时候带回家见见？"最后白哲温柔地轻声说道。

白鹦沉默了几秒，才小声回答："以后有机会。"

她在等什么机会呢？她自己也不知道。可是她知道，总有一天会来的。

白鹦飞意大利前，萧铮虞终于考出了驾照，执拗地要求自己开车送她去机场。

白哲和王莉莉上学期期末正说想见一见萧铮虞，没想到他自己就主动创造了机会。

白鹦本来还不太好意思，也不知道出于什么样的心理，让男朋友见自己的父母，自己倒是意外见过萧铮虞的爸爸了。她总想，要是爸爸妈妈不喜欢萧铮虞可怎么办。

萧铮虞想得很开，他一脸轻松，咧嘴笑道："上哪儿找这么疼老婆，长得又好看，还是名牌大学毕业的女婿去？"

白鹦翻了个白眼："你还没毕业呢。B大毕业可没那么简单哦。"

"你没有反驳我疼老婆吗？"萧铮虞狡黠地笑。

白鹦红着脸瞪他："这么无聊的点，我才不会在意呢。"

在不在意只有她自己知道。她不说，萧铮虞就当她默认了。

他说:"你就让我送你吧。下一次不知道什么时候才能见面,我想把跟你相见的间距拉得越短越好。能减少一天,一个小时,一分钟,甚至一秒钟都好。"

他说得虔诚,白鹦听得却心酸。

他们究竟什么时候才能够不分离,一直相守在一起?

白鹦点点头,笑道:"你别说得那么可怜,你想送就送嘛!"

最后萧铮虞如愿以偿,拿着新鲜出炉的驾照,开着他那辆在车库里落满了灰尘的保时捷,意气风发地驶进了白鹦家的小区。要是再在车头挂朵大红花,可能都能被人误解成是来接亲的了。

白鹦带了一只30寸的大行李箱,身上背了只书包等在楼下,白哲和王莉莉站在她身边。萧铮虞在见到白鹦父母的那一刻,突然紧张了起来。

停好车,萧铮虞匆匆下来,跟白哲和王莉莉女士打招呼,自我介绍。

他笑得温和,表现得恭敬有礼,跟他平时的样子大相径庭。白鹦见他装样,觉得有些好笑。

不尴不尬地互相聊了几句,白鹦催促道:"快上车吧,还要赶飞机呢。"

萧铮虞转身到后备厢,将行李抬上车。

他背对着白鹦一家,趁这个时间,白哲凑到白鹦身边小声说道:"小萧不错。"

白鹦跟着何向军喊习惯了"老萧",乍一听"小萧"这个称呼还有些蒙。

"那是哪里不错?"白鹦反问。

王莉莉女士在一旁嘟囔着回答:"长得真不错。"

白鹦轻笑一声,眼带笑意看着萧铮虞转身过来开副驾驶的车门,他正想请白哲上车,一看见白鹦的眼神,当即愣了神,背脊一阵凉意。

"怎么了?"他扯了扯嘴角,僵硬地问。

白鹦抿着唇摇摇脑袋,心情大好,嘴角的笑意无法抑制,说道:"没事,快点上车吧。"

因为家长在场,没有想象中依依不舍的告别,更别提拥吻道别,除了牵个手,眼神交流,嘴上郑重地说声"照顾自己",再没有其他。

白鹦需要在香港转机才能飞往意大利罗马,之后还得坐火车前往博洛尼亚。

抵达香港,等待了五个小时才起飞。白鹦跟萧铮虞视频聊了足足三个小时。

谁都不想先说再见，就这样你看着我，我看着你，干瞪眼都觉得有趣。有时候白鹦会夸张地表达一些所见所闻，萧铮虞就笑她没见过世面。

"我刚才花一百港币买了一碗扬州炒饭，贵死我了！"白鹦仿佛吃播主一样，一边吃着满满一盘扬州炒饭，还从里面挑出几只大虾仁凑近镜头给萧铮虞瞧。

萧铮虞也在吃午饭，顺手拍了自己的午餐，笑她："你最喜欢的水煮肉片煲仔饭套餐，只要16元。"

白鹦不高兴地瘪嘴："这样吃下去，得穷死。"

"没钱了就跟我说，不要为了省钱吃不饱。"萧铮虞有些忧心地叮嘱道，"也不要太注重学习而忘记休息。有什么事就跟我联系，如果因为时差我在睡觉，就打电话给我。"

他的声音很温柔，带着无穷的力量鼓舞着白鹦。但他们已经相隔大半个中国，隔着一段微弱的网络信号，她在吃着不符合市场价的炒饭，他在吃着她最爱的煲仔饭。

白鹦鼻子泛酸，压低声音掩饰自己快要暴露出来的哭腔："嗯，我知道了。"

"你哭了？"萧铮虞很敏锐地发觉了白鹦声音和情绪上微弱的变化。

白鹦嚷道："没有啦！你听错了！"萧铮虞无奈地轻叹一声气。

白鹦竖着耳朵，认真听他的声音。盘子里的扬州炒饭有些冷掉了，她也没了食欲，只想听对方的声音。

他说："鹦鹉，一想到你以后要在那么远的地方，在我看不见的地方哭泣，我就好难受。"她那么一个心无旁骛，极少泄露情绪的女生，少数掉过几次泪，几乎都被他看见了。

要是未来这一年，她受了委屈自己却不知道，躲起来一个人哭，萧铮虞想想都觉得难过。"那我……以后想哭了就跟你视频。"白鹦破涕为笑，开着玩笑道。

他也不知道怎么安慰，只会傻乎乎地说"怎么了？是我做错了什么吗？我在这里，你别怕"之类的话。可是以后他不在这里，她怎么办？

从香港转机，再到罗马需要13个小时之久。下了飞机还没倒好时差，就得坐上火车，2小时后到博洛尼亚。

这里天空湛蓝，气候宜人，漂亮古老的城市像个年迈的智者讲述着中世纪的沧桑故事。

白鹭来了国外学习才知道，自己的意大利语学得还很不够到位，也根本没有学术研究能力。她像是看到了花蜜的蜜蜂一样，一脑袋扎进了花丛，如饥似渴地学习起来。

只有一年的交流时间，她想尽可能地掌握在国内学不到的知识，提高自己的阅历和语言能力。连带着，跟父母以及萧铮虞联系得都少了。

她的室友是个C大的交流生，也是公费交流过来的，更巧的是，也是浮城人，白鹭和她一见如故，异国他乡遇到老乡，相见极为亲切。

白鹭知道她是C大的学生时，有些感慨："我高三的时候想考C大来着，结果一不小心被学校强行报考了B大。"

室友听她解释完保送的经历，哭笑不得："你这是太学霸了，学校恨不得你去报考清华北大呢。没想到你看不上眼。"

白鹭挠了挠脸："其实也是想考的……只是一方面，我觉得自己不一定考得上，太累了，另一方面……"

她顿了顿，想到了萧铮虞，轻笑一声，眉眼瞬间变得柔和，像是染上了春天的花瓣，粉嫩带水，令人怦然心动："另一方面，目标定太高了，有人会考不上。"

室友愣了愣，随即明白过来，露出一个暧昧的笑："看来你男朋友成绩不如你。"

"何止不如。"白鹭想了想，"他初中可是年级段倒数的，你敢相信，他后来成为他们高中的状元吗？"

室友一怔，随即有些激动地问："欸，我高中一个同学就是这样，成绩本来在中下，结果后来留了一级，洗心革面，考了状元！"

白鹭脸上一阵放空："你不会是……"

"南高的！南高的！"室友一见白鹭震惊的表情就突然明白了过来，大笑道，"你不会就是老萧的女朋友吧？他整天在班级群里吹自己女朋友超级优秀。就是不肯带出来给我们见一见。"

没想到能这么巧，正好跟萧铮虞的高中同学同寝室。白鹭心里说不出的感慨和复杂。她两颊绯红，嘟囔："他有病吗？有什么好吹的……"

"的确很优秀啊。"室友羡慕地说道,"老萧可是我们高中现在挂大海报重点宣传的励志人物。校长老师估计想不到,他能进步这么大,都是在为爱奋斗。"

萧铮虞的进步和努力,自然跟白鹦有关系。但是白鹦想,那也是他的人生,他只是在想要成为更优秀的人的道路上,恰好遇到了自己,然后互相鼓励,一起向阳而生。

曾经他们俩是两条平行线,她走她的阳光小道,他走他的荆棘道路。然后有一天,两条平行线交织在了一起。

没有什么前因后果,只是因为彼此相爱了,所以才会为对方变得更好。

世上无难事,只怕有心人。

一想到萧铮虞,白鹦的心就暖暖的。

她的背包里还藏着萧铮虞初中时候的那只指尖陀螺。

当时萧铮虞在她包里看到这个陀螺,还问她:"这东西怎么在你这?不是被你同桌买走了吗?"白鹦红着脸支支吾吾半响,才说道:"我抢来了。"

两人关于对方的记忆和细节数不胜数,总是时不时突然发现一些什么,然后对于时间的飞逝一顿感慨。

白鹦还放在卧室角落里的鸟笼,萧铮虞偷偷藏着的白鹦批改过的作业本,白鹦偷偷临摹的萧铮虞的名字,萧铮虞旧手机里珍藏的白鹦的照片……这一切都如同夜空中的星星,串成了一个个星座,最后形成记忆的银河,也组成了他们俩之间的故事。

白鹦坐在阳台上,抬头是满天的星光,深蓝色的夜空里,古老安静的城市像是被银河覆盖一般。

"……然后当时阿军不肯把照片发给我,我冒险从老师办公室里偷传出来的照片,怎么能就卡在他手里。"萧铮虞在电话那头絮絮叨叨。

白鹦问:"然后呢?"

"然后我把他按在地上揍了一顿。"萧铮虞顿了顿,"挽尊"般补充道,"其实就是小孩子互相逗一逗。"

白鹦了然地"哦"了一声。还能是什么,青春期男生的玩法,不就是那些吗?阿军真可怜,个小被人欺。现在的老萧估计见到他都犯怵,不敢再嚣张了。

周五的夜晚，白鹦难得休息，在阳台上吹着寒风，裹紧自己的大衣和毯子，跟萧铮虞没边没际地聊了这九年的时光。

幼稚青涩的初中，互相鼓劲扶持的高中，直到牵手相依的大学。

但谁都没有提起，是怎么爱上对方的。

白鹦想，或许是第一眼，也或许是他在小区后门的烧烤摊上将衣服递给自己挡风的时候。她记不清了，但一定是很久远以前。

至少，第一眼见到萧铮虞，她就冥冥中觉得，是他。

白鹦仰着头看着璀璨的星空，声音带着微颤，低哑地说："我这边能看到很多星星，很漂亮。以前在浮城都没看到过。"

萧铮虞低笑一声："我爸前段时间去了埃及谈生意，说沙漠里的银河更美，一望无际的星空，还有流星。下次我带你去。"

白鹦轻声应着："等我回国我们就一起去，还要去美国，去日本，去澳大利亚，一起去各个地方，不要分开。"

"嗯，一起去。"两人轻声交谈着，有一句没一句的，不讲话的时候就互相听着彼此的呼吸声，也觉得心里温暖。

"鹦鹉，我前几天看一本书，说，有个物理学家说过，你的身体里的每一个原子都来自一颗爆炸了的恒星，你左手的原子和右手的原子也许来自不同的恒星。也许，我们来自同一颗恒星。"寂静的空气里，萧铮虞的声音微沉，好听，在耳边萦绕。

白鹦笑道："我听过这段话。你的一切是星尘。"

"嗯。"萧铮虞哑声，仿佛咏叹调般暗叹道，"我愿成为你身边的一粒星尘，而你，是星辰本身。"

"那，不如我们都是星尘，然后组成这世间万物。"

这样，就再也不会分开了。

因为到哪里，都有你。

你的一切是星尘。

而我也是。

【正文完】

后记
往后都是好时光

《世上无难事，只要爱上你》这本书，最开始叫《亲爱的陌生人》。

大概是2016年的时候，我就想写一个关于我自己的青春的故事——把我中学时代遇到的美好的少男少女们都写进书里。

其实想法非常的单纯，也很少女心，就是想写一个半真半假的故事，给我青春无疾而终的暗恋画上一个句号。

我的青春中，真的存在过萧铮虞这样一个鲜活的、美好的少年，只是后来在时光中跑散了。

后来，听到大张伟的俏皮话——"世上无难事，只要肯放弃"。我就想，这话应该是说给本来就坚持不下去的人听的。能坚持下去的人，无论怎么劝都不会放弃的。我就将书名改成了《世上无难事，只要爱上你》，并且等到了2018年才开工。

最开始，只是一本很简单的段子文，短小，没那么多阳光明媚的描写。后来，渐渐的，故事框架大了起来，人物鲜活了起来，青春也明媚了起来。

本来想在书前面写"致我年少暗恋的少年"，后来想想也太矫情了。而且，这本书，写到最后，不单单是关于白鹦和萧铮虞长达十年的恋爱故事，而是一个关于他们以及更多少男少女们的青春成长的故事。

这里面有一半，是关于我的青春，也有关于你们的。在篮球场、教室里，在中考、高考，以及暑假、寒假，我们的青春都历历在目且深刻。

每个人的青春里，几乎都出现过一个萧铮虞，一个白鹦，也有可爱的张丽莎、徐依依、何向军，甚至，江眉影。这是我们每个人不可磨灭的青春记忆。

我跟我的发小说，我写了这样一本书。她感慨道："真浪漫，有几个人能给自己的初恋写小说呢？"

我想了想，说："更多的，是写给青春的情书吧。"

一个关于"如果，我的青春是这样的，那就好了"的情书。

这是我写过的，最温暖，最青春的小说，以后可能也不会再有。白鹦也是有最多我本人影子的女主。

当然，萧铮虞，大概是我近几年内，最爱不释手（咦，为什么用这个词）的男主。大概因为他缺点满满，也因为他冲动莽撞，还有点傻里傻气，但是他却是我笔下少年气最强的男主。

而我记忆中的男孩，也是如此，只是没像萧铮虞这样有一个美好的结局。

但是他们都拥有一双不老的、明亮的双眼。

少年的眼神，璀璨夺目，在时光中永远带着活力。

我们磕磕绊绊度过荆棘的青春，请相信，往后都是好时光，阳光明媚，鸟语花香，一路繁花相伴。

你是年少的宝藏，我是少年的骑士。

时梧

图书在版编目（CIP）数据

世上无难事，只要爱上你 / 时梧著. -- 北京：中国致公出版社，2020
ISBN 978-7-5145-1490-2

Ⅰ．①世… Ⅱ．①时… Ⅲ．①长篇小说－中国－当代 Ⅳ．① I247.5

中国版本图书馆 CIP 数据核字（2019）第 208165 号

本书由时梧委托湖北知音动漫有限公司正式授权中国致公出版社，在中国大陆地区独家出版中文简体版本，未经书面同意，不得以任何形式转载和使用。

世上无难事，只要爱上你 / 时梧 著

出　　版	中国致公出版社	
	（北京市朝阳区八里庄西里 100 号住邦 2000 大厦 1 号楼西区 21 层）	
出　　品	湖北知音动漫有限公司（武汉市东湖路 179 号）	
发　　行	中国致公出版社（010-66121708）	
作品企划	知音动漫图书·少女心诊所	
出 品 人	王应鲲	
总 策 划	陈　婧	
责任编辑	秦　璟	
特约编辑	江　枫　谢玉笛	
装帧设计	郑羽霓　刘妍秋	
印　　刷	武汉精一佳印刷有限公司	
版　　次	2020 年 11 月第 1 版	
印　　次	2020 年 11 月第 1 次印刷	
开　　本	640mm×960mm　1 / 32	
印　　张	7	
字　　数	150 千字	
书　　号	ISBN 978-7-5145-1490-2	
定　　价	39.80 元	

（版权所有，盗版必究，举报电话：027-68887933。）
（如发现印装质量问题，请寄本公司调换，电话：027-68890818。）